Amour d'Automne

Paris. — Imprimerie L. Pochy, 52, rue du Château. — 124-7-08.

Nouvelle Collection illustrée.   L'ouvrage complet **95** centimes.

ANDRÉ THEURIET

DE L'ACADÉMIE FRANÇAISE

—

Amour d'Automne

Calmann-Lévy, éditeurs

ANDRÉ THEURIET

DE L'ACADÉMIE FRANÇAISE

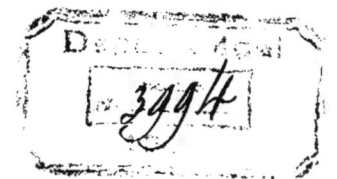

Amour d'Automne

ILLUSTRATIONS

DE

P. KAUFFMANN

PARIS

CALMANN-LÉVY, ÉDITEURS

3, RUE AUBER, 3

I

Un dernier coup de sifflet ; l'eau bouillonne le long des flancs de la *Couronne-de-Savoie*, qui fait trois fois par jour le tour du lac, et le bateau quitte lentement le chenal du petit port d'Annecy. Le timonier, juché sur la passerelle, commence à manœuvrer la roue du gouvernail ; là-haut, sur un ciel d'un bleu très doux, sa silhouette précise semble découpée à l'emporte-pièce. Niché dans sa cabine étroite, le capitaine distribue des billets aux passagers. — Le mois de juin s'ouvre à peine et l'heure est matinale ; néanmoins les voyageurs sont assez nombreux. — A l'avant, des paysannes, coiffées du chapeau de paille savoyard à bords plats, reviennent du marché et encombrent les bancs de leurs paniers ; des cultivateurs, la veste sur l'épaule, causent en patois du prix des bestiaux ; cinq ou six bourgeois d'Annecy discutent entre eux bruyamment les dernières élections municipales ; et trois prêtres, assis à l'écart, la soutane retroussée, le bréviaire sur les genoux, s'entretiennent à mi-voix des affaires de l'évêché. — A l'arrière, une quinzaine de touristes, presque tous étrangers, occu-

pent les bancs du pourtour et, tournés vers les montagnes, la lorgnette à la main, s'absorbent dans la contemplation du lac. Deux dames encore jeunes, droites et hautaines, au milieu d'un monceau de paquets, fument des cigarettes et dialoguent avec volubilité dans un idiome slave qu'elles entrecoupent de mots français ; — une matrone mûre et obèse, voilée de gaze marron, lit à haute voix le guide Murray à deux longues *young ladies* au nez rouge, au chignon en colimaçon et à la poitrine indigente ; debout devant elles, élancé, roux et blafard, un gentleman écoute cette lecture, en serrant frileusement ses épaules dans un plaid à carreaux verts et bleus. — Autour d'un guéridon, quatre jeunes Américains boivent des grogs à l'eau de Seltz en fumant d'énormes cigares suisses, ce qui provoque les grimaces et les éternuements d'une dame française, assise sur un pliant près de son mari. La dame s'ennuie et admire médiocrement le paysage ; elle se tourne vers son compagnon, plongé dans la lecture du *Soleil*, et murmure entre deux bâillements :

— C'est singulier, voilà cinq jours que nous sommes en Savoie et je n'ai pas encore vu un seul *petit Savoyard* !...

A travers les goupes circule un grand gaillard en jaquette brune et en chapeau de paille qui remplit sur le bateau les fonctions de cicerone et de photographe. Portant à la main ses albums reliés par une courroie, il vend des photographies et des plans du lac aux étrangers. On entend par intervalles sa voix insinuante se mêler aux conversations, et on saisit

— Vous avez, dit-il en étendant solennellement son bras vers la gauche, vous avez là-bas, dans ce massif d'arbres, la maison où est mort Eugène Suë, et plus loin, à mi-hauteur, une grange où venait se reposer Jean-Jacques Rousseau...

Les Anglaises restent impassibles ; alors, sans se décourager, il se tourne vers le gentleman qui grelotte dans son plaid, et continue :

— Cette carte, monsieur, est le seul souvenir emporté par la reine d'Angleterre, lors de son passage à bord de la *Couronne-de-Savoie.*

— *Oh ! indeed !...* s'exclame l'homme au plaid.

Et chatouillé dans son amour-propre britannique, il met la main à son portemonnaie.

Le cicérone, ayant étrenné, poursuit de

Oh ! indeed !... s'exclame l'homme au plaid.

à travers le tapage de la chaudière des lambeaux de son boniment :

— Désirez-vous, madame, un souvenir de votre voyage?... Assurément le guide Joanne est excellent, mais il ne vous donne pas tous les détails que vous trouverez sur cette petite carte...

En ce moment, il s'approche de la dame anglaise et de ses deux filles, et leur explique les avantages de son plan à vol d'oiseau :

groupe en groupe ses explications et ses offres de service. Il est arrivé tout à fait à l'extrémité de l'avant, près d'un voyageur solitairement appuyé à la balustrade :

— Monsieur !... un souvenir de votre voyage?... Assurément le guide Joanne est excellent, mais...

Le voyageur l'interrompt par un merci bref et agacé, puis se replonge dans sa profonde méditation contemplative.

Vêtu d'un complet de drap gris, coiffé

d'un feutre rond à petits bords, qui laisse voir à plein sa figure, il est assez grand et bien découplé. Il a le front large, la tournure élégante, l'air encore jeune, bien que quelques fils gris dans sa courte barbe brune, de petits plis autour des paupières, un teint mat et fatigué, indiquent qu'il a sûrement dépassé la quarantaine. Sa bouche, à demi voilée par la barbe et les moustaches, a de bonnes lèvres dont l'expression doit être charmante lorsqu'il daigne sourire ; ses yeux bruns couleur café sont lumineux et caressants,

IL ALLUME UN CIGARE...

encore qu'on y lise la langueur un peu ennuyée d'un homme qui a beaucoup vécu. — Pour le moment, il paraît occupé à regarder le paysage grandiose à la fois et riant qu'on découvre devant soi dès que le bateau glisse sur le lac.

L'eau est d'un vert lustré et tendre. Des frissons tantôt argentés et tantôt mordorés la moirent à la moindre brise ; le soleil luit partout. A droite, il baigne l'énorme croupe allongée du Semnoz d'une blonde couleur, très claire à l'endroit où les roches se dénudent, plus foncée et plus chaude aux places où s'épaississent des forêts de sapins ; à gauche, dans la verdure, il fait pétiller des pointes de clochers de village, des murs blancs et des toits de vendangeoirs disséminés

dans les vignes. Vers le fond du lac, cinq plans de montagnes s'échelonnent et s'enchevêtrent, noyés de brumes transparentes qui veloutent les contours, arrondissent les arêtes, puis s'envolent en fumées blanches et vont former comme un chapeau de nuées autour des cimes les plus hautes. Déjà quelques-unes sont entièrement dégagées et découpent leurs crêtes hardies sur un azur éblouissant, qui semble les poudrer de sa lumière bleue : — le Parmelan s'allonge comme un rempart crénelé entre Annecy et Thônes ; la géante du lac, la Tournette, domine tout le paysage avec ses tours en ruine et ses formidables épaulements où scintillent des plaques de neige. — La lumière attendrie du matin harmonise toutes ces lignes et fond dans une tonalité sans cesse changeante le vert phosphorescent des vignes, l'or des blés, la verdure épaisse des noyers trapus et le velours presque noir des sapins. Une brise légère traverse la nappe céruléenne du lac, y fait des risées couleur d'aigue-marine et apporte jusque sur le bateau l'odeur des vignobles qui commencent à fleurir.

Cet air salubre et parfumé semble ragaillardir le méditatif voyageur en veston gris, penché à l'avant. Sa figure s'éclaire, ses yeux s'animent, ses narines mobiles se dilatent comme pour mieux aspirer cette brise d'est, qui arrive chargée de tonifiants parfums végétaux. Ce n'est plus le même homme. Tout à l'heure la fatigue accentuait les rides de ses paupières et creusait, des ailes du nez au coin des lèvres, deux plis qui le vieillissaient ; maintenant sa taille se redresse, ses épaules s'effacent, son teint se colore : on dirait qu'il a retrouvé dans les eaux du lac un renouveau de jeunesse. Il allume un cigare et tire de la poche de son veston une lettre à l'enveloppe déchirée qu'il se met à relire attentivement.

La lettre, timbrée d'Annecy, est adressée à M. Philippe Desgranges, square d'Orléans, rue Taitbout, et en voici le contenu :

Talloires, 28 mai 1886.

« Mon bon Philippe, voilà bientôt vingt-six ans que nous nous connaissons, et notre amitié ne s'est jamais refroidie. Après quatre années de vie en commun, ni l'éloignement, ni l'âge, ni nos façons de vivre, si différentes, n'ont pu affaiblir les sympathies qui nous avaient solidement mariés l'un à l'autre au Quartier latin. La vraie amitié est pareille aux plantes de nos montagnes; une fois qu'elles ont pris pied dans la terre qui leur convient, ni le vent, ni la neige, ni le soleil ne peuvent compromettre leur vitalité persistante ; elles accrochent vigoureusement leurs racines dans les fissures du roc. Ainsi avons-nous fait ; quand je t'ai dit adieu à la gare de Lyon en septembre 1864, nous nous sommes promis que l'herbe d'oubli ne pousserait jamais sur le chemin qui allait s'allonger entre nous, et nous nous sommes tenu parole. — Dans mon ermitage du Vivier, en face des montagnes qui m'y emmurent, j'éprouve en ce moment une mélancolique satisfaction à me rappeler nos premières lettres bourrées de détails et, de loin en loin, nos courtes entrevues à Lyon ou à Dijon, où nous nous donnions rendez-vous, afin, disais-tu dans ton style d'avocat, « de ne point laisser courir la prescription ». Depuis lors, il n'est pas une circonstance intéressante de notre vie, pas un gros ennui ou un petit bonheur, qui n'ait donné lieu à un échange de correspondance. Aujourd'hui, mon cher vieux, c'est encore pour te faire part d'une grave éventualité que je t'adresse cette lettre. Elle te trouvera, je l'espère, à Paris.

» Tu te souviens de notre dernière réunion, à Dijon, dans l'étroit fumoir de l'hôtel de la Cloche, par une pluvieuse journée d'août. Tu revenais de l'une de tes expéditions galantes, et j'avais été conduire un malade aux eaux de Bourbonne. Si tu te le rappelles, tu t'étonnas de me voir, moi fumeur obstiné, refuser un cigare, et je t'avouai que, depuis quelque temps, une affection des voies respiratoires m'avait forcé à renoncer au tabac. Nous en plaisantâmes ensemble ; mais, dès mon retour, la maladie s'est aggravée. Maintenant je suis fixé : je suis irrévocablement atteint de cette mystérieuse et perfide affection que, nous autres médecins, nous appelons l'angine de poitrine. Voici déjà trois ans que je souffre ; les crises deviennent de jour en jour plus violentes. Je suis déjà condamné à vivre emprisonné dans ma chambre, et je prévois qu'avant peu j'irai, comme disent nos Savoyards, *garder les poules de monsieur le curé*, c'est-à-dire dormir sous l'herbe du cimetière de Talloires. Je puis mourir dans un de ces étouffements qui m'angoissent ; il faut donc que je prenne des mesures pour assurer l'avenir et la tranquillité de ma fille Mariannette.

» Elle va avoir vingt-deux ans, mais, bien qu'elle soit majeure, la pauvre enfant sera exposée à de fâcheux ennuis lorsqu'il s'agira de liquider ma succession. Tu sais dans quelles conditions elle est née, et comment mon mariage avec la brave fille qui était sa mère m'a brouillé avec mes deux sœurs. Mariannette, après mon décès, ne peut compter sur le bon vouloir de sa famille paternelle ; quant aux parents éloignés de sa défunte mère, ce sont de pauvres paysans ignorants, qui ne peuvent lui être d'aucun secours. — Ma fortune, il est vrai, est assez ronde et lui donnera une confortable aisance, mais nos terres sont en partie indivises avec celles de mes sœurs ; il faudra procéder à un partage, et ces dernières n'épargneront rien pour grossir leur part au détriment d'une orpheline qu'elles détestent. Elles ne reculeront même pas devant un procès, et Mariannette, peu au courant des affaires, laissera un bon morceau de son avoir entre les mains des avoués. Je voulais arranger tout cela de mon vivant, mais cette maladie qui m'a cloué au Vivier ne me l'a pas permis.

» En ces graves et pressantes conjonctures, j'ai pensé à toi, mon ami. Tu es avocat et, bien que tu n'aies pas beaucoup pratiqué, tu sais assez de droit et tu as assez d'expérience pour être le conseil et le protecteur de Mariannette. Je fais donc appel à ton dévouement, à cette vivace amitié qui a poussé au soleil de notre jeunesse et qui embaume encore notre maturité. Si tu es libre, accours à Talloires. Hâte-toi, car je sens, à certains prodromes qui ne trompent pas, l'approche d'une nouvelle crise, et je voudrais te voir avant de quitter ce monde... Enfin, quoi qu'il arrive, je compte sur toi, Philippe ! Sois pour Mariannette un soutien éclairé, un second père. Ne la quitte que lorsque tous les obstacles seront aplanis. S'il se peut même, si plus tard tu trouves un brave garçon qui lui plaise, occupe-toi de la marier, et ne te désintéresse de ma fille que lorsque son avenir sera solidement assuré. — J'aurais encore bien des choses à te dire, mais la fatigue me gagne. Viens vite, mon bon Philippe ! J'espère durer assez longtemps pour te présenter moi-même à Mariannette... Mais si par malheur je ne devais plus te revoir, je t'embrasse bien fort et... je compte sur toi !

» Ton vieux copain,

» MARCELIN DIOSAZ. »

II

Par une fâcheuse coïncidence, Philippe n'était pas à Paris quand cette lettre lui fut adressée. Il ne la trouva qu'à son retour, et quelques jours passèrent avant qu'il pût se mettre en route. Aussi était-ce avec une nerveuse anxiété qu'il regardait le bateau glisser sur le lac. On était arrivé déjà au ponton de Veyrier. — Sur la pente tapissée de vignes, parmi des massifs de verdure, les maisons de campagne à la toiture en auvent ouvraient au midi leurs galeries enguirlandées de pampres. Près du ponton, des paysannes, debout dans l'eau transparente, jambes nues et jupes retroussées, tordaient le linge de leur lessive dans un éclaboussement de gouttelettes diamantées. Des rires et des éclats de voix mon-

DES PAYSANNES, DEBOUT DANS L'EAU...

taient sous les noyers de la rive. Le spectacle de cette activité matinale serrait brusquement le cœur de Philippe Desgranges. En écoutant le rire de ces laveuses si gaillardes et si allègres, il se demandait si, dans ce moment, son ami Diosaz n'agonisait pas en vue du lac joyeusement animé et ensoleillé. Il regrettait de n'avoir pas mis à exécution le projet tant de fois discuté, tant de fois ajourné, d'une visite à Diosaz dans sa maison du Vivier. Quel plaisir c'eût été de parcourir avec lui ce pays de Savoie si original et si peu connu, et d'y évoquer sur les cimes des montagnes les spectres toujours chers de leur jeunesse évanouie !...

Insensiblement, de même que, là-bas, les montagnes réfléchissaient dans le miroir du lac leurs pentes drapées de vignes ou de prairies, leurs croupes rocheuses ou boisées, Philippe voyait se refléter dans sa mémoire ces années de jeunesse, avec leurs impatients désirs, leurs espérances verdoyantes, leurs ambitions hautaines.

Il avait connu Marcelin Diosaz dans un hôtel d'étudiants, voisin du Panthéon. Bien que ce dernier achevât alors sa médecine et eût cinq ans de plus que Philippe, ils s'étaient peu à peu sentis attirés l'un vers l'autre par de secrètes et irrésistibles affinités. — Marcelin était un montagnard robuste et inélégant, à l'œil bleu, limpide et fin. Sous des formes rudes, il cachait une exquise délicatesse d'âme, un sens très vif de tout ce qui est beau. — Philippe, fils de riches bourgeois des environs de Paris, était aussi un délicat, mais un délicat épris de plaisir, curieux de sensations neuves et rares. De bonne heure son esprit avait été aiguisé et affiné par la vie parisienne, et il affectait une répugnance dédaigneuse pour tout ce qui est trop simple, trop facile, trop clair. — Le même goût pour les choses difficiles et les cimes inexplorées avait tout d'abord rapproché ces natures si différentes. La même foi philosophique et la même admiration pour certains hommes politiques avaient fortifié cette sympathie naissante et peu à peu établi un commerce d'amitié entre les deux étudiants. L'esprit robuste et fin de Diosaz, pénétrant profondément l'esprit subtil et mobile de Philippe, l'avait rendu plus consistant et plus solide, de même que certains alliages donnent à l'or plus de cohésion et de résistance. Finalement, ces deux personnalités s'étaient si bien amalgamées, qu'en dehors des heures des cours, on les rencontrait presque toujours ensemble.

Ils vivaient dans une étroite intimité, partageant le même appartement à l'hôtel, la même table dans un restaurant du carrefour de l'Odéon, le même cabinet de lecture, les mêmes plaisirs de la journée ou de la soirée. Entre onze heures et minuit, on les voyait descendre, bras dessus bras dessous, des hauteurs de Bullier ; on les rencontrait, les dimanches d'été, dans les bois de Chaville ou de Verrières, Diosaz herborisant et Philippe chevauchant quelque dada paradoxal. Ils n'avaient point de secret l'un pour l'autre et se confiaient leurs bonnes fortunes. La seule différence qui existât entre eux, c'est que Diosaz conservait longtemps la même maîtresse, tandis que Desgranges partait toujours en quêtes de nouvelles aventures d'amour, étrangement compliquées. Tous deux étaient ambitieux, mais avec des perspectives très opposées : Philippe rêvait de luttes politiques en pleine vie parisienne et visait à la députation ; — Diosaz aspirait au moment où il pourrait s'établir dans son pays récemment annexé, y acquérir de l'influence et contribuer au progrès économique et intellectuel de cette nouvelle province française.

Comme la date de ces rêves de jeunesse était déjà lointaine !... Et comme le temps avait amené des résultats tout autres que ceux auxquels les deux amis avaient rêvé !... Sur les hauteurs où leur fougue ambitieuse les poussait jadis, tous deux avaient cru voir l'avenir souhaité se dérouler harmonieusement, comme du sommet d'une montagne on voit les bois succéder aux pâturages, les routes fuir dans la plaine, et les villages s'allonger au bord des rivières. Mais la vie vécue ressemble aussi peu que possible à la vie contemplée de loin à travers les illusions de la jeunesse. Peu d'hommes sont assez doués de volonté et de ténacité pour suivre sans gauchir la route qu'ils se sont d'avance tracée ; même lorsqu'ils ont la volonté persistante d'aller droit au but, ils doivent lutter avec d'autres hommes également doués d'une volonté opiniâtre ; ils doivent compter avec les obstacles que la destinée jette au travers du chemin, avec les révolutions, les passions, la maladie, — et surtout avec la mort.

Diosaz, reçu docteur, était retourné à vingt-neuf ans en Savoie ; il s'était établi à Talloires, dans le domaine paternel du Vivier, et il y avait mené la vie affairée d'un médecin et d'un propriétaire campagnard. Il y avait fait, à la vérité, beaucoup de bien et y avait acquis une légitime influence. Mais il s'y était heurté aussi à des pierres d'achoppement. Pris d'un amour très vif pour une simple fille de *chalézan* [1], qui était servante au Vivier, il l'avait épousée pour légitimer une enfant née de cette liaison. Cette mésalliance, dans un pays où les distances sociales sont encore rigoureusement marquées et maintenues, l'avait brouillé avec sa famille. Son prestige en avait souffert, et, à l'heure même de la maturité, quand il comptait récolter la moisson qu'il avait semée, la maladie le terrassait et c'était

PRIS D'UN AMOUR...

la mort qui allait peut-être le moissonner à son tour.

Philippe, lui, était resté à Paris, et avait eu, au barreau, des débuts brillants ; mais les vulgarités de la cuisine procédurière l'avaient vite dégoûté. Riche, célibataire, indépendant, il n'avait pas le stimulant nécessaire d'un gagne-pain quotidien, et ne prenait guère au sérieux sa profession. Il ne plaidait que de loin en loin, et, plus souvent qu'au Palais, on le rencontrait dans des sociétés d'artistes et de journalistes où son esprit dédaigneux de la banalité et son dilettantisme de mondain se trouvaient plus à l'aise. Il n'avait point renoncé cependant à se faire une situation politique ; mais c'est

1. Locataire d'un chalet dans la montagne

surtout dans le monde des politiciens qu'il importe d'être tenace et persévérant. Philippe Desgranges, sans cesse tenté par *l'éternel féminin*, sans cesse à la recherche de ce qu'il appelait « l'inconnue », c'est-à-dire d'un amour qui pût lui donner des émotions rares et non encore goûtées, n'avait ni le zèle ardent, ni l'activité persistante, ni la souplesse nécessaires à un futur homme d'État. D'ailleurs, au moment où il atteignait la trentaine et où il commençait à faire sa trouée, une passion absorbante l'avait détourné de sa voie. Il était devenu l'ami très intime d'une femme mariée à un puissant manieur d'argent. Peu à peu les fils légers et soyeux qui l'attachaient à cette mondaine et séduisante amie s'étaient multipliés et entre-croisés avec une telle complication, qu'au bout de quelques années ils avaient formé un filet souple et résistant, dans lequel Desgranges s'était trouvé bel et bien emprisonné...

III

La pente de ces méditations rétrospectives avait insensiblement détourné Philippe Desgranges de la contemplation des aspects changeants du lac. Il entendait à peine, comme un accompagnement berceur de ses rêveries, le halètement de la machine et le clapotement frais des aubes du bateau. On avait stoppé à Menthon-Saint-Bernard, dont on voyait le château, à mi-hauteur, émerger d'un parc montueux avec ses grises façades nues et ses toits d'ardoises très aigus. Maintenant, on se dirigeait vers Saint-Jorioz. Cinq ou six voyageurs venaient de s'embarquer, et on entendait la voix insinuante du photographe crier à la famille anglaise :

— Menthon, patrie de saint Bernard !... Nous traversons le lac dans sa plus grande largeur... Vous avez, à gauche, la muraille du Parmelan, et ici, vers la droite, la Tournette, 2.354 mètres d'altitude...

Mais le bruit des voix, le va-et-vient des passagers, les fuyantes perspectives des montagnes, brusquement entrevues et disparues, ne parvenaient pas à attirer l'attention de Philippe. De plus en plus, sa pensée, repliée sur elle-même, était en train d'évoquer le passé, et, dans l'eau bleuissante du lac, l'image de son amie, la belle madame Camille Archambault, se reflétait telle que la jeune femme lui était apparue quinze ans auparavant.

Il la revoyait comme dans une hallucination, au fond d'un petit salon où une vingtaine de personnes étaient réunies et où l'on faisait de la musique. — Il avait la perception très nette de cette pièce haute de plafond, tendue d'une étoffe vieil or, avec un meuble de velours de

QUAND BRUSQUEMENT ELLE RELEVA LA TÊTE...

aux inflexions délicates, supportant, comme une hampe fine supporte une belle fleur, une figure d'une originalité attirante. — Les cheveux d'un blond roux, retroussés sur le sommet de la tête, de façon à bien dégager la nuque, retombaient en boucles légères au-dessus d'un front étroit et haut, que ces frisons masquaient à demi ; les yeux jetaient une flamme fauve sous de minces sourcils ; le nez était long et effilé, la bouche, relevée aux coins et moqueuse. L'ensemble rappelait ces têtes de Prudhon qui enfoncent dans le souvenir leur regard chaste et hardi. L'une des fluettes mains blanches courait sur le clavier, et on entendait avec l'envolement des notes les pendeloques des bracelets cliqueter sur les touches. — Philippe, croyant la jeune femme occupée à déchiffrer un air, l'étudiait avec une curiosité croissante, quand brusquement elle releva la tête, rencontra les yeux du jeune homme fixés sur elle et soutint obstinément son regard. Ce fut elle qui l'obligea à baisser les yeux, tandis que du coin des lèvres elle ébauchait un ironique sourire.

Après une heure de musique, on avait organisé une sauterie. Philippe, ayant invité madame Archambault, était frappé, dès les premières paroles échangées, de l'originale tournure d'esprit de cette jolie femme. Il y avait en elle un mélange de coquetterie piquante et de pudique retenue qui décontenançait. Elle passait sans aucune raison apparente d'une gaieté tapageuse et gamine à une soudaine mélancolie, de l'ironie gouailleuse à l'enthousiasme exubérant. Chez cette jeune femme de vingt ans, aux allures étourdies, on devinait une nervosité à fleur de peau, un maladif besoin de sensations aiguës ; des mouvements d'âme désordonnés, comme

Gênes et une longue glace drapée, sur le tain de laquelle se détachait une étude de Diaz représentant des baigneuses sous bois. Camille s'était assise devant un piano à queue, sur la table duquel il s'était lui-même accoudé et d'où il apercevait le buste élégant, élancé et mince, de la jeune femme, avec le commencement de la jupe bouffante. Elle portait un corsage échancré en pointe, laissant voir le dos assez loin entre les épaules, et une poitrine plus développée que ne le faisait supposer la gracilité de sa taille. De ce corsage aux tons neutres se détachait un cou svelte ceux d'une balance affolée et qui ne peut plus retrouver son équilibre. De toutes les catégories de l'espèce féminine, c'étaient ces natures névrosées et excessives que Philippe redoutait le plus, précisément parce qu'elles exerçaient sur lui un plus mystérieux attrait. Aussi son premier mouvement fut-il de se garer et de se tenir à l'écart. Mais il y a des rapprochements qui semblent d'avance combinés par une inflexible destinée. Madame Archambault remarquait le trouble de Desgranges et pressentait déjà qu'elle en était la cause provocatrice. Elle s'attendait à ce qu'il vînt grossir le troupeau de

était allé, l'avait trouvée seule, en était parti déjà à demi ensorcelé, et y était retourné assidûment. Puis, un soir de janvier, tandis qu'elle était pelotonnée frileusement dans la pénombre d'une large chauffeuse de peluche, il s'était penché vers elle ; lentement, silencieusement, il lui avait baisé les yeux, et, avec une brusquerie farouche, elle s'était jetée dans ses bras.

Il se rappelait avec un frisson mélancolique combien, dans les premières années, avaient été exquises ces furtives heures de tendresse, arrachées aux devoirs domestiques, aux importunités mon-

IL Y ÉTAIT ALLÉ, L'AVAIT TROUVÉE SEULE...

ses cavaliers servants, et le soin que Philippe mettait à l'éviter la mortifiait. Bientôt, irritée de cette agaçante réserve, c'était elle qui prenait les devants, — elle qui, jusqu'alors, avait la réputation de rester indifférente aux adorations qui bourdonnaient autour de sa beauté !

Philippe entendait encore sa voix aux intonations à la fois mélodieuses et coupantes lui murmurer un soir, dans un coin du salon vieil or : « Monsieur Desgranges, pourquoi ne m'avez-vous jamais rendu visite? » — Et, comme il s'excusait en alléguant qu'il ignorait quel était son jour : — « Oh ! avait-elle repris en ouvrant et en refermant son éventail, ne venez pas à mon jour, vous vous ennuieriez trop... Je suis toujours chez moi de cinq à sept... Venez-y demain ! » — Il y

daines, soigneusement enveloppées de mystère, espacées sagement à de longs intervalles. N'ayant point d'enfants, madame Archambault, pendant les fréquentes absences de son mari appelé à l'étranger par ses spéculations, jouissait d'une grande liberté. Ayant tous deux la même répugnance pour les ridicules trivialités de l'amour clandestin à Paris, ils s'arrangeaient de façon à passer ensemble une semaine entière dans quelque coin de la province, bien obscur, où ils savouraient comme deux jeunes mariés une trop courte, mais paradisiaque lune de miel. Philippe retrouvait dans sa mémoire les détails précis de ces brèves et mystérieuses stations d'amour, pleines d'imprévu, où le charme d'un pays nouveau s'ajoutait aux délices attendries d'un plaisir goûté avec sécurité : — une auberge dans un village de Touraine, où ils avaient vécu huit jours enfermés, tandis que les giboulées d'avril tintaient aux fenêtres et qu'à travers les vitres humides ils apercevaient les voiles carrées des bateaux qui descendaient la Loire ; — un vieil hôtel silencieux à Angoulême, entre cour et jardin, à peine fréquenté par quelques officiers de la garnison et où ils dînaient en tête à tête sous de grands tilleuls en vue de la vallée de la Charente verdoyante et touffue ; — une maison de garde, dans la forêt de Laigue, où ils occupaient une petite chambre aux cloisons de sapin et où ils ne rentraient qu'à la nuit close, avec des brassées de fleurs et de fruits sauvages.

Puis étaient venus des jours plus orageux et plus difficiles. Malgré toutes ces prudentes précautions, leur amour avait transpiré au dehors ; le mari, devenu soupçonneux, avait été pris d'une tardive inquiétude. Il avait exigé de sa femme qu'elle le suivît dans ses voyages, et, avec les difficultés accrues, une certaine amertume s'était mêlée à la douceur de la commune tendresse des deux amants. L'absence avait irrité la nervosité de Camille. Le moindre retard dans la correspondance éveillait sa jalousie, et Desgranges recevait des lettres pleines de reproches tempêtueux. Pour le voir librement, madame Archambault était obligée d'inventer des combinaisons laborieuses qui ne réussissaient pas toujours. Alors la fièvre la prenait, et quand ils se revoyaient enfin, après mille traverses, elle reprochait à Philippe de ne pas lui savoir assez gré des efforts qu'elle avait dû faire pour ménager une rencontre.

Ces réunions, bien des fois ajournées ou contremandées, ne pouvaient plus guère avoir lieu qu'aux bains de mer ou dans quelque station thermale. Camille s'y faisait envoyer par un médecin à sa dévotion. Au reçu d'un télégramme impératif, Philippe devait tout quitter pour courir les chemins, car la jeune femme ne comprenait pas que Desgranges ne fût point immédiatement prêt à partir. Ayant bravé plus d'un danger pour préparer cette entrevue, elle exigeait qu'il laissât tout pour accourir auprès d'elle. A ce régime de brusques et fantasques assignations, il était impossible que Philippe pût travailler avec suite et mener à bien ses projets ambitieux. Aussi y avait-il renoncé ; mais ce renoncement pénible, cette absolue abdication de son indépendance, cette conscience qu'il avait d'une carrière désormais fermée, d'une vie manquée irrémédiablement, aigrissaient son humeur et irritaient ses nerfs. Plus d'une fois il avait protesté contre des exigences qu'il trouvait déraisonnables, et ses essais de révolte s'étaient toujours apaisés à la suite d'une crise de larmes, suivie de tendres supplications. D'ailleurs, la vue seule de Camille suffisait à triompher de ces velléités de rébellion. Le caractère entier et passionné, l'étrange et séduisante tournure d'esprit de cette originale créature, agissaient comme un charme sur Philippe, et le ramenaient subjugué et repentant à son ancien servage...

Tandis que Desgranges se livrait à ce rétrospectif examen de conscience, le bateau longeait un haut promontoire boisé qui semblait, ainsi qu'un mur à pic, fermer brusquement le lac. En face, sur une presqu'île bordée de peupliers et de marronniers, le château de Duingt, avec ses tourelles pointues et sa façade blanche, s'avançait dans la verdure comme pour achever de barrer l'entrée du *petit lac*. La machine siffla, et ce déchirement aigu interrompit la méditation de Philippe. Au même moment, il entendit le guide-photographe haranguer la famille anglaise à laquelle il s'était attaché :

— Voici Talloires, l'un des plus beaux sites du lac et l'endroit préféré des touristes !

Le bateau doublait la pointe du promontoire et décrivait une courbe lente dans une anse bordée de vignes, au fond de laquelle les anciens bâtiments d'une abbaye de bénédictins, transformée en hôtel, dressent leurs toits bruns au-dessus de l'épaisse verdure d'un massif de marronniers. Entre les vignobles et les arbres des vergers, l'unique rue du village apparaissait, chauffant au soleil ses auvents hospitaliers, ses galeries de vieux bois fusé et ses toitures moussues. — Au delà du village et des vignes, des pentes boisées et ravinées montaient en muraille verdoyante jusqu'aux roches en encorbellement, où l'église de Saint-Germain est suspendue comme un nid de mouettes à une falaise ; puis des forêts résineuses

succédaient aux cultures, des pâturages
dorés de lumière se découpaient dans le
velours sombre des sapins et se conti-
nuaient presque à pic, jusqu'aux assises
rocheuses où les bastions de la Tournette
contemplaient le fond du lac bleuissant
et son cirque de montagnes harmonieusement groupées.

Philippe Desgranges avait saisi sa
valise et s'était joint aux passagers qui se
préparaient à quitter le bateau. En examinant attentivement ces nombreux voyageurs qui se rendaient si matin à Talloires, il fut soudain frappé de leur attitude compassée et de l'uniformité du costume qui les endimanchait : les hommes

IV

Les gens débarqués du bateau avaient
pris un chemin montant à travers les
vignes. Philippe pénétra derrière eux
dans l'unique et tortueuse rue de Talloires, à laquelle des façades percées de
rares fenêtres, et accidentées d'angles
saillants ou rentrants, donnent un aspect
de passage fortifié. Il arriva ainsi à
l'extrémité du village, en face d'une
habitation un peu isolée, dont la porte
cochère large ouverte laissait voir librement la disposition intérieure. — Située
entre cour et jardin, cette maison était
bâtie dans le goût des confortables

LES PASSAGERS SE PRÉPARAIENT A QUITTER LE BATEAU.

étaient pour la plupart vêtus de redin-
gotes noires et les femmes portaient des
toilettes de couleur sombre. En même
temps il entendit le tintement monotone
d'une cloche d'église, et un funèbre pressentiment le prit. Son cœur s'était anxieusement serré, et, à peine débarqué, il
s'informa, près de l'homme du ponton, du
chemin qui conduisait au Vivier.

— Vous n'avez qu'à suivre ces messieurs et ces dames, répondit le pontonnier ; ils se rendent tous au Vivier pour la
sépulture...

— La sépulture !... Est-ce que monsieur
Marcelin Diosaz?...

— Oui, monsieur, il est mort avant-
hier, et on l'enterre ce matin.

demeures savoyardes du commencement
du siècle. Élevée au-dessus d'un sous-sol,
couverte de toits en auvent, elle était
flanquée de deux pavillons aux toitures
aiguës, que reliaient des *loggie* à l'italienne. L'une de ces galeries, sur lesquelles
prenaient jour les portes et fenêtres de
l'appartement, était enguirlandée de glycines et de chèvrefeuilles, et regardait les
flancs de la montagne ; — l'autre, orien-
tée au midi, faisait face au lac et au
château de Duingt, bâti sur la rive opposée.
Tout autour du corps de logis, des parterres
en fleurs, ombragés de hauts platanes, des
vergers plantés de noyers et des vignes
bruissantes de sauterelles, descendaient
mollement jusqu'au bord de l'eau. Du
seuil du porche béant, rien qu'en embras-
sant cet ensemble d'un rapide coup d'œil,

on devinait quelle fête du regard une habitation aussi heureusement située devait
offrir à ses hôtes à toute heure du jour.

Mais, à ce moment, le contraste de la
joie du dehors avec le funèbre appareil
de l'intérieur avait quelque chose de cruellement poignant. — A gauche, sous les

GUIDÉ PAR UN PETIT HOMME...

quinconces des platanes, les enfants du
bourg stationnaient sur deux files : les
garçons conduits par le maître d'école ;
les filles, par des sœurs en cornette noire.
Devant la façade d'entrée, les pompiers
évoluaient gravement sous l'œil de leur
capitaine, tandis qu'entre les feuillages
luisants des grenadiers et des citron-
niers, on distinguait les voiles de mous-
seline et les cagoules blanches à corde-
lière, dont les femmes de la confrérie des
pénitentes s'enveloppent par-dessus leur
robe de deuil.

Guidé par un petit homme qui remplissait les fonctions de *pleureur* et que drapait
jusqu'aux pieds un manteau d'escot noir,
Philippe, la poitrine et la gorge serrées,
gravit le massif escalier de marbre du
pays qui accédait au premier étage, et
se laissa conduire jusqu'à la chambre
mortuaire. — Le cercueil y reposait sur
des tréteaux, entre quatre cierges allumés
et près d'un vase plein d'eau bénite. Desgranges secoua l'aspersoir sur le poêle
de velours qui recouvrait la dépouille de
Marcelin Diosaz. Un sanglot se nouait
dans son gosier, à la pensée qu'il était
arrivé trop tard pour serrer la loyale main
de son ami. Il revoyait en imagination
Diosaz descendant des bois de Chaville,
une chanson montagnarde aux lèvres ;
il se remémorait son aimable figure rosée,
ses yeux fins et rieurs, et sa petite moustache
châtaine. Il songeait que cette joie, ce
sourire, cette exubérante vitalité, tout
cela était enfermé maintenant dans cette
boîte de chêne, et que jamais plus cette
vivante personnalité ne reparaîtrait à la
claire lumière du jour. Il lui semblait que
tout ce qui lui restait d'activité, de verdeur et de sève disparaissait avec la dépouille de ce compagnon des jours heureux
et qu'en escortant le corps jusqu'au cimetière, il mènerait aussi le deuil de sa
jeunesse.

— Monsieur veut-il mettre un crêpe?
demanda le pleureur, qui remarqua
l'émotion de Philippe et devina un ami du
défunt.

Il le conduisit vers une pièce contiguë
à la chambre mortuaire, où une servante
ornait de longs crêpes les chapeaux que
les invités lui présentaient à tour de rôle.
Ce cérémonial accompli, Philippe se glissa
dans le salon plein de monde, dont les
volets étaient clos et où l'orpheline recevait les embrassades et les condoléances
de chaque nouvel arrivant. Dans un
groupe de femmes en deuil et sous les
longs voiles noirs qui l'enveloppaient, il
put à peine entrevoir le jeune visage
altéré et les yeux gros de larmes de la
pauvre enfant secouée par des sanglots
mal étouffés. Il la salua, tandis que les
regards curieux des assistants le dévi-
sageaient ; puis, honteux de son veston
gris au milieu de ces vêtements de deuil,

LA LONGUE PROCESSION...

il se retira discrètement et alla s'appuyer à la balustrade de la galerie extérieure.

La cloche de l'église tintait toujours, et le clergé, crucifix en tête, entrait dans la cour sablée.

— Messieurs, dit à voix haute le *pleureur*, le mort quitte sa maison !

Les têtes se découvrirent, pendant qu'au long des degrés fleuris de chèvrefeuille, le cercueil descendait, porté par quatre montagnards, en veste et en chapeau rond, ayant en bandoulière une large serviette blanche dont le nœud était fixé dans les bâtons placés sous la bière. — Le convoi se forma lentement à travers le jardin : d'abord les enfants, cierges en main, sur deux files, et les pompiers marquant lourdement le pas ; puis, derrière le cercueil, la confrérie des pénitents ; enfin la famille, suivie des dames espacées sur deux rangs, et les hommes fermant le cortège dans le même ordre. — La longue procession se déroula dans la rue tortueuse jusqu'à l'église, entourée d'un modeste cimetière, où l'on voyait, près de l'entrée, une fosse béante attendant son hôte. Les assistants étaient si nombreux que l'église fut pleine avant que la queue du convoi y arrivât. Au fond de la nef bourrée de gens agenouillés, en face de l'autel étoilé de cierges et à quelques pas de la bière, Philippe distinguait la forme noire et prosternée de la jeune fille, dont les épaules étaient secouées par une nouvelle explosion de douleur.

Le clergé, lent et solennel, procédait avec pompe aux cérémonies du service religieux. La messe était chantée avec grand renfort de voix d'enfants de chœur. On devinait, à la façon consciencieuse dont les officiants psalmodiaient le *Dies iræ*, qu'il s'agissait d'un mort d'importance. Dans cette nef resserrée et sans bas-côtés, par cette matinée de juin, la chaleur était suffocante. On avait cependant laissé les portes grandes ouvertes ; dans le cadre du portail cintré, on voyait un coin bleu du lac, une croupe verte de montagne et, tout au loin, des frissons de champs de blé mûrissant dans un poudroiement de soleil. Tandis que le curé, d'une voix bien timbrée, aux articulations nettes et sonores, chantait la préface : *Vere dignum et justum est, æquum et salutare, nos tibi semper et ubique gratias agere...* une sauterelle envolée des jardins du voisinage et encore éblouie

de clarté, se posait sur la coiffe noire d'une paysanne occupée à égrener son chapelet. Des enfants la remarquaient et se la montraient du doigt avec un sourire, et Philippe, machinalement, suivait sur les bonnets des prieuses le sautillement effaré de cette buveuse de soleil, égarée au milieu de l'office des Morts.

Après l'absoute, on enleva le corps, les cierges s'allumèrent, et le cortège, se reformant dans le cimetière, fit le tour extérieur de l'église, au-dessus de laquelle les pâturages verts des hautes cimes avaient l'air de s'élever comme un mur immense. Le soleil de midi tombait d'aplomb sur les têtes nues, une pénétrante odeur de foin coupé emplissait le petit cimetière. On eût dit qu'avant de l'enfermer sous la terre, on voulait montrer à Marcelin Diosaz, dans toute leur radieuse beauté, les montagnes et le lac qu'il avait tant aimés. — Le cercueil descendit dans la fosse. Le prêtre murmura le dernier *Requiescat in pace*, les cierges s'éteignirent, et Philippe se trouva dans la rue, au milieu de la foule qui s'éparpillait.

Il ne crut pas convenable de se présenter sur-le-champ à mademoiselle Diosaz pour l'informer de l'objet de son voyage. Il remit sa visite à l'après-midi, et entra dans l'auberge où il avait fait porter sa valise. Après avoir essayé vainement de manger, il alluma un cigare pour tuer le temps, et, accoudé à la fenêtre de sa chambre, il se mit à songer au mort qui reposait maintenant dans la terre pierreuse de l'étroit cimetière. — Le cirque des montagnes était à ce moment baigné de soleil. Çà et là, quelques ombres seulement s'y marquaient en taches violettes. Une paix lumineuse, un sommeil d'enchantement prenaient possession des rivages riverains et de la luxuriante marge de blés, de prairies et de vignobles qui s'arrondissait autour du lac. L'eau, d'un bleu soyeux au soleil et d'un bleu verdi à l'ombre, n'avait pas une ride. Ce silence d'assoupissement n'était troublé que par un chant de coq, un bruit de rames et un sourd bruissement d'insectes. Peu à peu, Philippe Desgranges se sentait enveloppé d'un calme bienfaisant. Ses nerfs se détendaient, son cerveau se rasérénait. Cette tranquillité limpide et reposante était si différente de la fièvre parisienne qui l'agitait encore la veille ! Il se figurait être transporté dans un monde nouveau, — un monde aux sites intimes et aux larges horizons, à la lumière à la fois colorée et pacifique, dont il n'avait jamais eu aucune idée. — Dans la paix endormie du village, il entendit tout à coup deux heures sonner à l'horloge de l'église, et se dit qu'il était temps de retourner au Vivier.

Il redescendit l'unique rue déserte, pleine de soleil, et se retrouva devant la porte, maintenant close, du logis Diosaz. Les fenêtres donnant sur la route étaient ouvertes ; des tapis, des matelas pendaient au dehors ; des femmes allaient et venaient à l'intérieur, et il comprit qu'on remettait en ordre l'appartement où son ami avait expiré. Il était peu au courant des usages campagnards, et la hâte avec laquelle on procédait le choqua. Il agita la sonnette, ayant l'esprit déjà prévenu contre l'héritière de Marcelin Diosaz. Qu'était-ce que cette Mariannette, fille d'une paysanne et légitimée par un mariage subséquent ? Était-elle vraiment digne de la tendre sollicitude dont Diosaz l'avait entourée jusqu'au dernier jour ? N'avait-elle pas trop maternisé peut-être ; et Philippe allait-il se trouver en face d'une provinciale à l'esprit étroit et positif, ayant dans le sang un peu de la dureté et de la rapacité des gens de campagne ?... N'importe ! Diosaz l'avait aimée. C'était pour l'amour du défunt et non par intérêt pour elle-même que Philippe venait lui offrir ses services.

Une vieille servante en deuil avait ouvert la porte. Il lui expliqua qu'il désirait parler à mademoiselle Diosaz, donna sa carte et attendit, devant les massifs du jardin, qu'on lui apportât la réponse de l'orpheline.

Après quelques minutes, la servante redescendit et lui fit signe de la suivre.

Il gravit de nouveau l'escalier où il avait vu passer le cercueil de Diosaz et fut introduit dans le salon, maintenant vide, où s'était pressée la foule des invités en deuil. La pièce était restée obscure et close, à l'exception d'une porte-fenêtre entre-bâillée, et dans l'écartement de laquelle on apercevait les pampres enroulés autour des piliers de la galerie, un coin de jardin plein de rosiers, et un bout de la nappe bleue du lac. Ébloui par la lumière de l'extérieur, Philippe ne distinguait rien d'abord dans ce salon enténébré. Un froissement d'étoffe et un point blanc qui s'agitait dans l'ombre attirèrent brusquement son attention ; il entrevit une personne vêtue de noir, affaissée dans un fauteuil et roulant dans ses doigts la carte que la servante avait apportée.

Il s'inclina, et ses yeux s'accoutumant à l'obscurité, il parvint à distinguer plus nettement la figure de mademoiselle Diosaz. Elle s'était levée, avait indiqué un fauteuil au visiteur et restait debout sans parler.

Philippe vit devant lui une svelte silhouette de jeune fille, un visage aux traits à la fois fermes et délicats, éclairé par deux grands yeux bruns, où il reconnut l'expression des yeux de Diosaz. Elle était nu-tête, et ses épais cheveux châtains, plaqués sur les tempes, encadraient un ovale très pur, au teint mat, à la bouche fine. Ses lèvres pâlies étaient agitées par un frémissement douloureux.

— Mademoiselle, commença Desgranges en s'approchant, j'étais un vieil ami de votre père, et, bien que vous ne me connaissiez pas...

— Vous vous trompez, monsieur, interrompit-elle d'une voix qui tremblait, je vous connais... Mon père parlait souvent de vous... Mon père ! reprit-elle avec un accent déchirant, mon Dieu, pourquoi faut-il qu'il ne soit plus là ?... Je ne peux pas m'accoutumer à l'idée qu'il a quitté sa maison !...

Des sanglots l'interrompirent, et Philippe, très ému lui-même, la laissa pleurer sans pouvoir trouver un mot. Elle essuya farouchement ses yeux, et tendant la main à l'ami de son père :

— Il désirait tant vous voir !... Il y a trois jours, il faisait encore des projets pour le moment où vous arriveriez... Trois jours, et puis plus rien... Ah ! c'est trop tôt, c'est trop cruel !...

Philippe, navré lui-même, serrait affectueusement la main de la jeune fille.

— Ma pauvre enfant, reprit-il, je comprends tout votre chagrin... Pleurez, ne vous contraignez pas !... Les larmes font du bien... Si c'est un soulagement que de savoir sa propre douleur partagée, dites-vous que vous êtes en présence d'un ami profondément affligé à la pensée qu'il ne reverra plus son ami. Il me semble que c'est un morceau de ma vie qui s'en est allé, et je me reproche amèrement d'être arrivé trop tard...

Mademoiselle Diosaz avait relevé la tête, et ses yeux mouillés brillaient dans la pénombre.

— C'est injuste, murmura-t-elle, comme si elle se parlait à elle-même, de faire mourir ainsi un homme dans la force de l'âge... Dieu est cruel !... Il m'enlève un père, et il laisse vivre tant de choses qui me sont maintenant indifférentes !... Quand vous êtes entré, je me demandais pourquoi le jardin était encore là, comme si rien ne s'était passé, et comment *ses* rosiers pouvaient encore fleurir, maintenant qu'*il* est mort ?...

Philippe écoutait parler l'orpheline

IL LA LUT LENTEMENT...

avec un étonnement mêlé de sympathie. Il ne s'était pas attendu à trouver, au fond de ce coin perdu de la province, une nature si franche, si peu maniérée, exprimant sa douleur avec tant d'énergique simplicité.

— Oui, répliqua-t-il, la mort est cruelle; mais, si brutale qu'elle soit, elle ne détruit pas la personnalité tout entière de ceux que nous avons aimés... Leur souvenir reste et converse encore avec nous... Voulez-vous, mademoiselle, que je vous lise la lettre que votre père m'écrivait il y a huit jours, et où il était question de vous?

— Oh ! je vous en prie ! s'écria-t-elle ; il me semblera que je retrouve un peu de lui !

Elle s'était rassise, les mains nouées sur ses genoux, le buste penché en avant, et ses grands yeux fixés sur Desgranges, qui avait déplié la lettre de Diosaz. Il la lut lentement, presque en entier, omettant seulement quelques réflexions qu'il jugeait inutile de faire connaître à la jeune fille. Celle-ci, en entendant cette lecture où revivait toute l'âme affectueuse et tendre de son père, s'était remise à pleurer doucement, silencieusement. Philippe se sentait pénétré d'une émotion croissante, et quand il acheva les dernières phrases de la lettre, sa voix altérée était presque aussi mouillée de larmes que les yeux de Mariannette.

— Maintenant, mademoiselle, dit-il en repliant le papier où Diosaz avait écrit ses suprêmes recommandations, et sur les lignes duquel l'orpheline attachait des regards avides, presque jaloux — maintenant vous êtes au courant de la mission toute particulière qui m'a été confiée, et j'attends vos instructions.

— Pour quoi faire ? demanda-t-elle, comme brusquement réveillée d'un songe.

— Mais, reprit-il un peu étonné, pour me mettre à même de remplir le mandat assez délicat dont m'a chargé Diosaz... J'aurai besoin d'avoir le détail des immeubles pour lesquels un litige est à craindre... Il me faudra entrer en rapport avec votre notaire et avec celui de vos tantes ; enfin prendre les mesures conservatoires nécessaires à la sauvegarde de vos intérêts... Il est donc indispensable que nous examinions ensemble les papiers du défunt...

— Non ! non ! se récria-t-elle d'une voix suppliante, n'exigez pas cela !... Je ne peux pas... Je ne veux pas !...

— Pourtant !... objecta-t-il, ébahi.

— Quoi ! reprit-elle avec un accent presque indigné, quand la terre sous laquelle on vient de mettre mon père est encore fraîchement remuée, vous croyez que je vais discuter des questions d'intérêt, fouiller les tiroirs pour chiffrer sa fortune ? Et si, comme vous le craignez, pour m'assurer la possession de quelques lambeaux de terre, il faut plaider, vous vous imaginez que j'aurai le cœur d'étaler en public les secrets de famille de mon père et de traîner ses sœurs devant les tribunaux?... Non, monsieur, ne me parlez de rien de pareil... Je veux qu'on me laisse en paix avec mon chagrin et mes souvenirs... Je n'ai aimé qu'une personne au monde : mon père... Je veux vivre en esprit avec lui, comme s'il était encore dans sa maison, et je n'entends pas qu'aucune autre occupation vienne me distraire de mon deuil !

Elle s'était levée, et dans son geste saccadé, impératif, il y avait comme un absolu commandement enjoignant à Desgranges de ne plus insister. Il s'était levé à son tour et la considérait avec étonnement. Bien qu'au fond de son esprit sceptique et raisonneur il taxât d'enfantillage romanesque l'indignation de l'orpheline, et encore qu'il fût ennuyé de la résistance inattendue de la jeune Savoyarde, il ne pouvait s'empêcher d'admirer l'obstination de cette enfant, qui ne voulait pas être troublée au milieu de sa douleur. La figure expressive de Mariannette, soudainement animée par la surexcitation, aidait encore à développer en lui ce sentiment admiratif. Le sang qui était monté au visage de la jeune fille avait rosé ses joues et allumé ses prunelles ; elle était en ce moment très jolie, malgré ses traits tuméfiés et ses paupières rougies par les larmes. — Philippe essaya une dernière objection :

— Je respecte votre chagrin, mademoiselle ; mais, si vous aimiez votre père, il me semble que la meilleure marque d'affection que vous puissiez lui donner, c'est de respecter les volontés qu'il a clairement exprimées.

Elle secoua obstinément la tête :

— Mon père a rempli le devoir d'un bon père en s'occupant de mon avenir ; moi, je fais mon devoir de fille aimante en le pleurant et en ne pensant qu'à lui... N'insistez plus !

Philippe comprit que, dans un pareil moment, toutes ses objurgations viendraient échouer devant cet entêtement de la tendresse filiale. Il pensa qu'il fallait laisser au temps le soin de modifier les idées de cette jeune montagnarde. Il s'inclina de nouveau respectueusement :

— Permettez-moi en ce cas, mademoiselle, de prendre congé de vous... Je souhaite que votre pieuse obstination n'ait pas de résultats fâcheux pour votre repos ;

mais je crains bien que votre famille, moins scrupuleuse, ne vienne vous arracher à ces douloureuses pensées que je respecte. Toutefois, comme j'ai, moi aussi, un devoir impérieux et respectable à remplir, je vous demande la permission de me représenter devant vous dans un mois... D'ici là, peut-être la force des choses vous aura inclinée à changer de manière de voir.

Elle secoua les épaules d'un air tristement incrédule :

— A quelque moment que vous vous présentiez, monsieur Desgranges, vous serez toujours le bienvenu dans la maison de votre ami.

— Au revoir, mademoiselle !

Il était déjà sur la galerie, quand elle le rappela :

— Monsieur, balbutia-t-elle, si j'ai été un peu brusque avec vous, ne m'en veuillez pas... Je me sens si malheureuse !

— Je ne vous en veux pas, mademoiselle, je vous comprends...

— Eh bien ! ajouta-t-elle avec un accent de prière, si vous ne me gardez pas rancune, confiez-moi pour quelque temps la lettre que vous a écrite mon père... Je voudrais la relire... Songez !... c'est mon seul bonheur maintenant de vivre avec tout ce qui reste de lui ! ...

Philippe hésita tout d'abord ; puis, espérant que peut-être cette lecture amènerait l'orpheline à des résolutions plus raisonnables, il lui donna la lettre.

— Je viendrai vous la redemander dans un mois, dit-il.

Elle arrêta un moment sur lui de grands yeux reconnaissants ; ils se serrèrent la main et il s'éloigna.

V

Le résultat négatif de son entrevue avec mademoiselle Diosaz désorientait Philippe. Il s'était arrangé pour rester absent de Paris jusqu'à la fin de l'automne, et il ne se souciait guère d'y retourner. D'un autre côté, il trouvait peu récréatif d'attendre pendant des semaines, à Talloires, le moment où se modifieraient les résolutions de l'orpheline. Il décida d'occuper son loisir forcé en visitant la Savoie, qu'il ne connaissait pas. Par le col d'Entrevernes, il gagna les Bauges, et s'enfonça dans les solitudes de ce pays de grands pâturages et de hautes forêts. Il atteignit Chambéry, remonta la vallée de l'Isère jusqu'à Albertville, et, par d'étroites gorges boisées, franchit les montagnes qui le séparaient de Chamonix. Les aspects tantôt grandioses et tantôt intimes du paysage savoyard le charmèrent : les aiguilles neigeuses, toutes blanches sous le ciel bleu,

PAR D'ÉTROITES GORGES...

avec de noires sapinières à leurs pieds ; des pâturages élevés où fument çà et là les feux de pâtres et où chantent les *clarines* des troupeaux ; la vivacité fraîche des verdures, mêlée aux colorations et aux mirages d'une lumière déjà méridionale. — Philippe se plongeait dans cette nature virginale et robuste comme en un bain de renouveau. Il y retrouvait

les merveilleux aspects de la Suisse, mais avec plus de simplicité et de calme, — une Suisse baignée de couleurs plus chaudes, plus italiennes, sans le tapage agaçant des touristes, sans la banalité des gîtes et l'apprêt théâtral du décor.

Au bout de quatre semaines, la pensée des tracasseries procédurières au milieu desquelles mademoiselle Diosaz, livrée à elle-même, se débattait peut-être, lui donna comme un remords du plaisir qu'il prenait, et il se remit en route pour Talloires. Il y revenait plus gaillard, plus allègre et mieux portant. Pendant ces excursions à travers le pays de Marcelin Diosaz, le souvenir de son ami mort ne l'avait pas quitté. A chaque surprise nouvelle du paysage, il se remémorait l'enthousiasme avec lequel l'étudiant savoyard parlait des beautés de sa terre natale. Les glaciers, les forêts et les cascades lui rappelaient telle ou telle conversation de leur jeunesse, et il lui semblait entendre la voix du défunt résonner derrière lui. Aussi, en retraversant le lac, s'était-il juré, quoi qu'il advînt et quelque difficulté qu'il rencontrât, de remplir fidèlement près de Mariannette la mission posthume dont il était chargé.

Quand, un jeudi du commencement de juillet, le bateau de l'après-midi déposa Philippe sur le ponton de Talloires, le village était, comme en juin, enveloppé du même calme recueilli, bercé dans son sommeil par la même mélopée assourdie des sauterelles des vignes ; seulement le ciel était tendu d'un transparent voile de minces nuages blancs, dont la surface, pareille à de la neige foulée, laissait filtrer une lumière plus tendre sur le lac d'un vert cendré. Après s'être installé à l'Abbaye et avoir secoué la poussière du voyage, Desgranges résolut d'aller immédiatement informer mademoiselle Diosaz de son retour. Au lieu de remonter vers le bourg, il suivit, à l'ombre des peupliers, un chemin de halage qui serpentait entre les vignes et la berge, et passait au bas du clos du Vivier. Tout en longeant le talus sinueux, fleuri de reines-des-prés, il se demandait dans quelles dispositions il retrouverait Mariannette, et quels nouveaux arguments il emploierait pour la convaincre. Il aperçut bientôt la façade méridionale du logi

Diosaz. Les platanes étendaient leur ombre sur les pelouses fraîchement tondues ; les rosiers piquaient çà et là d'une note rouge la verdure des vignes, et la *loggia* aux volets verts entre-bâillés semblait dormir à l'abri des glycines qui festonnaient ses piliers. Philippe contourna lentement le clos de vignes, longea un sentier caillouteux aboutissant à la route, et, tout à coup, arrivé à l'angle de la maison, s'arrêta, intrigué par un spectacle très inattendu.

La route était grouillante d'enfants, fillettes et garçons, se bousculant bruyamment pour approcher plus près du mur, au-dessus duquel régnait la terrasse du premier étage. Toutes les conditions et tous les âges étaient représentés. Il y avait des marmots en robe et des adolescents aux vêtements devenus trop courts pour leurs membres allongés par une brusque croissance ; des bambins de sept à huit ans et de grandes filles qui allaient en avoir seize. Tout ce jeune monde aux cheveux embroussaillés, aux yeux agrandis par une mystérieuse convoitise, était couvert de haillons d'un arrangement pittoresque et curieux. Les robes déteintes et effilochées laissaient voir des jambes nues enfoncées dans des souliers ferrés, des cous hâlés et des bras grêles. Des filles étaient coiffées de feutres d'homme, à l'abri desquels étincelaient leurs yeux bleus. Des garçonnets n'avaient pour tout vêtement qu'une chemise sans bouton et une culotte en lambeaux. De joyeux rires illuminaient ces yeux d'enfants, découvraient des dents blanches et égayaient toutes ces mines épanouies. Çà et là, quelques filles, plus correctement vêtues, tricotaient un bas d'un air sage et gourmandaient l'impatience de la troupe.

Dominant tout ce grouillement enfantin, mademoiselle Mariannette Diosaz en personne était accoudée au parapet de la terrasse, entre un grand sac de gâteaux secs, une sébile remplie de gros sous et un paquet de hardes neuves. Très affairée, nu-tête, la taille serrée dans sa robe de deuil, les cheveux frisottant autour de son visage animé, elle s'égosillait à établir un peu d'ordre dans ce fouillis de têtes remuantes et de bras tendus vers elle.

— Allons, disait-elle d'une voix impérative, très nette, musicalement timbrée, les filles d'abord !... Que les garçons se reculent !... Ceux qui n'obéiront pas n'auront rien... J'ai apporté des gâteaux pour les tout petits... Marie Brogny, toi qui es la plus sage, tu vas les prendre dans un coin et leur distribuer cela...

En même temps, elle jetait le sac à l'aînée des fillettes, tranquillement occupée à tricoter son bas.

— Maintenant, reprit-elle, les grandes auront des fichus, des tabliers et des chapeaux de paille... Qu'on se place par rang d'âge, et que celles auxquelles j'aurai donné sortent des rangs au fur et à mesure... Étiennette Villaz, ton feutre ne tient plus sur ta tête ; tiens, voici un chapeau neuf... Toi, Joséphine, tu donneras ce châle à ta mère, qui a un mauvais rhume...

Ainsi, à tour de rôle, son bras, sans cesse en mouvement, envoyait par-dessus le parapet, à celle-ci un mouchoir, à celle-là un col, à une autre un tablier d'indienne. La distribution allait être terminée, quand mademoiselle Diosaz poussa une exclamation en avisant soudain une nouvelle venue qui se présentait au pied de la terrasse.

— Comment, Philomène Malfroy, toi aussi !... Une grande fille !... Tu n'as pas honte de venir quémander avec des bambines ? Quel âge as-tu ?

La grande fille ainsi interpellée portait encore des vêtements de fillette où elle paraissait fort à l'étroit, bien qu'elle fût mince et élancée comme une asperge sauvage. Sa jupe trop courte montrait une paire de jambes nues, brunes et nerveuses ; sa poitrine déjà formée menaçait de faire éclater son corsage à l'étoffe usée ; sous son chapeau de paille, on apercevait une figure maigre, allongée, avec des yeux brillants et des lèvres de chèvre gourmande.

Elle répondit en baissant sournoisement les yeux, tandis qu'un sourire futé élargissait sa bouche :

— J'aurai dix-sept ans à la Saint-Maurice, mademoiselle.

— C'est l'âge où une fille doit travailler chez elle au lieu de vagabonder par les champs, comme tu en as l'habitude... Je vais te donner de quoi te confectionner un casaquin, mais à condition que tu le coudras toi-même... Le tien a grand besoin d'un remplaçant... Maintenant, au tour des garçons !... J'ai des sous pour les plus petits et des livres pour les plus sages.

Les garçons se poussaient en tendant leur chapeau. Mariannette accompagnait chacun de ses menus cadeaux tantôt d'un conseil et tantôt d'une réprimande, le tout lancé d'une voix nette et ferme, avec un mélange de vivacité et de bonté. Elle souriait rarement, et dans le son même de ses paroles on sentait percer un accent de tristesse : toutefois, il semblait à Philippe que la douleur de la jeune fille n'avait plus l'amertume et l'exaltation du premier jour. Au moment où la distribution allait être terminée, il franchit brusquement la foule des bambins et, planté au bas de la terrasse, le chapeau à la main, il dit d'un ton moitié grave, moitié plaisant :

— Moi aussi, mademoiselle, j'aurais une grâce à vous demander.

En reconnaissant Philippe, Marian-

nette, ébaubie, ne put s'empêcher de rougir. Elle abandonna vivement la terrasse et descendit elle-même ouvrir la porte au voyageur.

— Entrez, monsieur Desgranges ! mur-

ALLONS, DISAIT-ELLE...

mura-t-elle... Excusez-moi ; vous me surprenez au milieu de ma distribution du
jeudi... Je l'avais suspendue depuis un
mois, et il m'en a coûté de la reprendre...
Mais les enfants trouvaient le temps long,
et j'ai eu pitié d'eux.

Tout en parlant, elle avait conduit
Philippe sous les platanes, à l'ombre desquels s'arrondissait une table de pierre,
entourée de sièges rustiques. Elle avait
présenté une chaise au visiteur et s'était
assise elle-même. Accoudée sur la table,
les deux mains jointes sous son menton,
elle tenait son visage tourné vers Desgranges et semblait attendre qu'il parlât le
premier. Au frémissement des lèvres de
mademoiselle Diosaz, à l'humide éclat de
ses yeux, celui-ci devinait qu'elle était en
ce moment très émue, et il hésitait à
aborder de nouveau un sujet nécessaire-
ment pénible. Il y eut entre eux une minute de silence, interrompue seulement
par le gazouillis d'un chardonneret qui
avait niché dans les platanes ; puis Philippe commença doucement :

— Vous le voyez, mademoiselle, je suis
un homme de parole... Un mois s'est passé
depuis que j'ai eu l'honneur de me présenter devant vous, et voici que je viens
de nouveau vous tourmenter. Pardonnez
mon insistance indiscrète et permettez-
moi d'espérer que, cette fois, je réussirai
à vous convaincre.

Elle eut un mouvement de la gorge,
comme pour renfoncer un sanglot, puis,
d'une voix raffermie :

— Oui, monsieur, répliqua-t-elle, je
suis prête à obéir aux recommandations
de mon père... Ne me croyez pas l'esprit
versatile, cependant... J'ai, au contraire,
le défaut d'être très entêtée... Mais, ajout-
t-elle avec un accent indigné, ainsi que vous
l'aviez prévu, d'autres personnes se sont
chargées de troubler le silence dans lequel
je voulais me renfermer... C'est odieux !...
Mes tantes n'ont pas même attendu la fin
de mon premier mois de deuil pour entrer
en discussion avec moi... Venez, monsieur,
vous trouverez là-haut les citations que
j'ai reçues par huissier, et vous les exami-
nerez, ainsi que les papiers laissés par mon
père !

Elle s'était levée et précédait Philippe
sur les marches de l'escalier. Sous l'auvent
de la galerie du premier étage, une vieille
servante, coiffée d'un bonnet de linge à
longs tuyaux, tricotait activement.

— Perronne, dit mademoiselle Diosaz,
tu vas ouvrir et aérer la *chambre verte*.

La paysanne savoyarde releva vivement la tête et montra un visage bruni,
durci comme un vieux bois sculpté ; elle
piqua une aiguille dans ses mèches grises,
puis, regardant alternativement sa jeune
maîtresse et le visiteur étranger :

— Le cabinet de travail de défunt
monsieur ! s'écria-t-elle ; eh ! bon Dieu !

UNE VIEILLE SERVANTE TRICOTAIT...

pauvre demoiselle, allez-vous encore vous
y calfeutrer comme l'autre matin, pour en
sortir avec le sang tourné et les yeux brûlés
à force de pleurer ?... Il faudrait pourtant
voir à vous faire une raison !...

— Obéis-moi, Perronne, répliqua Mariannette... Voici monsieur qui était le
meilleur ami de mon père... Il aura besoin
de travailler dans la chambre verte, car
il veut bien s'occuper de mettre de l'ordre
à nos affaires... Va donc vitement ouvrir
les volets.

La servante s'achemina lourdement vers
la chambre verte, où ils la suivirent.
Quand les volets furent entre-bâillés,

Philippe aperçut dans un coin le bureau de Marcelin Diosaz, encore couvert de lettres et de liasses de papiers, le cartonnier surmonté d'un buste de Saussure, la bibliothèque vitrée et l'armoire contenant les préparations pharmaceutiques nécessaires à un médecin de campagne. Sur la tablette de la cheminée, il reconnut sa photographie, qu'il avait jadis envoyée à Diosaz et que celui-ci avait soigneusement encadrée.

— Mon père, dit Mariannette, après un moment de silence, se tenait presque constamment ici dans les derniers moments de sa vie, et c'est ici que vous me permettrez, monsieur, de vous installer... Vous trouverez là, sur le bureau, les papiers timbrés dont je vous ai parlé, et dans ce tiroir la clef du cartonnier... J'espère que vous voudrez bien prendre vos repas chez nous. Vous y serez un peu mieux qu'à l'Abbaye et vous pourrez travailler plus à votre aise.

— Tu entends, Perronne, ajouta-t-elle en se tournant vers la servante occupée à épousseter les meubles, monsieur Desgranges mangera avec moi... Dès ce soir, tu mettras un second couvert et tu organiseras ton dîner en conséquence.

Philippe essaya de protester en déclarant qu'il ne voulait d'aucune façon être une cause de dérangement pour mademoiselle Diosaz. Elle le regarda d'un air étonné :

— Ne me refusez pas, insista-t-elle, vous me chagrineriez... Mon père se réjouissait tant de vous faire les honneurs du Vivier !... Laissez-moi au moins la consolation de le remplacer... autant que me le permet mon isolement. Dans nos campagnes savoyardes, on ne sait pas faire de cérémonies, et ce qu'on offre est toujours offert à plein cœur... C'est convenu, n'est-ce pas ?

Philippe s'inclina en signe d'assentiment.

— Je désirerais, demanda-t-il, jeter, sur-le-champ, un coup d'œil sur le vilain grimoire de l'huissier de vos tantes... Me le permettez-vous ?

— Je vous en prie, monsieur, ne vous préoccupez pas de moi... Perronne veillera à ce que rien ne manque à votre installation. Nous soupons ici à sept heures, mais quand vous serez las de votre lecture, si vous voulez descendre au jardin, je serai heureuse de vous tenir compagnie... Au revoir, monsieur Desgranges, et merci d'avance.

Resté seul, Philippe prit d'abord connaissance des actes d'huissier dont lui avait parlé Mariannette. Il s'agissait d'une demande en partage des immeubles restés indivis entre Marcelin Diosaz et ses tantes, suivie d'une assignation en restitution de certains fruits indûment perçus, prétendait-on, par le défunt. Ainsi que l'avait prévu Diosaz, sous les expressions entortillées du jargon juridique, on devinait une intention bien arrêtée de harceler impitoyablement l'orphelin. Philippe était arrivé à temps, et il n'y avait plus une minute à perdre. Aussi, séance tenante, commença-t-il à fouiller le cartonnier et à trier les papiers qui y étaient contenus. Il s'absorba si bien dans cette besogne que deux heures s'écoulèrent sans qu'il s'en doutât, et qu'il entendit tout à coup derrière la porte la voix de Mariannette :

— Monsieur Desgranges, disait la jeune fille, le souper est prêt, et Perronne déclare que si, l'on tarde encore, son rôti ne sera plus mangeable !

Il s'excusa, mit les paperasses sous clef, lava ses mains poudreuses et se rendit dans la salle à manger, où la jeune fille l'attendait. Elle lui indiqua sa place, en face de la fenêtre, dont la baie encadrait tout un pan de la montagne de Saint-Germain, magnifiquement éclairée par le soleil couchant. Le regard s'y reposait gaiement sur une perspective de prés et de taillis, avec un premier plan où les peupliers d'Italie élançaient leurs fuseaux de feuillées frémissantes.

En dépliant sa serviette, Philippe surprit dans les yeux de mademoiselle Diosaz, tournés vers lui, une inquiète expression interrogatrice.

— Tout marchera bien, je l'espère, affirma-t-il pour la rassurer... Demain, j'irai à Annecy voir votre notaire, et je tâcherai, en même temps, de confesser l'avoué de vos tantes. Elles me paraissent mettre dans cette affaire un acharnement ridicule et odieux.

Les yeux de Mariannette redevinrent humides.

— Je ne sais pourquoi elles m'en veulent, soupira-t-elle, à moins qu'elles ne me fassent un crime d'avoir été bien aimée par mon père et de l'avoir bien aimé !

Ils cessèrent de parler du procès, et la conversation roula uniquement sur Marcelin Diosaz. On a toujours prétendu qu'un bon repas pris en commun est le meilleur moyen de rapprocher intimement des personnes étrangères l'une à l'autre; mais, indépendamment de la familiarité qui s'établit plus facilement entre deux convives, le cher souvenir de Diosaz était un puissant trait d'union entre Philippe et Mariannette, bien que les différences d'âge, d'habitudes et de milieux semblassent creuser pour tout le reste un fossé profond entre eux. — A l'exception de deux années passées dans un couvent, à Chambéry, la jeune fille n'avait jamais quitté son père.

— Nous nous aimions tant! disait-elle à Philippe, nous ne nous séparions presque jamais. J'accompagnais mon père dans ses tournées à travers les villages; il m'apprenait à panser les malades et me donnait mes premières leçons de botanique. De temps à autre, nous faisions des ascensions sur les montagnes voisines. Une fois nous sommes montés sur la Tournette. Dans les endroits difficiles, mon père me portait dans ses bras. Quand nous sommes arrivés au *Fauteuil*, nous nous sentions si heureux d'être tous les deux seuls, là-haut, en face de ce grand spectacle, que nous nous sommes embrassés en pleurant... Lorsqu'il fera un temps bien clair, il faudra que vous montiez à la Tournette. Vous verrez comme c'est beau, le Mont-Blanc et ces soixante lieues de montagnes neigeuses qui fuient devant vous !...

Dans l'animation que Mariannette mettait à vanter les beautés alpestres, Philippe retrouvait un écho des descriptions colorées de Marcelin Diosaz. Cette jeune Savoyarde, si enthousiaste et si simple, si sincère à la fois et si digne dans sa douleur, si tendre et si énergique, l'étonnait autant que le pays lui-même. Dans le milieu mondain et artificiel où il avait vécu, il n'avait jamais rencontré de jeunes filles semblables. Celles qu'il avait connues étaient maniérées et poseuses, ou hardies comme des garçons. Aucune n'avait cette fraîcheur d'âme unie à cette maturité de caractère. Tandis qu'elle le servait, il la regardait attentivement. Il admirait ces yeux purs que jamais n'avait teints un crayon noir, ces joues et ces lèvres saines dont jamais un cosmétique n'avait terni

la fleur ni empâté le modelé. Assurément, elle avait les attaches des poignets trop fortes, et une Parisienne eût dédaigné la robustesse de ses mains que rougissait un sang trop riche. On devinait en elle un peu du tempérament de la paysanne, sa mère; mais tout cela était salubre, franc et bien équilibré. Cela sentait bon, comme la terre fraîchement remuée et l'herbe récemment coupée.

— Et à part vos excursions dans la montagne, demandat-il, n'êtes-vous jamais sortie ?

— Je n'ai pas été plus loin qu'Annecy et Chambéry.

TOUT MARCHERA BIEN ...

— Jamais vous n'avez été au théâtre ?

— Oh ! Dieu non !

— Ni au bal ?

— Au bal ?... Si, une fois, dit-elle en souriant... J'avais reçu la visite d'une amie, et mon père avait été appelé dans la soirée auprès d'un malade; alors nous résolûmes de nous donner au moins une fois dans notre vie l'illusion d'un bal. Toute la provision de bougies fut employée à illuminer l'appartement. Nous avions bouleversé les commodes et les armoires pour nous confectionner des toilettes, et quand le salon fut éclairé *a giorno*, nous y entrâmes solennellement toutes deux en robes décolletées. Nous valsions dans la grande pièce vide, n'ayant que nos voix comme orchestre. De temps à autre, Perronne apparaissait avec des sirops sur un plateau et nous offrait des rafraîchissements. Lorsque mon père rentra, il s'amusa beaucoup de notre idée, et, se mettant de la partie, il nous fit danser à tour de rôle, tandis que l'une

... NOUS VALSIONS...

de nous jouait des valses au piano... Voilà l'unique bal auquel j'aie assisté, et jamais je n'ai ri de si bon cœur... Ah ! voyez-vous, nous étions trop heureux et cela ne pouvait durer !

En l'entendant, Philippe se trouvait transporté à mille lieues de son monde de politiciens affairés, d'artistes fiévreux et de femmes nerveuses. Ce que Mariannette lui racontait ressemblait si peu à la vie que ce Parisien parisiennant avait menée depuis qu'il était sorti de l'adolescence ! Et Mariannette elle-même, dans sa simplicité de rose paysanne, était si

différente de ces créatures compliquées et factices, étrangement et délicieusement perverses, dont il avait fait jusqu'alors sa société préférée !... Ce caractère tout d'une pièce le désorientait et en même temps exerçait sur lui une action calmante et reverdissante. — Lorsque, vers neuf heures, il prit congé de l'orpheline, il se sentit moralement réconforté et rajeuni. Au dedans de lui, une source vive semblait avoir soudain jailli ; une de ces fontaines printanières et vierges comme nous en sentions parfois sourdre dans nos cœurs, à l'aube de la prime jeunesse, au fond du collège, quand nous venions de lire de beaux vers, ou qu'à travers les fenêtres du dortoir, nous voyions au loin les collines empourprées par un clair soleil de mai...

VI

Le ciel de la Savoie et le voisinage de Mariannette eurent encore une autre influence sur Philippe : ils lui rendirent le goût du travail. Après un examen sommaire des titres de propriété de l'orpheline, il s'était d'abord imaginé qu'une seule conférence avec les gens d'affaires d'Annecy suffirait à aplanir toutes les difficultés. Mais il connaissait mal la province, où la lenteur tatillonne des esprits formalistes, les inimitiés locales, les querelles politiques, compliquent les questions les plus simples en apparence. Après des pourparlers diffus avec un notaire bavard et un avoué retors, il pressentit que les adversaires de mademoiselle Diosaz emploieraient le vert et le sec pour embrouiller les choses. Il se remit donc bravement à l'étude de la procédure et du droit civil, qu'il avait un peu perdus de vue. Pendant des après-midi entiers, enfermé dans la chambre verte, il compulsait des dossiers, feuilletait le code, analysait des pièces, et il était étonné de ne pas trouver le temps aussi long qu'il l'aurait cru.

A la vérité, cette besogne aride était variée d'agréables intermèdes. Lorsque Philippe, fatigué de déchiffrer des actes ou de minuter des projets d'exploits, descendait au jardin pour respirer, il y trouvait Mariannette occupée à ébourgeonner sa treille ou à étendre du linge sur la haie. Le grand sourire clair du lac, joint à la vue de cette jeunesse en train de s'épanouir, suffisait pour lui rafraîchir le cerveau. D'ailleurs, la monotonie des heures d'étude était coupée par le dîner et le souper qu'on prenait pour ainsi dire en plein air, pendant les jours de grande chaleur. On dressait la table sur la galerie, entre les vignes grimpantes des piliers, et il semblait qu'on fût de plain-pied avec le jardin et la montagne. Fatigué de la cuisine trop raffinée et des vins savamment frelatés des

IL Y TROUVAIT MARIANNETTE...

dîners parisiens, Philippe savourait avec volupté les simples menus des repas ordonnés par Perronne. — Le vin rose qui pétillait dans son verre était le produit des vignes voisines ; le poisson sortait du lac ; les côtelettes et les gigots provenaient de petits moutons de montagne à la chair succulente et fine ; les vaches de la maison avaient fourni la crème et le beurre ; les légumes et les fruits avaient été cueillis le matin même dans le potager ; les fleurs du jardin égayaient la nappe blanche, et le tout était servi par les mains adroites de

Mariannette, qui, assise en face de Desgranges et le regardant avec ses yeux limpides, semblait une émanation de tout ce qu'il y avait de fraîcheur et de beauté aux entours : — la transparence du lac, le parfum des fraises, la saine beauté des roses, la lumière colorée des montagnes aux lignes harmonieuses, un peu de tout cela se retrouvait en elle. Avec cette cordialité bonne enfant qui caractérise les mœurs savoyardes, elle était vite arrivée à traiter son hôte d'une façon respectueusement familière, et lui-même, mis à l'aise par la franchise de cet accueil, avait pris avec elle les façons quasi paternelles d'un vieil ami.

Parfois, au milieu de ses élucubrations juridiques, Philippe, penché sur un dossier, entendait s'entr'ouvrir la porte de la chambre verte. C'était Mariannette qui entrait discrètement et qui apportait comme un rayon de soleil dans le poudreux renfrognement noir des livres et des paperasses de la chambre d'étude. Elle reprochait doucement à son conseil de mener une vie trop casanière et le poussait à prendre quelques distractions au dehors.

Un soir, elle lui dit :

— Monsieur Desgranges, si vous voulez m'en croire, vous quitterez votre besogne une heure plus tôt, nous avancerons le souper, je vous montrerai le plus joli des hameaux de Talloires, — Angon, où j'ai une course à faire... C'est à un quart d'heure d'ici, et je suis certaine que vous serez content de votre promenade...

Après le souper, ils gagnèrent Angon en longeant les bords du lac. Mariannette n'avait rien exagéré et le site était d'une intimité charmante. — En face du hameau un torrent jaillissait d'une fissure de la montagne. Il tombait d'un seul jet à travers les hêtres, faisait tourner un moulin accroché à la paroi rocheuse, puis se creusait un lit dans les pierres jusqu'à l'extrémité d'une verte presqu'île, plantée de vignes et d'arbres fruitiers, autour de laquelle le lac étendait sa nappe soyeuse. Un chemin caillouteux et rapide suivait la pente du ruisseau et çà et là, sur les berges, une vingtaine de maisons isolées les unes des autres par d'étroits jardinets et de grands arbres s'éparpillaient irrégulièrement. Chaque habitation avait son escalier extérieur de pierre ou de bois, conduisant à l'étage élevé au-dessus des celliers ; sa galerie à claire-voie, protégée par le large auvent de la toiture savoyarde ; son fenil libéralement aéré, d'où s'exhalait une salubre odeur de foin. Aux balustrades fuselées des galeries, des vignes montaient et retombaient en désordre ; des pots de fuchsias et de géraniums égayaient d'une note rouge la verdure des pampres et le brun foncé des charpentes. Parfois une cage, où chantait un chardonneret, y pendait à côté de la claie où séchaient les fromages. De robustes noyers, poussés à l'angle des façades, croisaient leurs branches au-dessus du chemin, et enveloppaient le hameau tout entier d'une obscure et aromatique fraîcheur. Cette voûte feuillue où se perdaient les toits moussus courait ainsi jusqu'au lac, et, à l'extrémité de la coulée de verdure, on voyait fuir tout au loin, sur l'eau bleue, une barque dont la voile blanche se gonflait, et dont les rames scintillaient au soleil.

A Angon tout le monde connaissait Mariannette. La ménagère occupée à écosser les haricots sous l'auvent de sa galerie, le paysan en bras de chemise, qui rebattait sa faux sous le cintre d'un cellier, lui envoyaient un respectueux bonjour. Elle avait pour tous un sourire et un mot aimables, s'arrêtant près de chaque seuil, interrogeant sur sa santé une fillette assise près de sa vache dans un bout de pré ; demandant des nouvelles de son mari à une femme qui gravissait les degrés de pierre, droite sur ses hanches, les bras levés et arrondis pour soutenir un paquet d'herbes qu'elle portait sur la tête. Philippe admirait la façon naturelle et affable avec laquelle elle s'intéressait aux détails de la vie rustique. Elle savait causer avec les paysans dans une langue aisée, simple, familière et digne à la fois. — Quand elle se fut entendue avec l'un d'eux sur certains travaux urgents à effectuer dans ses vignes, elle conduisit son hôte jusqu'à l'extrémité de la presqu'île. Là, plusieurs de ces bateaux plats en usage au bord du lac étaient amarrés à des pieux. Mariannette regardait silencieusement la surface tranquille de l'eau limpide, que le couchant commençait à empourprer. Tout à coup, elle demanda à Philippe :

— Savez-vous ramer, monsieur Desgranges ?

Il répondit affirmativement.

— En ce cas, si vous le voulez, nous reviendrons au Vivier par eau... La soirée est si belle que ce serait dommage de ne pas vous montrer le fond du lac au soleil couchant... Je vais prier notre vigneron de nous prêter ses rames et son bateau.

Elle rebroussa chemin et alla parler au vigneron, qui émergea bientôt de l'obscurité du sentier, avec une paire de rames sur l'épaule. — Quelques minutes après, le bateau s'éloignait lentement du talus.

Mariannette s'était assise à l'arrière et Desgranges ramait à l'avant. Pour être plus à l'aise, il avait jeté son feutre à ses pieds. Lorsque, dans la manœuvre, son corps se renversait en arrière, les rougeurs du soleil déclinant éclairaient à plein son buste élégant, sa barbe en pointe, son teint hâlé déjà et son front large surmonté de cheveux coupés en brosse. Le mouvement qu'il se donnait, et aussi l'illumination du soir, rosaient son visage et allumaient ses yeux aux paupières allongées. Il s'était opéré en lui un soudain rajeunissement. Tout à l'heure encore, Mariannette l'avait surpris courbé sur les paperasses du cartonnier, le dos rond et le front plissé, ayant dans son attitude quelque chose d'alourdi et de fatigué ; maintenant elle était émerveillée de lui voir tant de lueurs dans la physionomie, tant de vigueur et de souplesse dans le jeu des articulations, et elle ne put s'empêcher d'en faire naïvement la remarque :

— Oh ! s'écria-t-elle, mais vous ramez comme un jeune homme !

Le compliment parut médiocrement flatter Philippe, qui répliqua d'un ton piqué :

— C'est en effet une habitude de jeunesse... J'ai beaucoup canoté jadis... car, nous autres Parisiens, nous ne sommes pas aussi inhabiles aux exercices du corps qu'on le croit en province.

— Vraiment ?

— Vous vous imaginiez, je suis sûr, que nous étions tous déjetés et ramollis par une vie d'oisiveté et de plaisir ?

— Oh ! non... Seulement...

Elle s'arrêta court et reprit :

— Pardonnez-moi, j'ai sur l'existence qu'on mène là-bas des idées très vagues et sans doute très fausses... Ici, en général, j'en conviens, on a de Paris une assez mauvaise opinion, et les mères de famille craignent d'y envoyer leurs enfants.

— Hum !... Elles n'ont pas tout à fait tort.

— Pensez-vous?... Moi, je crois que, lorsqu'on doit se gâter, on se gâte tout aussi bien en province... Voyez mon

— Oui, je sais, repartit-elle ingénument.

— Comment? s'exclama-t-il, stupéfait d'une affirmation aussi catégorique.

— Je m'explique mal... J'ai entendu dire que les jeunes gens se perdent dans

OH! S'ÉCRIA-T-ELLE, MAIS VOUS RAMEZ COMME UN JEUNE HOMME !

père, il est revenu de Paris avec le cœur intact et l'esprit encore mieux trempé.

— Oh ! ma chère enfant, Diosaz était un diamant, lui ; rien ne pouvait l'entamer... Mais il y a des caractères faibles, et, là-bas, les tentations sont si fortes !

de mauvaises compagnies ; seulement j'imagine que ces choses-là ne se passent que dans des milieux inférieurs et très corrompus... tandis que dans la bonne société, chez les gens bien élevés...

— Les gens bien élevés se perdent avec les femmes de leur monde, voilà toute la différence ! riposta ironiquement Philippe.

— Quoi ! il y a des femmes et des jeunes filles du monde qui se respectent aussi peu ?

— Des jeunes filles, je ne dis pas, mais des femmes, assurément.

— C'est une honte ! murmura-t-elle.

Philippe se mordit les lèvres. Il se repentait maintenant d'avoir laissé échapper cette boutade sceptique et quasi inconvenante. De quoi allait-il parler à cette jeune fille ? Le regard droit et honnêtement ébahi de Mariannette le décontenançait. Il rompit brusquement les chiens :

— Je m'en veux, reprit-il, de vous entretenir d'aussi laides choses en face

bée du jour. Tout en ramant, Desgranges regardait mademoiselle Diosaz, assise à l'autre bout de la barque et se profilant dans ses vêtements noirs sur l'eau frissonnante et dorée. Sous une fanchon de crêpe, ses cheveux châtains, délissés par l'air humide, frisottaient en fines crêpelures sur ses tempes, et les vermeils reflets du couchant y mettaient comme une auréole. Le dernier empourprement du soir éclairait d'une virginale lueur ses grands yeux bruns et l'ovale de son visage, allongé et fin comme celui des figures de femmes de Vinci.

Y DÉCOUPAIT AVEC VIGUEUR SON CHATEAU...

d'un spectacle pareil... Je n'ai pas encore vu votre pays aussi absolument beau que ce soir !

Ils étaient arrivés au milieu du *petit lac*. Du côté d'Annecy, le reflet du ciel orange répandait sur l'eau très calme une éblouissante coulée d'or à chatoiements vermeils. Barrant cette nappe incandescente, la presqu'île de Duingt y découpait avec vigueur son château et ses feuillages presque noirs. Puis l'eau se décolorant insensiblement prenait une teinte verte toujours plus tendre, jusqu'au Bout-du-Lac, où elle se fondait dans les vapeurs gris-bleu qui fumaient à la base des montagnes, tandis que les crêtes les plus élevées, encore effleurées par le soleil, semblaient lavées d'une suave couleur mauve.

— Philippe ni Mariannette ne parlaient plus. Ils étaient uniquement occupés à jouir de la calme beauté de cette radieuse tom-

Peu à peu, le soleil disparut tout à fait derrière le Semnoz, et la vivacité des colorations s'assourdit. Le lac était devenu d'un vert foncé ; sur toute sa surface, on n'entendait d'autres bruits qu'un frais clapotement d'eau contre les berges et le rythme des rames maniées par Philippe. Le bateau se rapprochait de la rive, et on débarqua au bas des vignes, dans le petit port du Vivier.

Au moment où Desgranges prenait congé de Mariannette, elle lui dit :

— Ah ! cette fois, il ne faut pas que j'oublie... Monsieur Desgranges, j'ai une restitution à vous faire.

Elle tira de sa poche un petit carnet, et de ce carnet une lettre que Philippe reconnut.

— Voici, ajouta-t-elle en la lui tendant, la lettre que vous avez bien voulu me confier... Je l'ai gardée peut-être trop longtemps, excusez-moi... mais, en la relisant, il me semblait que j'entendais encore mon père... Merci de me l'avoir laissée lire, bien qu'elle contînt... des choses qui n'étaient écrites que pour vous.

En regagnant l'Abbaye, Philippe rumina longuement ces derniers mots. — Qu'avait-elle voulu dire en parlant de ces choses écrites pour lui seul?... Il se souvint tout à coup du passage où Diosaz faisait allusion à ses « expéditions galantes », et il éprouva une sorte de malaise moral en songeant que ce passage avait dû attirer l'attention de Mariannette. Bien qu'il eût plus du double de l'âge de mademoiselle Diosaz, cela le gênait. — Ces quelques mots jetés au courant de la plume avaient dû ouvrir à la jeune fille de singulières échappées sur les mœurs de l'homme qui était devenu son conseil, et Philippe en était quelque peu confus. Pour se rasséréner, il se répéta l'adage: *Omnia sana sanis*. mademoiselle Diosaz était si ignorante du mal que cette plaisanterie avait dû glisser sur son esprit sans y laisser d'impression fâcheuse.— Elle l'avait remarquée cependant, sans quoi sa réflexion, en rendant la lettre, n'aurait eu aucun sens. Et de nouveau il sentait une piqûre d'ennui, à l'idée que cette phrase avait pu le peindre à l'esprit de la jeune fille sous des couleurs équivoques.

Lorsqu'il fut rentré dans sa chambre d'auberge, un autre incident acheva de troubler sa quiétude morale. Il trouva sur sa table une lettre de madame Archambault. Cette longue épître, écrite à la hâte sur un papier anglais épais, fort à la mode à ce moment, était décousue, effervescente et évaporée : l'image même de la personne qui l'avait rédigée. Il y avait de tout dans ses quatre pages serrées entrecroisées de lignes griffonnées en travers : des effusions passionnées, des papotages mondains et des reproches.

Camille disait son ennui de se trouver si éloignée de Philippe ; puis, brusquement, elle passait au récit d'une reprise de la *Belle Hélène*, à laquelle elle avait assisté la veille. — La pièce lui avait paru froide en comparaison de l'enthousiasme des représentations d'autrefois. Judic faisait d'Hélène une petite bourgeoise ; elle n'avait pas le diable au corps et la lyrique extravagance de Schneider. Du reste, dans la société parisienne, tout se rapetissait et se vulgarisait ; madame de Trois-Fon-

taines venait de s'enfuir avec son maître d'hôtel ; le banquier Akar, en rentrant du cercle, avait surpris sa femme en conversation criminelle avec un petit employé de ministère et s'était ridiculement colleté avec ce gratte-papier. Paris s'ennuyait, et Camille subissait l'influence du milieu. Puisque Philippe était encore retenu en Savoie pour plusieurs mois, elle comptait se faire envoyer à Aix, où il pourrait la rejoindre. Son mari ne voulait pas entendre parler de ce voyage, mais elle saurait lui forcer la main. Il lui était impossible de vivre loin de Philippe, et, coûte que coûte, dût-elle faire un éclat, elle irait le retrouver... Elle était trop lasse de la vie qu'elle menait ! — Suivait une litanie de plaintes contre la destinée en général et contre Desgranges en particulier...

Après cette soirée si intime et si recueillie, passée sur le lac en compagnie de Mariannette, la lettre de madame Archambault, fiévreuse et mondaine, toute résonnante de l'écho des commérages parisiens, toute pleine d'orageuses récriminations, fit à Philippe l'effet d'une note discordante. Elle l'impressionnait désagréablement, comme une violente odeur de musc et de patchouli qu'on respirerait tout à coup parmi les salubres émanations d'une forêt. Il résolut d'y répondre immédiatement pour exhorter son amie à la patience et à la sagesse, et pour la supplier de ne pas exciter les soupçons de son mari en mettant à exécution ses projets de voyage. — Tandis qu'il s'ingéniait à chercher des mots tendres, discrètement persuasifs pour formuler des conseils de prudence, il était étonné de la difficulté qu'il éprouvait à remplir les pages de sa lettre. Involontairement, il repensait à sa conversation avec mademoiselle Diosaz, et l'image de Mariannette s'interposait entre lui et la personne à laquelle il écrivait. — Assurément madame Archambault lui était chère. Depuis quinze ans, ils étaient étroitement liés l'un à l'autre, et il lui devait les plus vives, les plus délicates émotions d'amour qu'il eût ressenties. Mais quelle différence entre cette femme maladivement nerveuse, se décidant toujours par à-coups violents, passant brusquement de l'exaltation au désespoir, et cette franche, droite et saine nature de jeune fille !... Philippe, suivant insensiblement la pente où l'entraînait cette comparaison, ne pouvait s'empêcher d'imaginer quelle eût été sa destinée, si, à vingt-cinq ans, il avait rencontré une fille semblable à Mariannette et s'il l'eût épousée?... Il avait passé les plus belles années de sa jeunesse en quête de plaisirs raffinés, de subtiles et rares émotions amoureuses ; maintenant, arrivé à la pleine maturité, il se demandait s'il n'avait pas, comme dans la fable de La Fontaine, joué le rôle de « l'homme qui court après la fortune », tandis que celle-ci va s'asseoir à la porte de « l'homme qui l'attend dans son lit ». — La volupté la plus exquise et la plus rare n'était-elle pas, tout bonnement, l'amour d'une vierge qu'on épouse, dont on découvre seul les beautés non encore épanouies, et dont on fait la compagne des bons et des mauvais jours, des peines et des joies de toute sa vie?...

VII

— Dites-moi, mon brave homme, suis-je bien sur le chemin qui descend à Talloires?...

Philippe Desgranges venait de parcourir le plateau montueux qui sépare Saint-Germain de Menthon-Saint-Bernard, et d'où l'on a toute la perspective du lac. S'étant arrêté au bord d'une clairière où plusieurs sentiers se croisaient, il interrogeait un vieux paysan occupé à faire paître deux chèvres dans les broussailles.

Ce pasteur de chèvres était âgé d'au moins soixante-dix ans. Coiffé d'un chapeau haut de forme cassé, graisseux et roussi ; vêtu d'un habit-veste en loques, il se tenait très droit sous ses haillons décolorés. Son corps sec, sa barbe blanche, ses yeux vifs éclairant une maigre figure, lui donnaient une tournure et une physionomie étranges.

— Oui, monsieur, répondit-il en soulevant son chapeau cabossé, vous êtes sur le propre chemin qui mène à la route de Talloires... Il est bien mauvais en cet endroit-ci, mais il s'améliore quand on a passé Perroir.

Philippe regardait curieusement le bonhomme, ses chèvres et le paysage rocailleux, où des genêts mettaient çà et là une tache d'or. — A un jet de pierre, une source s'était creusé un réservoir au pied d'un noyer ; et, dans une cassure de roche, une masure en ruine montrait son toit de chaume effondré et ses murs croulants.

— Vous habitez près d'ici? demanda-t-il.

— Moi et mes chèvres, répliqua le vieux, nous demeurons dans cette maisonnette que vous voyez là, sous ce noyer.

Desgranges jeta un coup d'œil sur la masure et fut pris de compassion. Cette ruine ne devait guère mieux abriter le bonhomme que ses vêtements en haillons.

— Comment pouvez-vous vous loger là pendant le mauvais temps ? s'écria-t-il.

— Ah ! dame, reprit l'autre philosophiquement, on vit comme on peut.... Il y a des nuits, quand il pleut, où je suis obligé de tenir mon parapluie ouvert au-dessus de mon lit, et ça n'est guère commode, à mon âge... Je n'ai pas toujours été aussi mal loti, monsieur... J'étais entrepreneur de mon métier et j'avais du crédit dans toute la contrée... Mais un maudit pont que j'avais soumissionné et que le torrent a emporté m'a mis sur la paille... Aujourd'hui, je ne trouverais pas seulement à emprunter de la braise sur une pelle !...

Desgranges fouilla dans sa poche et donna une pièce blanche au vieux, qui parut ravi.

— Merci, monsieur, continua-t-il, vous êtes bien offrant ; merci de tout mon cœur !...

Puis, le regardant attentivement, il ajouta :

— Vous n'êtes pas du pays, et cependant je crois bien vous avoir déjà vu au Vivier... N'est-ce point vous qui êtes venu pour épouser mademoiselle Diosaz ?

— Hein ! s'exclama Philippe stupéfait.

— Dame, ça se dit dans la paroisse ; et, entre nous, vous n'auriez point tort... C'est une bien parfaite demoiselle et richement pourvue... Grand merci encore, monsieur, et grand bonheur je vous souhaite en mariage !...

Philippe quitta brusquement le gardeur de chèvres et descendit d'un air soucieux les dernières pentes de la montagne. — Que signifiait cette ridicule histoire de mariage ? Il fallait qu'elle fût déjà bien accréditée dans le village pour que ce vieux mendiant la connût ! Desgranges était d'autant plus vexé, qu'au fond il se reconnaissait coupable d'imprudence. En devenant l'hôte assidu de Mariannette, il avait lui-même contribué à donner quelque vraisemblance à

cette supposition. L'innocente familiarité de mademoiselle Diosaz, leurs promenades en tête à tête aux environs, avaient
pu le faire considérer comme un épouseur
par les gens qui ignoraient les rapports
d'étroite amitié existant entre lui et Marcelin Diosaz. — Il y avait là un danger
auquel ils n'avaient songé ni l'un ni l'autre.
Ces commérages absurdes pouvaient compromettre la tranquillité et l'avenir de
Mariannette. Maintenant qu'il était averti,
son devoir exigeait qu'il agît avec plus
de réserve.

Il songeait à ces choses en débouchant
sur la route et se disait qu'il était urgent
de chercher à remédier au mal. Les
affaires de la succession Diosaz seraient
encore longues à débrouiller, et Philippe
était tenu en conscience
de faire cesser une situation préjudiciable à la jeune
fille. Mariannette avait
l'âge où l'on songe à se
marier, et les assiduités
équivoques de Desgranges
risquaient d'éloigner les
partis honorables qui eussent été tentés de se présenter. — Pourquoi, en
mûrissant cette dernière
réflexion, Philippe, dans
l'arrière-fond de son cœur,
se sentait-il piqué par une
pointe de mélancolie ?
L'idée que l'un de ces pré-
tendants éventuels vien-
drait, fier de sa jeunesse,
courtiser Mariannette au
Vivier et réussirait à se
faire aimer, avait lentement
déterminé en lui un obscur et insidieux
mouvement de jalousie dont il osait à
peine constater l'éclosion. Quelle raison
avait-il de s'émouvoir de la sorte ? Il
était tout naturel qu'un jeune homme
devînt amoureux de mademoiselle Diosaz
ou qu'elle-même fît choix d'un fiancé. En
quoi cela pouvait-il le froisser, lui, Philippe,
— quadragénaire aux cheveux déjà gris,
et de plus attaché, quasi marié moralement à une femme du monde par une liaison de quinze années ? — Eh bien ! si
fait, cela le froissait. A quoi bon se mentir
à soi-même ?... Il se sentait entraîné
vers Mariannette par un courant d'attrac-
tion composé d'éléments assez compliqués,
mais parmi lesquels une admiration très

tendre l'emportait de beaucoup sur la
simple amitié du commencement. L'orpheline du Vivier le séduisait par la grâce
virginale de ses vingt ans, par son caractère loyal et franc, par la santé de son
âme et la beauté de son corps. Ce sentiment très vif n'était peut-être pas encore
de l'amour, mais à coup
sûr c'était plus qu'une
tranquille amitié.

— VOUS ÊTES SUR
LE PROPRE CHEMIN...

Le résultat de cet examen de conscience
l'effraya. Si l'état de son cœur était déjà
tel après trois semaines d'intimité, Philippe s'avouait qu'il y avait urgence à se
mettre en garde contre une si rapide
séduction. La constatation de cette
affection naissante était une raison de
plus pour couper court aux propos des
commères du village. Il lui fallait apporter
plus de discrétion dans ses rapports avec
Mariannette, espacer davantage ses visi-

tes au Vivier. Pour cela, il était nécessaire de trouver un biais qui lui permit de rester à Talloires et de continuer à s'occu-

IL APERÇUT UN ÉCRITEAU...

per de la succession, tout en se tenant prudemment à l'écart.

Tandis qu'il cherchait à voir clair dans son cœur et à découvrir une solution, Philippe était parvenu au point culminant de la route qui domine Talloires et le *petit lac*. Il longeait le clos du Toron, et il allait prendre un raccourci pour descendre au bourg, quand, sous les arbres de bordure, il aperçut, fixé à l'un des peupliers de l'entrée, un écriteau avec ces mots : *appartement meublé à louer*. — C'était là une coïncidence singulière et comme une réponse aux interrogations qu'il se posait mentalement. Il résolut de visiter ce logement, et s'engagea sous les arbres verts qui formaient une sorte de vestibule ombreux au seuil du domaine.

Il suivit une avenue montante, qui s'enfonçait entre un talus de vignes, à droite, et une banquette gazonneuse plantée de pommiers, à gauche. Elle aboutissait à un antique mur ombragé de sapins, percé d'un porche que surmontait un toit de tuiles à dos d'âne et d'où retombait la draperie d'une vigne vierge. La maison faisait face à cette ouverture, au fond d'une cour déserte, où des graminées et des coquelicots poussaient à foison. Le logis était spacieux, bâti au commencement du XVIIIe siècle, ainsi que l'indiquait une date gravée au-dessus de la porte principale. La galerie du premier étage s'abritait sous la saillie très large d'un toit de tuiles noircies, qui dessinait haut sur le ciel ses pans coupés, terminés par d'élégants épis faîtiers. Vers la gauche, en contre-bas, verdoyait un potager aux allées moussues, bordées de quenouilles rabougries. — Philippe traversa ce clos, où les légumes poussaient tant bien que mal en compagnie du chiendent et des seneçons, et atteignit la façade postérieure qui avait vue sur le lac. De ce côté, les portes-fenêtres se trouvaient de plain-pied avec un parterre où une table de pierre et des bancs rustiques étaient disposés à l'ombre d'un poirier. Là aussi, la vigne vierge tapissait un pan de mur et retombait en longues traînes sur un vieux prunier effondré au-dessus du potager.

Tout cela avait un air d'abandon et de retour à la vie sauvage. Il s'en exhalait une senteur humide et automnale, particulière aux antiques demeures, où l'on semble respirer encore l'intime poésie d'un siècle défunt. La physionomie originale de cette maison contemporaine de Jean-Jaques et de madame de Warens, le pittoresque fouillis des jardins, la solitude du site, plurent à l'imagination et aux instincts artistes de Philippe Desgranges.

Ce qui acheva de le charmer fut un promenoir herbeux qui partait de la maison, coupait en écharpe la pente du vignoble et s'allongeait jusqu'au promontoire du Roc-de-Chère. De là, on dominait l'Abbaye et son avenue de marronniers, la

aux formes élégantes. Ce magnifique décor nageait dans une limpide lumière, laissant voir les moindres détails des cimes bleuâtres ou dorées, et cela gagna le cœur le Philippe.

Il décida de se cloîtrer au Toron pen-

LA GALERIE DU PREMIER ÉTAGE S'ABRITAIT SOUS LA SAILLIE...

petite anse de Talloires avec ses barques amarrées à la berge, la pointe des peupliers où le ponton mirait dans l'eau profonde son étroite estacade, l'unique rue du bourg et l'entière surface du *petit lac*, dont la nappe bleue caressait les molles découpures de la presqu'île de Duingt et de la pointe d'Angon. Tout autour s'arrondissait le cirque majestueux des montagnes aux élancements superbes et

dant le reste de son séjour à Talloires et se mit immédiatement en quête du maître du logis. Ce propriétaire n'habitait pas le pays, mais il avait donné plein pouvoir au *granger*, qui occupait une dépendance du domaine. Ce fut ce dernier qui fit visiter la maison à Desgranges. On s'entendit rapidement sur le prix de la location. Il fut convenu que la *grangère*, qui avait été en condition à

Annecy, soignerait le ménage et cuisine-
rait les repas du nouveau locataire, et
Philippe s'arrangea pour coucher au
Toron dès le lendemain.

Il redescendit à Talloires, satisfait de
la résolution qu'il avait prise, mais en
même temps un peu embarrassé de la façon
dont il l'expliquerait à mademoiselle Diosaz.
D'une part, il ne voulait pas que cette
explication fût trop précise et de nature

C'était l'occasion pour Desgranges de
déclarer que le lendemain il ne serait
plus le commensal de mademoiselle Diosaz;
mais il lui répugnait de s'expliquer devant
Perronne. Il se contenta de murmurer
une réponse évasive. Vers la fin du dîner,
Mariannette elle-même lui facilita une
entrée en matière. Elle avait remarqué
la préoccupation de son hôte, et elle lui
demanda timidement :

VOUS NOUS SURPRENEZ EN TRAIN...

à troubler l'innocente sécurité de Mariannette ; mais, d'un autre côté, il craignait
que l'étrangeté de sa détermination ne
chagrinât la jeune fille. Aussi fut-ce avec
une mine perplexe et soucieuse qu'il
aborda l'orpheline. Il la trouva en conférence avec Perronne, la cuisinière.

— Vous nous surprenez en train d'agiter une grave question, dit-elle gaiement
à Philippe ; on a apporté une truite à
Perronne, et nous discutions à quelle
sauce nous vous la ferions manger demain... La préférez-vous au court-bouil-
lon, ou au blanc ?

— Qu'avez-vous, monsieur Desgranges ?... Votre promenade de tantôt vous
a-t-elle fatigué ?

— Non pas, ma chère enfant, elle m'a
fort intéressé, au contraire... Et puis,
tout en flânant, j'ai découvert une maison où je serai mieux logé qu'à mon auberge.

Elle ouvrit de grands yeux étonnés :

— Vous voulez quitter l'Abbaye ?

— Oui, je travaillerai plus tranquillement dans mon nouveau gîte.

— Où allez-vous demeurer ?

— Au Toron.

— Au Toron ? se récria-t-elle, y pensez-vous ?... La maison n'a pas été restaurée depuis cinquante ans ; elle est d'ailleurs située loin du bourg, et ce sera bien incommode pour venir prendre vos repas au Vivier.

— Aussi, repartit Philippe, ai-je l'intention de manger désormais chez moi ; je vous demande la permission de n'être plus votre hôte que de loin en loin... La *grangère* du Toron me cuisinera mes repas.

Mademoiselle Diosaz releva vivement la tête ; puis, regardant son interlocuteur d'un air attristé :

— Vraiment, est-ce sérieux, ce que vous m'annoncez là ?

— Très sérieux... Demain, je ferai transporter au Toron les papiers et les livres qui me sont nécessaires...

— Monsieur Desgranges, interrompit-elle d'une voix un peu altérée, votre résolution inattendue m'inquiète... Répondez-moi franchement : quelqu'un ici vous a-t-il manqué d'égards ? Perronne est parfois un peu grognon ; moi-même je suis une maîtresse de maison très inexpérimentée... Vous ai-je involontairement froissé ?

— Non, mon enfant, répliqua-t-il d'un ton affectueux, vous êtes la meilleure et la plus charmante des hôtesses ; Perronne s'est montrée pour moi pleine de prévenances, et je n'ai de ma vie été plus choyé et gâté qu'au Vivier.

— Alors pourquoi nous quittez-vous ?

— Je vous le répète, parce que je veux presser plus activement mon travail, et qu'en prenant mes repas au Toron, je perdrai moins de temps.

— Vous en perdriez moins encore en mangeant au Vivier, où vous avez une bibliothèque sous la main et un cabinet de travail bien outillé... Non, reprit-elle avec des yeux humides, vous ne me dites pas la vérité, et votre manque de confiance me mortifie... Avouez que vous avez un autre motif de vous reléguer au Toron !

En voyant les yeux mouillés et la figure chagrine de Mariannette, Philippe eut un remords, et ne voulant pas peiner davantage mademoiselle Diosaz :

— Je vous l'avoue, dit-il, oui, il y a un autre motif... Mais, bien qu'il soit sérieux, il a des apparences si invraisemblables que j'ai un peu honte à vous le confesser... Je me suis décidé à cesser d'être votre hôte, parce que mes assiduités au Vivier donnent lieu dans le bourg à des interprétations compromettantes...

— Compromettantes !

Elle réfléchit un moment :

— Pour qui ?

— Pour vous, naturellement.

Les joues de Mariannette rougissaient et ses yeux s'assombrissaient.

— Mais enfin, que dit-on ? demanda-t-elle.

— On dit que je suis venu ici pour vous épouser et que nous devons nous marier prochainement.

La physionomie de la jeune fille s'éclaircit ; elle frappa ses mains l'une contre l'autre et éclata de rire.

— Perronne, cria-t-elle à la vieille servante qui entrait pour desservir, écoute la nouvelle !... Sais-tu ce qu'on dit dans le bourg ? On prétend que je vais me marier avec monsieur Desgranges !...

La bouche prudente de Perronne se plissa un moment et grimaça un vague sourire.

— Ce n'est pas une nouvelle pour moi, répondit-elle... Il y a déjà plusieurs jours que je le savais... Si je ne vous en ai pas parlé, mademoiselle, c'est que je craignais de vous tourmenter et de vexer monsieur Desgranges.

— Mais c'est absurde ! s'exclama Mariannette.

— Oui, reprit Philippe, piqué de la brusque vivacité de cette exclamation, c'est absurde, en effet... J'ai plus du double de votre âge et je pourrais être votre père. Mais enfin, dans les villages aussi bien que dans les villes, on est peu enclin à la charité... Quoique ces commérages n'aient pas le sens commun, j'ai cru agir sagement en mettant plus de distance entre mes visites au Vivier.

— Monsieur Desgranges va loger au Toron et il y prendra ses repas, Perronne, murmura Mariannette avec humeur ; il ne mangera pas ta truite et tu peux la donner à ton chat !

— Eh ! ma pauvre demoiselle, riposta Perronne en fronçant son tablier, monsieur Desgranges a peut-être raison... L'autre tantôt, au four banal, les femmes jacassaient sur ce prétendu mariage comme des poulailles dans un courtil... Il n'est que temps de leur clore le bec !...

— Vous voyez que cette brave femme est de mon avis, reprit Philippe, quand il se retrouva seul avec Mariannette ; si risibles que soient ces propos en l'air, ils peuvent avoir des conséquences regrettables, et votre père, mon enfant, s'il eût vécu, eût été le premier, malgré l'amitié qui nous liait, à approuver la réserve que je m'impose... J'espère que vous me donnerez aussi votre approbation.

Mariannette l'écoutait, très émue. — Assurément, il devait avoir raison : ces commérages villageois, propagés sans doute par la malveillance de ses tantes, étaient fort désagréables pour elle. — Puis une autre pensée lui vint. Elle se demanda si Philippe n'était pas lui-même ennuyé tout autant et plus qu'elle de défrayer la curiosité locale. Qui sait s'il n'avait pas quelque secret motif de se blesser du rôle que la sotte imagination des gens du bourg lui faisait jouer ?... — Après avoir réfléchi un moment, elle secoua la tête :

— Je comprends, murmura-t-elle, et je n'insiste plus.

Philippe prit congé de la jeune fille, et ils se serrèrent la main sur le seuil de la porte.

— Au revoir, monsieur Desgranges, et merci, dit-elle d'une voix attristée ; je regrette que vous ne puissiez plus être mon hôte... J'espère, du moins, que vous n'oublierez pas trop le chemin du Vivier, et que vous m'aiderez de vos conseils, malgré tout...

Elle n'acheva pas. Elle éprouvait un embarras, mêlé d'un peu de fâcherie, à revenir sur l'incident qui avait motivé la résolution de Philippe. — Longtemps après son départ, elle se tint accoudée à l'appui de la galerie. Des rougeurs lui montaient au front, tandis qu'elle se répétait les dernières paroles de Desgranges, et elle restait pensive, en face du lac sur lequel la nuit azurée descendait doucement.

VIII

L'installation de Philippe Desgranges au Toron ne fut ni longue ni compliquée. Dès le lendemain, l'aménagement était terminé et tout se trouvait en ordre. Il avait choisi la partie la plus habitable de la vieille maison, c'est-à-dire l'appartement dont les portes-fenêtres donnant de plain-pied sur le petit parterre sauvage étaient exposées au midi. Grâce à cette orientation, le soleil, dès qu'on ouvrait la croisée, dissipait l'humidité dont les chambres, longtemps closes, se trouvaient imprégnées ; en outre, de ce côté, on jouissait de la vue du lac. L'appartement était composé d'une salle à manger contiguë à la cuisine, d'une vaste chambre à coucher et d'un salon également spacieux, que Philippe avait transformé en cabinet de travail. Il aimait cette haute pièce nue, avec ses poutres en saillie, ses murs et ses battants de porte peints à fresque, à la mode italienne. Les meubles en bois incrusté et les fauteuils en tapisserie dataient du XVIIIe siècle ; de massifs candélabres de cuivre doré ornaient la tablette de la cheminée de pierre, des lambrequins de cretonne fanée pendaient aux fenêtres, dont les petits carreaux verdis étaient voilés par le rideau naturel d'un jasmin. On respirait là dedans les mélancoliques odeurs du temps passé ; il y régnait un recueillement propice à la méditation et au travail.

Mais ce que Philippe appréciait le plus encore dans l'antique solitude du Toron, c'était le promenoir qui courait le long des vignes jusqu'au Roc-de-Chère, et d'où l'on pouvait apercevoir l'une des blanches façades du Vivier. Desgranges y venait chaque matin assister au réveil du bourg, et, muni d'une bonne lorgnette, il cherchait à épier ce qui se passait dans le logis de Mariannette. Cette hospitalière maison du Vivier, dont il s'était volontairement exilé, occupait une grande place dans ses contemplations matinales. Il regardait la fumée s'élever au-dessus des toits rouges, les platanes verdoyer entre les pelouses, et parfois il croyait distinguer, entre les glycines de la *loggia*, une vague silhouette féminine qui ne pouvait être que celle de Mariannette. Il suivait le va-et-vient de cette forme indécise avec une application enfantine dont il finissait par être honteux. Il s'en voulait de cet indiscret espionnage et il était choqué de voir combien la jeune fille lui manquait depuis qu'il avait cessé d'être l'hôte du logis Diosaz. — Cette possession de lui-même, prise si pleinement par une petite provinciale, l'irritait et le mortifiait. — Il cherchait parfois à s'abuser en attribuant le désarroi qu'il éprouvait à un brusque changement d'habitudes. Il voulait se persuader que ce qui lui manquait, c'était moins Mariannette que la distraction des repas pris en commun et des promenades partagées chaque jour. Mais cette explication l'humiliait et l'irritait encore davantage. — Était-il donc déjà si mûr qu'il devînt, comme un vieillard, l'esclave d'une habitude? — Non, personne, au contraire, ne s'accommodait mieux des changements de visages, de régime et de milieux. Le vide qu'il sentait au dedans et autour de lui tenait à une la plaine enténébrée. — Amoureux d'une fille de vingt-deux ans, lui, Philippe Desgranges, dont la quarante-cinquième année venait de sonner!... Lui qui se sentait déjà fané et vieilli, moins encore par l'approche de la maturité que par le nombre et l'acuité des sensations dont il avait saturé sa jeunesse!... Parfois il se faisait l'effet d'avoir vécu deux vies,

ET MUNI D'UNE BONNE LORGNETTE,...

autre cause, et cette cause, il n'y avait plus à se le dissimuler, était un penchant très vif pour Mariannette.

La réalité de cette inclination, qu'il avait d'abord traitée légèrement, se représentait, chaque jour, à son esprit, sous une forme de moins en moins ondoyante; — c'était comme une lumière aperçue la nuit, en voyage, au fond d'un brouillard, lueur tout d'abord vague et fuyante, puis plus fixe, plus précise, et enfin perçant la brume, illuminant nettement toute tant sa sève lui semblait desséchée et ses nerfs fatigués. Et c'était dans cet état d'appauvrissement moral qu'il s'avisait d'aimer une jeune fille? A de certains moments, il voyait dans cette passion naissante une monstruosité, quelque chose comme la maladie d'un cerveau détraqué ou d'une imagination dépravée et il se révoltait contre lui-même. Mais il y avait d'autres quarts d'heure où il se jugeait avec plus d'indulgence et où il plaidait les circonstances atténuantes. —

C'était justement la tristesse d'un cœur précocement mûri, le pressentiment de l'arrière-saison, qui le poussaient vers cette verdissante jeunesse. N'est-ce pas pendant les déclins d'automne, à l'heure où les arbres s'effeuillent et où le givre craque sous les pieds, qu'on éprouve une joie plus rare à la vue d'une touffe de fleurs printanières miraculeusement épanouies?... Pour lui, Mariannette représentait une nouvelle éclosion de printemps; en respirant près d'elle une rafraîchissante odeur d'avril, il sentait la jeunesse remonter dans ses veines; il croyait assister à la résurrection des enthousiasmes de la vingtième année.

« Mais alors, protestait intérieurement une voix honnêtement indignée : si tu n'aperçois dans la tendresse de cette jeune fille qu'une sorte de fontaine de Jouvence pour ton esprit, tu n'es qu'un égoïste féroce. Qu'espères-tu en te laissant aller à cette tardive passion? Veux-tu jouer les don Juan et essayer de séduire Mariannette?... Non, ce serait trop odieux, et tu as des visées plus correctes... Tu l'épouserais sans doute? Mais il faut être deux pour se marier, et tu n'as pas vu avec quel ironique sourire elle accueillait l'autre soir cette ridicule hypothèse d'un mariage? D'ailleurs, en supposant que, prise de compassion, elle consentît à t'épouser, n'y aurait-il pas une criminelle cruauté à sacrifier à ton caprice une adorable créature qui ne sait rien de la vie et qui en attend des merveilles?.... Dans ton intérêt même, serait-ce bien prudent d'associer à ton âge mûr vingt ans en pleine floraison?... Tu es un rêveur, Philippe Desgranges, et un rêveur dangereux !... »

En proie à ces sentiments contradictoires, Philippe promenait ses agitations à travers le Roc-de-Chère, dont il était le plus proche voisin. Il cherchait, en fatiguant son corps par de longues courses, à endormir cette préoccupation dominante qui l'enfiévrait. — Ce Roc-de-Chère avec ses prés humides, enclavés dans les bois et ses blocs cyclopéens élevant au-dessus des bruyères leur rondeur blanche, est une sorte de forêt enchantée. Vu du lac, où il plonge à pic ses falaises crevassée, que hantent les couleuvres et les hérons, il a l'aspect d'un énorme massif calcaire. Rien à l'extérieur ne laisse deviner les paysages curieux

et variés qu'il cache dans ses replis mystérieux. Il est coupé à l'intérieur par d'étroites gorges en partie boisées. Le labyrinthe de Crète n'était rien auprès de l'inextricable lacis de sentiers qui s'y enchevêtrent ; on a beau y errer, chaque fois on y découvre des solitudes cachées et chaque fois on s'y égare.

Philippe éprouvait un plaisir enfantin à se perdre dans les abrupts sentiers, à moitié recouverts de bruyères, qui se croisaient, couraient sous bois, escaladaient les rochers, s'effaçaient dans l'herbe d'un pré où s'enfonçaient sous les arcades feuillues des châtaigniers. Cette nature sauvage lui réservait à tout instant des surprises. Elle se révélait à lui pour la première fois par ses côtés intimes et imprévus ; il croyait découvrir un monde nouveau, un monde vierge et ignoré, brusquement émergé du sein du lac comme une île merveilleuse. Autour de lui, tout avait un air d'antique jeunesse, comme la Belle-au-bois-dormant à son réveil : la terre noire où, sous l'abri des sapins, les cyclamens ouvraient leurs corolles roses coquettement retroussées ; les prés spongieux étoilés de parnassies ; les taillis clairs et se reflétant dans l'eau verte d'une mare ; les montueuses futaies de hêtres, d'où l'on entrevoyait à travers les branches les découpures aériennes des montagnes. Et toutes ces choses jeunes et fraîches ramenaient constamment sa pensée vers Mariannette. Il se prenait à envier à la nature ce rajeunissement après chaque hiver.

— Pourquoi, songeait-il, un après-midi, en errant sous bois, pourquoi l'homme n'est-il pas semblable aux plantes? Pourquoi, chaque année, ne peut-il, après les déclins d'octobre, retrouver la verdeur d'avril?... Au contraire, chaque printemps nouveau le pousse vers la vieillesse et lui apporte un germe de dépérissement. Au chagrin de voir les années, l'une après l'autre, répandre sur sa tête leurs jonchées de feuilles mortes, vient s'ajouter pour lui le crève-cœur d'assister périodiquement aux fêtes des renouveaux toujours en fleurs. Oh ! la jeunesse !... Quels beaux jours que ceux où je dépensais sans souci les heures de ma vingtième année ! Je ne trouvais jamais la marche du temps assez rapide. Avec la fougue impatiente d'un cheval sauvage, j'aurais voulu franchir d'un

VU DU LAC, OU IL PLONGE A PIC SES FALAISES CREVASSÉES...

bond l'intervalle qui me séparait d'une soirée de plaisir. Je comptais pour rien les minutes qui n'étaient pas marquées par une sensation nouvelle. Les journées s'enfuyaient sans me laisser de regret ; je saluais avec un sourire chaque aube qui se levait, pleine de promesses et toute mélodieuse des cloches matinales... Ah ! ces heures inemployées, ces belles heures perdues, je voudrais les recueillir maintenant avec le soin minutieux d'un batteur d'or qui ramasse les miettes du précieux métal, éparses sur son établi. Je voudrais les souder bout à bout et m'en refaire une vingtième année. Mes derniers après-midi de verdeur, mes derniers enthousiasmes de jeune homme se sont enfuis au loin, pareils à ces barques qui filent là-bas sur le lac et qui semblent emporter mes illusions défuntes... O jeunesse, toi qui donnes la vigueur, la santé et l'audace ; toi qui mets les flammes dans le regard et dans le sang ; toi qui embaumes et enchantes la vie, ô jeunesse, où es-tu ?...

Tandis qu'il exhalait ainsi ses regrets en gravissant la pente des futaies, il était arrivé à un large plateau rocheux où les arbres cessaient et d'où l'on voyait, par-dessus les bois, l'éblouissant azur du lac. Il entendit des pas derrière lui et se retourna. — La jeunesse qu'il invoquait était là ; elle lui apparaissait dans la personne de Mariannette surgissant à l'autre extrémité du plateau. — La jeune fille s'avançait vers lui, le teint rosé par la marche, les yeux étincelants, les cheveux légèrement ébouriffés sous les rebords de son chapeau de paille. Sa silhouette se détachait finement sur le bleu de l'eau et le bleu du ciel. A sa suite, venait, plus lentement, et un peu essoufflée, la vieille Perronne portant un panier plein de mousse et de plantes sauvages.

Philippe sentit son cœur battre comme s'il avait encore ces vingt ans qu'il venait de regretter avec tant d'amertume.

— Bonjour, monsieur Desgranges, dit Mariannette avec un sourire malicieux ; je vois avec plaisir que mes bois du Roc-de-Chère sont plus privilégiés que le Vivier... Vous êtes ici chez moi, le saviez-vous ?

Philippe se rappelait en effet que les bois de Chère étaient compris parmi les biens indivis entre Mariannette et ses tantes. Il balbutia un compliment confus et serra la main que la jeune fille lui tendait.

— Je suis venue avec Perronne, continua-t-elle, chercher des bulbes de cyclamens. C'étaient les fleurs favorites de mon père, et je vais essayer d'en faire pousser autour de sa tombe... Notre récolte est terminée, et, ajouta-t-elle avec une pointe d'ironie, si vous ne craignez pas de vous compromettre en nous accompagnant, je vous montrerai des coins de paysages que vous ne connaissez pas, sans doute.

Il la regardait avec un mélange d'embarras et de plaisir. Il commençait à craindre de s'être rendu ridicule aux yeux de cette jeune fille si franche et si peu poseuse ; il se demandait s'il n'avait pas obéi à un dernier mouvement de fatuité en exagérant l'importance des commérages villageois et en se croyant un compagnon dangereux pour Mariannette. Il la suivit donc docilement, et s'efforça de causer d'un air enjoué et bon enfant, afin de détruire, à force de bonhomie aimable, la mauvaise impression qu'il s'imaginait avoir produite. — Perronne, fatiguée de la course, s'était assise au pied d'un châtaignier. Mademoiselle Diosaz tira du panier un morceau de pain et des cerises ; elle enveloppa le tout dans un journal, et, relevant vers Desgranges ses yeux bruns souriants :

— Venez, dit-elle, je vous montrerai la fontaine de Pierre-Fitte, et si vous avez faim, je partagerai avec vous mon goûter.

Elle lui fit prendre un sentier à peine visible taillé à pic dans les flancs du rocher qu'ils contournait. En deux minutes, ils atteignirent une fissure de la roche, d'où un filet d'eau tombait presque goutte à goutte au fond d'un réservoir de mousse. A quelques pas de la source, une dépression du sol formait une sorte de fauteuil naturel, tapissé de bruyères, dans lequel deux personnes pouvaient se reposer. On voyait de là, à travers les hêtres, par-dessus des étages de verdure, le lac et les flancs du Semnoz, tout ruisselants de lumière. Mariannette rompit son morceau de pain, fit deux parts des cerises et s'assit en invitant Desgranges à l'imiter.

La course l'avait mise en appétit ; elle mordait à belles dents son croûton de pain et croquait lestement les cerises noires, dont le jus violet lui empourprait les lèvres. Philippe, au contraire, touchait

à peine aux fruits et au pain. — Ils étaient
là, jambes pendantes, si rapprochés par
l'exiguïté du siège, qu'une frange de
bruyères séparait à peine les genoux de
Desgranges de la jupe de mademoiselle
Diosaz. Jamais il ne s'était trouvé si
près d'elle, et jamais il ne l'avait si bien
admirée. Sa beauté saine et savoureuse
était d'ailleurs de celles qui sup-
portent victorieusement le plus
minutieux examen. A l'ombre
des hêtres le tissu serré de la
peau mate avait la délicatesse
satinée d'une fleur ; les prunelles
brunes prenaient un éclat qu'avi-
vait encore le blanc des yeux,
presque bleu ; la bouche avait
des sourires radieux, et les coins
des lèvres, en se relevant, dessi-
naient de mignon-
nes fossettes dans le
ferme modelé des
joues. — Philippe,
captivé par cet har-
monieux accord de
la grâce et de la
vigueur juvéniles,
sentait monter en
lui des bouffées de
désir en même
temps que des sou-
pirs de regret. Par-
fois, trop enivré par
le parfum de cette
fleur de jeunesse, il
était tenté d'oublier
son âge, son carac-
tère, son rôle de tu-
teur moral, et de
s'agenouiller devant
Mariannette en lui
couvrant les mains
de baisers. Sou-
dain, mademoiselle
Diosaz se mettait à
parler, et le son de
cette voix tran-
quille, l'innocente
sérénité de ce regard de vierge, lui faisaient honte de ses profanes désirs. Il
comprimait violemment cette poussée de
sensualité qui lui affluait au cerveau, et
se contraignait pour répondre à la jeune
fille sur le même ton placidement enjoué
avec lequel elle lui adressait la parole. La
contrainte qu'il s'imposait pour paraître
calme lui causait une souffrance aiguë ;

ELLE MORDAIT A BELLES DENTS...

mais Mariannette ne semblait nullement
se douter du trouble de son compagnon de
promenade. Quand les cerises furent toutes
croquées, elle se leva, secoua les miettes
de pain éparses sur sa robe, et dit :

— Il ne faut pas trop faire languir Perronne... Si vous voulez, nous irons la
rejoindre.

Et il la suivit silencieusement.
Quand ils furent dans le petit raidillon
qui descend vers l'anse de Talloires, Philippe prit congé de Mariannette.

— A propos, demanda-t-elle, avez-
vous beaucoup travaillé, au Toron ? Je
n'entends plus parler de rien.

Philippe lui répondit qu'il était prêt,
quand elle le désirerait, à lui rendre

compte du résultat de ses démarches.

— Eh bien ! reprit-elle, venez demain en causer avec moi, et restez à souper... Voulez-vous ?

Il hésitait et cherchait mollement une excuse.

— Venez, insista-t-elle ; dans l'intérêt même du succès de mon procès, il le faut, n'est-ce pas, Perronne ?

— Sûr que oui, affirma la servante ; les bavards du bourg prétendent à présent que vous êtes brouillé avec mademoiselle, et cette chanson-là est pire que l'autre.

— Naturellement, ajouta Mariannette, si mes tantes croient que vous m'abandonnez, elles deviendront plus exigeantes, et il importe que vous montriez aux gens que nous sommes restés bons amis. Promettez-moi de venir demain !

Il lui serra la main en signe d'acquiescement, et ils se quittèrent sur cette promesse.

IX

Philippe attendit, le lendemain, l'heure de se présenter au Vivier avec l'impatience d'un collégien au matin d'un jour de sortie. Sa rencontre de la veille lui avait laissé dans l'âme une joie confuse, comme celle qu'on éprouve en s'éveillant après un songe heureux. Ce lumineux après-midi, ce sentier de la fontaine, ce goûter de cerises et de pain en tête à tête, avaient une agreste saveur d'idylle, qui lui rappelait de lointaines et poétiques impressions reçues dans sa première jeunesse, à la lecture du début de Werther ou de l'épisode du cerisier de Thounes dans *les Confessions*. Il transcrivit vivement les notes qui lui étaient nécessaires pour donner à mademoiselle Diosaz les éclaircissements promis, et s'achemina d'un pied leste vers le Vivier, où il arriva vers une heure.

Mariannette sortait de table. Elle le reçut avec sa bonne grâce coutumière, et insista tout d'abord pour qu'il reprît du café avec elle.

— Celui du Toron ne doit rien valoir, lui dit-elle, tandis que le café de Perronne est excellent, si vous vous en souvenez !... Du reste, vous allez faire la comparaison.

Elle le lui servit elle-même sous la galerie, avec accompagnement d'une crème fraîche qui sentait la marjolaine. Quand Philippe eut vidé sa tasse, il tira son carnet et voulut mettre Mariannette au courant des affaires de la succession.

— Non, interrompit-elle, pas ici... Allons dans la chambre verte, nous y serons moins dérangés.

Il obéit, et dès qu'ils furent installés dans le cabinet de travail de Diosaz, près de la fenêtre ouverte sur la route et les vignes, Philippe entra en matière. Il s'efforça d'expliquer le plus clairement possible à Mariannette l'importance des réclamations de ses tantes et les moyens dont il s'était servi pour les repousser. L'orpheline, accoudée à l'angle du bureau, l'écoutait attentivement, dans sa pose familière, les mains jointes sous le menton et la tête penchée en avant.

— Voici donc où en sont les choses, continua Desgranges ; dès mon retour, j'ai répondu à l'assignation de vos tantes par un exploit les sommant de comparaître en l'étude de maître Amoudruz, votre notaire, pour y prendre communication d'actes établissant l'injustice de leurs récriminations. En outre, nous les avons, à notre tour, assignées devant le tribunal, afin de se voir débouter de leur demande mal fondée et d'entendre ordonner le partage des biens indivis. Après force dits et contredits, les juges, sur ma plaidoirie, nous ont donné gain de cause ; ils ont reconnu la nécessité du partage, et ont commis maître Amoudruz pour procéder au lotissement... C'est une belle et bonne victoire que nous avons remportée, car il était important qu'on choisît pour surveiller l'établissement des lots un notaire intègre et dévoué à vos intérêts... Ce lotissement sera loyalement fait. On rédige en ce moment le projet de partage, et il ne restera plus qu'à le faire homologuer par le tribunal... Je vous demande pardon de ces gros mots juridiques et de ces détails ennuyeux, mais je tenais à vous démontrer que nous n'avons pas perdu notre temps.

— Je vois, en effet, que vous avez beaucoup travaillé pour moi. Ainsi, dès que le partage sera... Comment dites-vous ?... homologué, mes tantes me laisseront tranquille ?

— Oui, il n'y aura plus qu'à procéder au tirage au sort des lots ; c'est une formalité dont je presserai l'accomplissement autant que possible. Ensuite vous

pourrez jouir paisiblement de votre patri-
moine, et ma mission sera en grande partie
terminée.

Les yeux de Mariannette se mouillèrent.

— Comme vous avez été bon pour
moi, monsieur Desgranges ! dit-elle en lui
tendant la main... Quand je songe à tout
le mal que vous vous êtes donné, je me
demande comment j'ai mérité un pareil
dévouement ; je suis encore confuse de
vos bontés, et je ne puis vous exprimer
combien je vous suis reconnaissante.

— Vous ne me devez aucune reconnaissance, répondit Philippe : tout ce que j'ai
pu faire, je l'ai fait en mémoire de mon
brave ami Diosaz, et aussi...

Il s'arrêta brusquement, et Mariannette
tourna vers lui de grands yeux question-
neurs, avec l'air d'attendre qu'il
complétât sa phrase.

— Et aussi, reprit-il, par atta-
chement pour sa fille... A mesure
que je vous ai connue, l'affection
que j'avais pour votre
père s'est doublée de
celle que vous m'inspi-
riez... Oui, continua-t-il
en se levant et en mar-
chant avec animation, je
vous ai associés tous deux
dans ma pensée, et cela me
faisait du bien de vous être
utile à tous deux... En
travaillant pour vous, je
sentais la vieille amitié
d'autrefois qui ressuscitait,
et les heures que j'ai passées
ici à m'occuper de vos intérêts compteront parmi les
meilleures de ma vie... Ne
me remerciez pas, c'est moi
qui suis votre obligé.

Il allait et venait par la chambre, et
ses paroles toutes chaudes d'affection
semblaient jaillir presque involontairement de ses lèvres. — La jeune fille, surprise et très émue, le suivait du regard
dans sa promenade saccadée à travers la
pièce. Elle ne l'avait jamais vu aussi agité.
Tout en parlant, il s'arrêtait un moment
devant la bibliothèque ou la cheminée,
maniait distraitement et d'un geste nerveux un livre ou un bronze, puis reprenait sa marche, machinalement et les
yeux baissés. Quand il se tut, un profond
silence emplit la chambre, où l'on n'entendit plus que le tic tac du balancier de
la pendule. Dans ce silence, le souvenir
de Marcelin Diosaz semblait planer reli-
gieusement sur eux. — Les larmes de Mariannette, qui, depuis un moment, trem-
blaient au bord des paupières, se mirent
à couler sur ses joues, et Philippe les
aperçut tout à coup en relevant la tête.

L'ORPHELINE, ACCOUDÉE A L'ANGLE DU BUREAU...

— Ne pleurez pas, ma chère enfant,
lui murmura-t-il avec une voix presque
paternelle ; me suis-je mal exprimé sans
le vouloir et vous ai-je fait de la peine ?...

— Non, non, répondit-elle, ne vous
tourmentez pas... Vos paroles m'ont touchée jusqu'au fond du cœur, et si je pleure,
ce sont de bonnes larmes qui me font du
bien...

Tandis qu'elle achevait, on entendit au
dehors des voix bourdonnantes et des
bruits de pas nombreux, comme si une
procession passait. Mariannette essuya ses
yeux et se dirigea vers la fenêtre.

— C'est une noce, dit-elle en se retournant vers Philippe, avec un sourire dans ses yeux humides... Elle descend à Angon... Venez vite la voir, monsieur Desgranges !

Il s'accouda à l'appui de la croisée et assista près de la jeune fille au défilé des *noceux*, qui cheminaient deux à deux, lentement, au milieu de la route. La mariée, reconnaissable à la fleur d'oranger qui enguirlandait son bonnet, et le marié engoncé dans une redingote noire, tenaient la tête du cortège. La jeune femme, fraîche et accorte malgré son teint hâlé, pouvait avoir vingt-quatre ou vingt-cinq ans ; le mari, lui, trapu et robuste, mais déjà mûr, en portait bien cinquante. Sa barbe mal taillée, son chapeau haut de forme, ses vêtements neufs où il était mal à l'aise, le vieillissaient encore. Derrière, les parents et les invités, mâles et femelles, emboîtaient le pas et marchaient sérieux, raides et gauches dans leurs habits des dimanches, regardant droit devant eux et se parlant à peine, tant ils étaient gênés par la curiosité des femmes du voisinage, accourues au bruit de la noce et glosant avec des rires étouffés sur la différence d'âge des époux.

Quand ceux-ci arrivèrent à la hauteur de la fenêtre où mademoiselle Diosaz était accoudée à côté de Philippe, le marié, raide et solennel, souleva son chapeau, tandis que la mariée intimidée baissait les yeux et rougissait.

Mariannette comprit le sentiment de gêne que devait éprouver ce couple dévisagé par des yeux plus ou moins bienveillants. Désireuse de se faire pardonner sa propre curiosité, elle eut pour les nouveaux mariés une gentille inclination de tête et leur dit de sa voix nette et musicale :

— Bonne chance !

— Merci, mademoiselle ! murmura la jeune femme, toute reconnaissante de ce souhait cordial, qui la consolait un peu des rires malveillants recueillis au passage.

Puis la noce s'éloigna, empesée et grave dans ses habits de gala aux couleurs crues, dont l'inélégance maussade jurait avec la grâce verdoyante du passage. — Ce défilé de gens enlaidis par leur endimanchement avait réveillé chez Philippe l'esprit gouailleur et boulevardier du Parisien, prompt à saisir les côtés ridicules des choses et à les faire ressortir à l'aide d'une plaisanterie.

— Vous avez souhaité bonne chance à cette paysanne, dit-il à Mariannette, quand le dernier couple eut disparu au tournant de la route : savez-vous que cela sonne un peu comme une ironie ?

— Pourquoi ? répliqua la jeune fille en ouvrant de grands yeux, pourquoi prendrait-elle en mauvaise part une parole que je lui ai adressée de bon cœur ?

— Vrai ?... Vous pensiez sérieusement ce que vous lui avez dit ?

— Je ne dis jamais que ce que je pense.

— Et vous êtes convaincue de la possibilité de ce bonheur que vous lui avez souhaité ?

— Qu'y a-t-il donc là de si impossible ?

— Bonne chance ? répéta-t-il avec une certaine âpreté sarcastique, eh ! je vous le demande, quelle chance de bonheur en ménage peut attendre cette fille qui se marie avec un homme beaucoup plus âgé qu'elle ? Elle paraît avoir vingt-cinq ans et son mari frise la cinquantaine. Vous me répondrez qu'à la campagne les femmes vieillissent vite ; mais si le travail mûrit précocement le beau sexe, je ne sache pas qu'il embellisse et rajeunisse le sexe laid. Dans dix ans, la différence d'âge sera encore plus visible et choquante.

— S'ils s'aiment bien, ils ne s'en apercevront pas.

— En êtes-vous sûre ?... Enfin, admettons que l'amour les aveugle un moment. Cela n'empêche que pour l'un d'eux la vieillesse approche avec ses décrépitudes et sa décadence fatale. Il est impossible que la femme conserve ses mêmes illusions, quand elle verra son mari cassé, ridé et blanc !

— Croyez-vous donc qu'on n'aime les gens que pour la beauté, la jeunesse et tous les avantages extérieurs ?... Ce serait triste !...

— La réalité est toujours triste... Heureusement, ajouta-t-il avec un sourire, vous êtes encore trop inexpérimentée pour voir ces choses-là sous leur vrai jour.

— Je sais bien que je n'ai pas beaucoup d'expérience, mais enfin, à mon avis, l'affection est tout ; une femme de vingt-cinq ans peut être heureuse avec un homme de cinquante, si elle l'a choisi librement et si leurs cœurs s'accordent.

— Quand on est jeune, on croit tout possible, objecta Philippe ; pourtant je suppose que vous changerez d'opinion lorsque votre tour viendra de vous marier.

— Oh ! moi, repartit-elle en secouant la tête, je ne me marierai jamais, je me retirerai dans un couvent.

— Dans un couvent? Quelle idée! s'écria Desgranges; et pourquoi donc ne vous marieriez-vous pas?

— Parce que... je serais plus difficile sur le choix d'un mari que je n'ai sans doute le droit de l'être... Si, à vingt-cinq ans, je n'ai pas rencontré mon idéal, je

LE MARIÉ, RAIDE ET SOLENNEL...

Il se demandait s'il n'y avait pas là quelque piège malicieusement tendu; si Mariannette, plus fine que lui, n'avait pas déjà pénétré ses sentiments intimes et si elle ne cherchait pas à le mystifier. — Mais l'air convaincu et le limpide regard de mademoiselle Diosaz plaidaient en faveur de sa sincérité. D'ailleurs, elle était incapable d'un pareil calcul. « Non, se répondait Philippe à lui-même, elle expose ingénument sa pensée devant moi, comme elle l'eût fait devant son père. Elle n'a aucune coquetterie dans l'esprit, et, d'ailleurs, si elle pouvait se douter de ce qui se passe en moi, elle se garderait bien de s'exprimer aussi franchement. Je lui suis fort indifférent. C'est même à son

retournerai au couvent où j'ai été élevée... On n'y est point si mal et j'y ai passé deux années très agréables.

Philippe écoutait la jeune fille avec un mélange d'étonnement et de défiance. Elle abordait ces questions délicates avec une hardiesse si téméraire, que cette témérité même le rendait soupçonneux. Il était repris d'un accès de scepticisme.

indifférence et à la confiance qu'inspire ma situation d'homme mûr et grisonnant que je dois, hélas! cette expansive profession de foi. » Ces considérations sensées rassuraient Desgranges sur la candeur de l'orpheline; mais, en même temps, elles l'humiliaient et l'attristaient. « Je ne compte plus, songeait-il avec mélancolie, je suis passé à l'état d'un confident bon-

4

homme et sans conséquence, devant lequel on peut tout dire !... »

Il était devenu morose et taciturne. Mariannette s'en aperçut, et s'imaginant qu'il était fatigué ou ennuyé, elle l'emmena dehors pour se distraire jusqu'à l'heure du souper. Elle le promena à travers le jardin, lui fit admirer la luxuriance épanouie de ses rosiers, les promesses de ses pêchers, et le reste de l'après-midi s'écoula doucement, familièrement, dans de lentes flâneries sous les arbres. A la tombée du jour, ils s'attablèrent, l'un en face de l'autre, devant un bon souper soigné et mijoté par Perronne, qui le servait elle-même et, gravement attentive, assistait avec une satisfaction d'artiste à la dégustation des plats qu'elle avait amoureusement cuisinés.

Mais ni la saveur du menu, ni les prévenances de Mariannette, ne pouvaient dérider Philippe. Il restait toujours sous l'influence des maussades réflexions qu'il avait faites dans le cabinet de travail de Diosaz. Lorsque, au sortir de table, la jeune fille vint avec son hôte s'asseoir sous la *loggia*, la mélancolie de ce dernier n'avait pas diminué. Mariannette, découragée par le résultat négatif de ses efforts, s'en attristait elle-même. « Décidément, songeait-elle, il s'ennuie au Vivier, c'est sans doute pour cela qu'il a saisi le premier prétexte venu et s'est réfugié au Toron. » Assise à l'une des extrémités de la galerie, la tête enfoncée à demi dans les glycines, elle regardait Philippe aller et venir en fumant son cigare d'un air soucieux. « Il a la nostalgie de Paris, se disait-elle, et peut-être m'en veut-il d'être obligé de vivre ici à cause de moi?... »

Le crépuscule tombait, les eaux du lac prenaient des tons de turquoise verdie, et, au fond du ciel encore clair, les premières étoiles perlaient dans l'or pâle du couchant. L'une après l'autre, les cloches des villages sonnèrent l'*Angelus* et leurs tintements s'égrenèrent jusqu'au Bout-du-Lac. Les croupes des montagnes se noyaient dans un bleu sombre ; les crêtes seules découpaient finement leurs lignes accidentées sur le ciel pur. Les oiseaux s'étaient tus, mais dans le silence de la nuit survenante, une musique plus discrète remplaçait maintenant les limpides sonneries de l'*Angelus* : — trémolo en sourdine des grillons, trilles flûtés des rainettes, clapotement frais de l'eau contre les pierres du talus. — Tout à coup, au-dessus

de l'échancrure de la Forclaz, la lune surgit à l'horizon et monta, faisant pâlir les feux tremblants des étoiles. Elle était presque ronde et avait la blancheur nacrée d'un lis. Une partie de la surface sombre du lac s'éclaira, traversée de part en part d'un frisson argenté et intermittent qui s'étendait d'une rive à l'autre, comme un immense filet aux mailles scintillantes. Dans cette lumière bleuâtre, le paysage avait pris un aspect de féerie. En face, les monts d'Entrevernes, pareils à d'énormes vagues figées, confondaient leur double crête en une masse noire et mystérieuse, tandis que les lointaines montagnes du fond semblaient, avec leurs couloirs et leurs gradins baignés d'une claire vapeur opaline, conduire à de fuyantes contrées élyséennes. Et dans le mélodieux silence de cette nuit azurée, au fond de la gorge d'Entrevernes, très loin, une voix de paysan, une voix traînante, s'élevait lentement, comme un rustique chant d'adoration en l'honneur de la lune et des étoiles.

Philippe avait jeté son cigare et s'était accoudé à la balustrade. Le buste en avant, le cou tendu, il paraissait absorbé dans la contemplation du lac, dont les masses noires des premiers plans faisaient encore ressortir l'idéale illumination. Brusquement un soupir entr'ouvrit ses lèvres closes et s'exhala plaintif dans la sérénité de cette nuit enchantée. — Mariannette dégagea sa tête des feuillages qui la masquaient. Inquiète de la taciturnité persistante de son hôte, prise elle-même par une sorte d'angoisse, elle voulut à tout prix rompre le silence :

— A quoi pensez-vous, monsieur Desgranges? lui demanda-t-elle ; vous n'aviez pas encore vu notre lac au clair de lune... N'est-ce pas qu'il est beau?

— Il l'est trop, murmura-t-il, et voilà justement à quoi je pensais.

— Comment une chose peut-elle être trop belle? se récria Mariannette surprise.

La figure maintenant complètement éclairée de la jeune fille se détachait nettement du cadre des glycines lustrées par les rayons lunaires. Dans cette clarté douce, ses yeux avaient un éclat mouillé, ses cheveux paraissaient plus foncés et son teint plus mat. Philippe l'enveloppa un moment de ce même regard admirateur et avide avec lequel il avait contemplé le paysage du lac.

— Une chose peut être trop belle,

répliqua-t-il, quand sa vue met des regrets au cœur de ceux qui ne peúvent en jouir pleinement... Tout à l'heure, en admirant ces eaux lumineuses et ces adorables formes de montagnes, en écoutant cette chanson de paysan qui fuyait dans le val d'Entrevernes, je faisais un retour sur rable pays, par une nuit pareille, la jeune fille qu'on aimerait et dont on voudrait faire l'unique tendresse de sa vie ; voilà quelles conditions il faudrait pour goûter la poésie de votre lac!... Mais, pour moi, qui m'achemine maussadement vers la vieillesse, il est trop beau!... Ses enchante-

PHILIPPE AVAIT JETÉ SON CIGARE ET S'ÉTAIT ACCOUDÉ A LA BALUSTRADE...

moi-même, je me disais qu'il aurait fallu venir ici à vingt-ans, et je regrettais le temps passé... J'étais la proie d'une sorte d'hallucination. Il me semblait que cette rustique chanson, toujours plus lointaine et toujours plus mélancolique, était la propre voix de ma jeunesse qui me quittait pour ne plus revenir... Être jeune, continua-t-il avec exaltation, avoir devant soi un long avenir, amener dans cet admi- ments n'éveillent plus que des regrets et une sorte de jalousie amère !...

Il s'était rapproché. Au clair de lune, Mariannette pouvait distinguer l'expres- sion douloureuse de ses traits et aussi l'éclat de ses yeux, dont la flamme jeune et vivace semblait démentir cette matu- rité déclinante qui faisait l'objet de ses plaintes. Interdite, intimidée par ces aveux inattendus, troublée peut-être aussi par le pressentiment de quelque confession plus embarrassante encore, elle cherchait, sans les trouver, des paroles capables de calmer son interlocuteur :

— Monsieur Desgranges, balbutia-t-elle avec un faible sourire, vous vous calomniez !

— Oui, je sais, reprit-il de sa voix chaude et sarcastique, ce sont là des formules polies que l'on dit aux gens pour

ADIEU ! MARIANNETTE...

les consoler !... Je me les répète parfois à moi-même pour me faire illusion... Mais je n'en suis pas dupe, et, surtout en ce moment, je vois combien je serais ridicule de me croire encore jeune !...

— Mon Dieu ! repartit-elle de plus en plus troublée, et pourtant essayant de plaisanter pour se donner une contenance, à vous entendre, on vous prendrait pour un patriarche... Quel âge avez-vous donc ?

— J'ai l'âge où l'on ne compte plus, l'âge où on lit son déclin dans les yeux des jeunes gens qu'on ennuie ou qu'on effraie.

Mariannette fut profondément remuée par l'accent de tristesse qui accompagnait ces paroles désenchantées, et, dans un élan de sensibilité, elle s'écria :

— Je vous assure que vous vous trompez !... Moi, par exemple, je ne m'ennuie jamais avec vous, au contraire !...

Il lui saisit les mains et les serra dans les siennes :

— Vous êtes indulgente !...

Il ne pouvait plus détacher ses regards des yeux limpides de mademoiselle Diosaz. On eût dit que le contact des mains fraîches de la jeune fille apaisait sa mélancolie et détendait ses nerfs. Elle-même en avait conscience et n'osait plus les retirer. Ils restèrent ainsi un moment, enveloppés d'un même rayon de lune. Philippe sentait sa tête tourner et son cœur battre très lentement.

— Pardonnez-moi, dit-il d'une voix tremblante, j'ai été un trouble-fête et je vous ai gâté cette soirée... Pourtant, croyez que j'en ai senti tout le charme et que je ne l'oublierai jamais... Ne faites pas attention à mes bizarreries, Mariannette. Si je pouvais vous ouvrir mon cœur, vous verriez que le désordre de mes paroles n'est pas comparable au trouble de mes pensées. Vous sauriez... Mais non, je déraisonne ce soir ; il est temps que je m'en aille !

Il n'avait pas quitté les mains de la jeune fille ; tout d'un coup, il y posa rapidement les lèvres :

— Adieu ! Mariannette, murmura-t-il. Et il s'enfuit.

X

« Oui, se disait Philippe, appuyé à la barre de l'une des fenêtres du Toron, je suis un fou, et ce qui est pis, j'ai conscience de ma folie, ce qui rend mon cas encore plus désespéré... »

Il était revenu du Vivier passionnément épris de Mariannette, et en même temps très effrayé des progrès qu'avait faits sa passion depuis vingt-quatre heures. Il ne se leurrait point ; il était parfaitement convaincu que, dans l'innocente quiétude où se reposait sa jeunesse, Mariannette ne s'apercevait même pas de cet amour hors de saison, et, très sincèrement, il ne souhaitait pas qu'elle s'en doutât. Il avait trop peur que, le jour où mademoiselle

Diosaz connaîtrait cette passion intempestive, tout ne fût irrémédiablement fini. Ou elle en rirait, et Desgranges n'aurait plus qu'à disparaître après un éclat ridicule, ou elle montrerait une douce pitié pour son amoureux quadragénaire, et ce serait une mortification plus cruelle encore. De toute façon, il était condamné à souffrir, soit que, résigné et silencieux, il cachât sa folie et comprimât ses désirs, soit qu'il s'exposât à la compassion, dédaigneusement ironique, d'une enfant pour qui un homme de quarante-cinq ans ne compte plus. Philippe se souvenait que, lorsqu'il avait l'âge de Mariannette, la quarantième année lui paraissait le seuil de la vieillesse. Mademoiselle Diosaz n'était pas pétrie d'une autre pâte que le commun des jeunes gens, et il était clair qu'à ses yeux Desgranges devait apparaître uniquement comme le contemporain de son père. — Cette considération, à elle seule, suffisait pour lui ôter tout espoir.

Parfois, pris d'un remords, il essayait de devenir raisonnable et de se sermonner. Il évoquait la simple et loyale figure de Marcelin Diosaz, il s'accusait de trahison envers son ancien camarade, il se demandait si sa conduite était bien celle d'un galant homme et d'un ami véritable. En supposant que cet amour d'arrière-saison n'apportât aucun trouble dans le cœur de Mariannette, Philippe ne risquait-il pas, tout au moins, de compromettre l'orpheline confiée à sa garde ? Quand Diosaz, dans sa dernière lettre, lui recommandait de trouver pour sa fille un brave garçon qu'elle aimerait et qu'elle épouserait, avait-il jamais eu l'idée que cet épouseur pût être Desgranges en personne ? Comprendre de la sorte la mission qui lui était confiée, était-ce correct ? était-ce moral ? — Mais, de même que la raison, la morale est une digue trop peu solide pour résister au courant de la passion. Cette dernière a une force irrésistible pour renverser les raisonnements les plus sages, une adresse merveilleuse pour tourner les obstacles et faire paraître droit ce qui est oblique. « N'ai-je pas agi honnêtement et correctement? se répondait Philippe ; ne me suis-je pas éloigné aussitôt que j'ai jugé mes assiduités au Vivier nuisibles à la réputation de Mariannette? Si les nécessités mêmes de mon mandat, si le hasard d'une promenade m'ont ramené dans ce logis dont je m'étais loyalement interdit l'accès, n'est-ce point une fatalité dont je suis irresponsable et dont je deviens la première victime?... Je souffre silencieusement, et je me tiens à l'écart, la morale peut-elle exiger davantage ? »

Le plus curieux, c'est que, parmi les raisons à l'aide desquelles Desgranges essayait de combattre sa passion, la persistance de sa liaison avec madame Archambault entrait à peine en ligne de compte. Son amour pour Mariannette avait tellement envahi tout son être qu'il n'y avait plus de place dans son âme pour d'autres préoccupations. Depuis sa dernière lettre, c'est-à-dire depuis environ un mois, Camille avait d'ailleurs gardé le silence. Desgranges en avait conclu que, touchée de ses remontrances et de ses exhortations prudentes, elle avait renoncé à son voyage à Aix et était devenue plus raisonnable. On croit volontiers ce que l'on désire, et il souhaitait si ardemment d'être oublié qu'il allait aussi loin que possible dans le champ des hypothèses : il imaginait que madame Archambault, assagie ou résignée, s'était peu à peu détachée de lui ; et cette supposition, à l'aide de laquelle il endormait ses scrupules, repoussant dans la pénombre le souvenir de ses irrégulières amours, le laissait tout entier à sa nouvelle passion.

Il souffrait, mais cette souffrance lui était chère ; il y trouvait je ne sais quelle amertume fortifiante. Elle donnait aux choses une saveur et une physionomie nouvelles, et mettait au cœur de Philippe un appétit de vivre, une sensibilité plus vive, une fièvre d'activité. C'était comme un retour de cette jeunesse tant regrettée, et dont il reconnaissait, en les éprouvant de nouveau, les voluptueux frissons, les délicieux enfantillages et les faciles enthousiasmes. Dans ses solitaires promenades autour du Toron, l'image de Mariannette semblait se refléter sur les moindres détails rustiques et teindre toutes choses d'une couleur plus attrayante. Philippe, qui pendant longtemps avait professé pour tout ce qui était en dehors de la vie parisienne une indifférence dédaigneuse, avait maintenant en face de la nature des attendrissements de paysagiste. — Un pan de mur à demi écroulé sur lequel grimpait une vigne sauvage ; — une fleur inconnue s'épanouissant à la marge d'un chemin ; — un chaume revêtu de mousse ; — un vol d'oiseaux sur le lac ; — tous ces riens l'intéressaient, parce qu'ils lui rappelaient une excursion faite en compagnie de Mariannette.

De temps à autre, se sentant couler à pic dans les eaux profondes de cet impossible amour, il cherchait à se ressaisir en se raccrochant à quelque réalité solide. Il se disait : « A quoi bon te laisser aller ainsi à la dérive? Où cela te mènera-t-il?

de vivre ailleurs. Il était retenu à Talloires, plus que retenu, attiré par une séduction ineffablement douce et douloureuse. Le lac était pour lui tout résonnant d'une ensorcelante musique de sirènes. Il avait beau se répéter que cette musique était décevante et perfide, que ce courant auquel il s'abandonnait le conduirait à quelque folie dangereuse pour lui et pour d'autres, il se laissait entraîner. — D'ail-

DANS SES SOLITAIRES PROMENADES ..

De pareils enfantillages sont excusables à vingt ans ; à quarante, ils sont ridicules ; mieux vaudrait te guérir de ta sottise, et le meilleur remède, le seul, ce serait de fuir. » — Alors il prenait brusquement d'héroïques résolutions. Il projetait de partir par le premier bateau du matin qui correspondait avec un train descendant sur Genève, et, une fois très loin de Talloires, d'écrire à mademoiselle Diosaz pour s'excuser. Il mettait ses papiers en ordre, bouclait sa valise, — et ne partait pas. Au dernier moment, il était pris d'un insurmontable dégoût à l'idée

leurs, à ce renouveau de tendresse qui le poussait vers Mariannette se mêlait un obscur et pervers désir d'émotions inconnues. On ne dépouille pas le vieil homme et, au fond, Philippe restait ce qu'il avait été dès sa première jeunesse : — un délicat, curieux de sensations neuves et rares. — Or, pour ce dilettante de plaisir, pouvait-il y avoir volupté plus exquise et plus nouvelle que l'éveil de l'amour dans un cœur vierge? Pour cet homme de quarante-cinq ans, fatigué des joies factices et maladives de la vie mondaine, pouvait-il exister une joie plus reposante et plus vive que ce virginal amour, épuré et affiné par le mariage?...

A la vérité, il ne se rendait pas compte de ces mobiles peu avouables qui le retenaient au Toron ; mais, s'il les ignorait, ils ne fermentaient pas moins inconsciemment dans le tréfonds de son cœur et ils contribuaient à y enraciner sa passion.

— Philippe se piquait d'être honnête, et, pour rester en paix avec sa conscience, il s'était juré de ne plus retourner au Vivier. Il se tenait parole ; mais, la nuit venue, il ne croyait pas manquer à son serment

de tuile rouge, la *loggia* aux piliers enguirlandés de glycine, et presque chaque soir, grâce à cette lumière amie, Philippe voyait errer sur la terrasse l'élégante silhouette de la jeune fille. Mariannette se promenait lentement sans se douter que cette petite barque, à peine visible là-bas, contenait un amoureux qui ne la quittait pas des yeux. Parfois elle s'accoudait rêveusement à la balustrade et semblait suivre curieusement les allées et venues de cette barque mystérieuse. La campagne assoupie était si calme, l'air

PHILIPPE RAMAIT LENTEMENT
VERS L'ABBAYE.

en prenant une barque au port de l'Abbaye et en ramant jusqu'en vue de la maison de Mariannette. Ces stations nocturnes sur le lac lui procuraient de silencieuses jouissances d'une mélancolie exquise. — Derrière les escarpements de la Tournette, il voyait se lever cette même lune qui avait éclairé sa dernière entrevue avec mademoiselle Diosaz. La lune était à demi rongée déjà, mais nacrée et limpide encore. Elle effleurait les sombres pentes de la montagne d'un pur rayon qui trouait comme une flèche les brumes des ravins. Ses reflets se jouaient autour de la barque, qu'elle enveloppait d'un métallique réseau bleuâtre. Elle éclairait mollement les vignes frissonnantes, les toits

était si sonore, que souvent la voix très nette de mademoiselle Diosaz donnant un ordre à Perronne arrivait jusqu'à Philippe, avec l'accompagnement des notes flûtées des rainettes. Vers dix heures, la silhouette disparaissait ; une lumière rougeoyait aux vitres d'une des chambres : puis Perronne fermait les volets, et toute la maison s'ensommeillait. Seule, la lune baignait encore de sa clarté la *loggia* déserte, et Philippe ramait lentement vers l'Abbaye.

Au bout de huit jours le temps devint pluvieux. De lourdes brumes voilèrent le ciel et masquèrent les montagnes. Le lac, avec sa nappe grise et fumante, prit la physionomie d'une baie étroite aboutissant à une mer lointaine où planaient de pâles brouillards. Le mauvais temps rendait impossibles les promenades nocturnes sur l'eau. Philippe fut obligé de se confiner dans sa solitude du Toron, où les journées lui parurent cruellement longues. Il traînait pesamment et languissamment son corps à demi engourdi, à travers les pièces pauvrement meublées où le bruit de son pas faisait écho. Tandis que la pluie fouettait les vitres et que le vent d'ouest sifflait plaintivement sous les portes, son

L'UNE DE CES PEINTURES
LUI DONNAIT L'ILLUSION...

esprit n'était occupé que de Mariannette. Il se complaisait à recomposer traits par traits la virginale et franche beauté de la jeune fille ; — il revoyait l'arc des sourcils longs et minces, le velouté lumineux des prunelles brunes dans la transparence bleuâtre du blanc de l'œil, le rire d'enfant de la bouche entr'ouverte sur de petites dents un peu écartées, la svelte rondeur du buste et le sobre modelé d'une poitrine jeunette, à peine accusée sous les fronces du corsage de deuil. — La Mariannette que recréait ainsi son imagination surexcitée, devenait si vivante que, par

moments, Philippe en arrivait à être le jouet de surprenantes visions. Dans le jour, la lumière incertaine et verdâtre tamisée par les jasmins de la fenêtre, ou bien, à la nuit, la lueur tremblante d'une bougie, éclairait les figures féminines peintes naïvement à fresque sur les panneaux des portes, et l'une de ces peintures, qui semblait se détacher de la cloison, lui donnait l'illusion de Mariannette apparaissant discrètement dans la demi-obscurité de la pièce. Il croyait entendre le frou-frou de sa robe, le souffle de ses lèvres, et il se levait brusquement de son fauteuil, le cœur palpitant, la bouche soudain séchée par l'émotion.

Pendant qu'au Toron Desgranges n'avait d'autre compagnie que ses amoureuses hallucinations, Mariannette, dans sa maison du Vivier, était également hantée par des préoccupations d'un ordre tout nouveau, et remuée sourdement par des émotions jusquelà insoupçonnées. — Après le départ de Philippe, le soir de leur causerie au clair de lune, elle était restée longtemps seule, assise contre la balustrade de la *loggia*, la tête posée sur ses bras, les yeux vaguement perdus dans la vaporeuse illumination du lac. Elle se sentait à la fois agitée et heureuse, sans pouvoir se rendre nettement compte des causes de son contentement et de son trouble. La plainte sincère et communicative de Philippe, épanchant tout à coup ses regrets, l'avait touchée. Elle lui savait gré de s'être ainsi confessé devant elle. Jusque-là, elle avait cru qu'il la regardait comme une enfant sans conséquence, et voilà que soudain cet homme sérieux lui ouvrait son cœur et la prenait presque pour confidente. Le caractère réservé de ce Parisien élégant et cultivé, élevé dans un monde si différent de celui où elle vivait lui avait toujours imposé. Elle lui était profondément reconnaissante de sa bonté, mais jusqu'alors, même lorsqu'ils se promenaient familièrement ensemble, elle avait gardé avec lui une attitude craintivement respectueuse. Ce soir-là, il lui semblait qu'une glace s'était fondue, qu'une barrière était tombée et qu'il lui avait parlé non plus comme un conseiller gravement paternel, mais comme un ami et un égal. Elle se sentait doucement émue de ce qu'il lui avait dit, plus émue encore des réticences mystérieuses dont il avait enveloppé ses dernières pensées. Il lui avait découvert un coin de son cœur, puis brusquement, jetant un voile sur ses sentiments intimes, il avait interrompu ses confidences. Pourquoi avait-elle été troublée, presque effrayée à la pensée qu'il allait poursuivre sa confession ? Et pourquoi maintenant était-elle si désireuse de connaître ce qu'il avait voulu lui cacher? — Tout cela s'agitait encore obscurément dans son âme, mais ce mystère même lui était doux. Elle sentait avec bonheur passer en elle un chaud courant de sympathie qui l'emportait vers Philippe et la haussait pour ainsi dire au niveau de cet homme supérieur. Elle songeait avec un joyeux battement de cœur que puisqu'il l'avait prise pour confidente de ses peines, il se départirait désormais de cette froide réserve qui l'avait tenu éloigné du Vivier. Assurément, il redeviendrait son hôte, comme au commencement de son séjour à Talloires; il reviendrait la voir le lendemain ou le surlendemain sans doute... Mais, le lendemain, aucun visiteur ne franchit le seuil du Vivier. Deux, trois, huit jours se passèrent, et Philippe ne revint pas. Mariannette ne savait plus que penser. Elle était chagrine, inquiète, nerveuse ; elle tressaillait au moindre coup de sonnette et se précipitait vers la terrasse, croyant toujours que ce tintement annonçait Desgranges ; puis elle s'en retournait dépitée et confuse, en voyant la porte s'ouvrir pour laisser passer un paysan ou un fournisseur.

Un matin, elle ne put cacher son agacement à Perronne, sur les lèvres de laquelle le nom de Philippe était venu par hasard :

— En vérité, murmura Mariannette, je ne sais ce que nous avons fait à monsieur

LA SERVANTE HAUSSA SES ÉPAULES...

Desgranges !... Depuis qu'il a dîné ici, on ne l'a plus revu... Tu ne trouves pas cela singulier, Perronne?

La servante haussa ses épaules voûtées et hocha énigmatiquement sa tête de bois sculpté :

— Il est peut-être capricieux, cet homme, et puis possible qu'il ait des raisons de se tenir coi.

— Quelles raisons?

— Dame, il est peut-être comme notre chat, qui aimerait bien se chauffer au feu de ma cuisine, mais qui se tient à l'écart de peur de se brûler.

— Que veux-tu dire avec tes paraboles? s'écria Mariannette impatientée ; — explique-toi nettement, si tu veux qu'on te comprenne !

— Eh bien ! pour parler franc, il y a du vrai dans les bruits qui ont couru par le bourg, et je crois, sauf votre respect, ma pauvre demoiselle, que monsieur Desgranges est amoureux de vous.

— Quelle sottise ! balbutia la jeune fille en devenant cramoisie.

— Sottise tant que vous voudrez, répliqua Perronne ; il est sûr et certain que ce monsieur est un peu âgé pour se mettre l'amour en tête... C'est peut-être parce qu'il comprend sa sottise qu'il n'ose plus venir ici.

— Ma fille, c'est toi qui te mets des lubies en tête... Ne t'avise pas surtout de les répéter !

— Oh ! ça, non... Je garde ces choses-là pour moi ; mais si je clos ma bouche, mes yeux restent ouverts, et j'ai bien vu que ce monsieur de Paris n'est pas aveugle non plus... Quand il dînait ici et que je vous servais à table, il vous mangeait du regard. Et, ma fine, il n'est pas tant mûr qu'il n'ait encore du goût pour les belles demoiselles... Il vient toujours un temps où de l'herbe on fait du foin, et ce qui devait arriver est arrivé.

— Perronne !

— Laissez-moi finir, je n'ai pas tout dit... La preuve qu'il en tient pour vous, c'est que, s'il ne se montre plus ici pendant le jour, il se rattrape en venant soupirer la nuit autour de chez nous...

— Quelle plaisanterie ! interrompit Mariannette ; tu rêves, ma fille !...

Elle s'en voulait d'écouter Perronne, de ne pas lui fermer la bouche en la rabrouant sévèrement, et, malgré tout, elle la laissait continuer ; elle demeurait près d'elle, attentive, inquiète et le cœur palpitant.

— Je rêve ?... riposta la vieille servante vexée ; demandez un peu à la femme du passeur !... Tous les soirs, monsieur Desgranges prend une barque et va se promener entre Duingt et le Vivier... il reste là pendant des heures... On ne peut pas dire que c'est un conte : je l'ai guetté et je l'ai vu de mes yeux.

Mariannette se souvenait aussi d'avoir remarqué cette petite barque errante en face du Vivier, et son embarras redoublait.

— Depuis quand, objecta-t-elle d'une voix mal assurée, est-il défendu de se promener le soir sur le lac?... Il n'y a là rien d'étonnant.

— Rien d'étonnant ! s'écria l'entêtée servante ; un homme qui n'est plus de la première jeunesse et qui flâne sur l'eau jusqu'à des minuit, au risque d'attraper des rhumatismes !... Il faut qu'il ait quelque folie dans la tête ou au cœur... J'en reviens à ce que j'ai dit : monsieur Desgranges est amoureux de vous.

— Tais-toi, Perronne, tu n'as pas le sens commun et tu me fais honte !

Mariannette s'était enfuie sans vouloir en entendre davantage. Elle se réfugia sur la galerie du bord de l'eau. Là, seule, appuyant sa joue brûlante contre les feuilles de la glycine, elle restait accoudée, perdue dans une confuse méditation, en face du lac encore tout fumeux de la dernière pluie.

M. Desgranges amoureux d'elle, était-ce possible? Comment elle, une provinciale ignorante et quasi sauvage, pouvait-elle occuper la pensée d'un homme habitué aux élégances et aux raffinements du monde parisien, ayant eu, prétendait-on, des succès nombreux parmi les femmes à la mode?... Cela semblait incroyable à Mariannette, et cependant, au fond, elle avait un secret pressentiment de la réalité de cet amour invraisemblable. Elle rapprochait les uns des autres certains incidents qui lui avaient paru extraordinaires et qui s'expliquaient d'eux-mêmes si réellement Philippe l'aimait : — leur dernier entretien sur la galerie, les mystérieuses tristesses de Desgranges, ces confidences commencées et brusquement interrompues, ce baiser sur les mains, et puis ces étranges stations nocturnes en barque, en face du Vivier... Évidemment, il y avait là autre chose qu'une simple amitié, et alors il était possible que ce fût de l'amour ! Cette soudaine clarté jetée sur un obscur état d'âme étourdissait Mariannette ; elle en éprouvait un éblouissement violent, comme lorsqu'on tombe en plein soleil au sortir des ténèbres.

Mais si Desgranges l'aimait, pourquoi l'avait-il quittée si brusquement et pourquoi ne reparaissait-il plus au Vivier?... Cet amour le rendait donc malheureux ! Il le regrettait donc, puisqu'il essayait de s'en guérir?... Et la jeune fille recommençait à douter. Dans son idée et avec son esprit droit et honnête, elle ne voyait qu'une seule éventualité qui pût attrister Philippe et l'obliger à fuir : — l'impossibilité d'un mariage entre Mariannette et lui. Or, cette impossibilité n'existait pas. Philippe était garçon et maître de disposer de son cœur, puisqu'il s'était épris d'elle. La question d'argent ne pouvait l'arrêter : Mariannette était riche et lui-même possédait une fortune indépendante. Si donc, au lieu de déclarer franchement son amour, il avait cessé ses visites au Vivier et se tenait confiné au Toron comme un homme qui a peur de se laisser entraîner, c'est qu'il jugeait cet amour dangereux, c'est qu'il y voyait de mystérieux obstacles. — Lesquels? — Mariannette se creusait la tête pour découvrir les motifs de cette réserve. D'où venait cette contrainte qui l'éloignait du Vivier et arrêtait sur ses lèvres l'aveu d'une tendresse déjà devinée à demi?... Tout à coup, il se fit comme une éclaircie dans la pensée de la jeune fille. Elle se rappelait la conversation de Desgranges au moment où la noce d'Angon passait devant le Vivier ; elle se remémorait ses réflexions amères, sa tristesse soudaine, son regret de n'être plus jeune. — Plus de doute, ce qui effrayait Philippe et lui donnait des scrupules, c'était la différence d'âge. — Cette découverte enlevait subitement du cœur de Mariannette un poids douloureux. Elle se sentit rassérénée et sourit silencieusement.

Tous les brouillards qui enveloppaient son esprit se dégageaient peu à peu, pareils à ces grises vapeurs qui flottaient en ce moment sur le lac et s'échevelaient en onduleuses fumées. — Le ciel s'éclaircissait. Sur l'eau d'un vert laiteux, les buées reculaient du côté de Doussard et rampaient aux flancs des montagnes comme de blanches et fuyantes apparitions. — Une clarté intérieure dissipait de même le doute de Mariannette et ensoleillait son âme. — Aimée ! Elle était aimée !... Pour elle, encore tout éblouie de cette inattendue illumination de l'amour, la disproportion d'âge n'était pas sérieuse. Comme elle l'avait déclaré franchement à Philippe en regardant passer la noce d'Angon, elle était convaincue qu'on ne s'aperçoit pas de cette différence quand on aime et quand on est aimé. — Malheureusement, si cette conviction existait

en elle, il était évident que Philippe ne la partageait pas. Il devenait, au contraire, de plus en plus certain pour l'orpheline que si M. Desgranges souffrait et se tenait à l'écart, c'était par excès de loyauté et aussi par suite d'un manque de confiance en lui-même.

« Mais alors, se disait-elle ingénument, s'il se fait un point d'honneur de se taire et s'il souffre du silence auquel il se condamne, n'est-ce pas à moi de trouver un moyen de lui donner confiance et de l'encourager ?... »

Elle s'était levée dans un élan soudain de tendresse hardie et chaste. Ses yeux

AIMÉE ! ELLE ÉTAIT AIMÉE !...

avaient pris comme le ciel une profondeur lumineuse. — Le grand sourire bleu du lac, les coups de soleil perçant les nuées, le fier élancement des cimes surgissant radieuses du sein de la brume, lui donnaient une énergie nouvelle et l'enhardissaient encore dans ses mystérieuses résolutions.

XI

Il était environ quatre heures après-midi. Depuis son déjeuner, Philippe avait travaillé fiévreusement à une volumineuse correspondance avec l'avoué, le notaire et le géomètre chargés de procéder au partage ordonné par le tribunal. Il cherchait dans cette occupation presque mécanique un dérivatif à son mal. Mais la nature de cette besogne, où il n'était question que de la succession Diosaz, ramenait constamment son esprit vers Mariannette. Les conditions atmosphériques contribuaient encore à accroître l'intensité de cette tendre obsession. — Il est des heures lourdes, chargées d'électricité, qui rendent nos nerfs plus irritables, notre sensibilité plus vive, notre volonté plus passive. — La chaleur humide d'une orageuse journée d'août, le ciel à chaque instant couvert de nuages pesants qui crevaient en tièdes averses, mettaient dans tout l'être de Philippe un plus troublant désir de revoir Mariannette, en même temps qu'ils redoublaient en lui le dégoût de la solitude. — Il avait cessé d'écrire ; renversé sur le dossier de son fauteuil, les yeux mi-clos, il écoutait dans une langueur de rêve l'égouttement des chéneaux du toit et les derniers roulements du tonnerre au loin, dans la montagne. Le clapotement de l'eau sur le gravier, le frisson mouillé des feuillages, un bourdonnement de mouche contre la vitre, l'hypnotisaient doucement ; il n'avait conservé que juste assez de lucidité pour observer vaguement les phénomènes extérieurs et les transformer en de chimériques visions, sous l'influence de sa préoccupation dominante. — Les alternatives d'obscurité et de clarté, produites par le passage des nuées, se succédaient rapidement, tantôt plongeant le salon de travail dans une nuit bleuâtre, tantôt l'éclairant d'une flambée blonde où dansaient des atomes d'or. Et dans ces jeux de lumière, la fantaisie de Desgranges faisait flotter une image toujours la même: — Mariannette.

Tandis que l'ombre portée des nuages mettait dans la pièce une obscurité plus profonde, le demi-rêve de Philippe prit tout à coup une forme plus précise. Il lui sembla que l'une des figures féminines peintes à fresque sur les panneaux des portes devenait étonnamment semblable à mademoiselle Diosaz. On eût dit positivement que les yeux bruns de l'orpheline luisaient dans la pénombre et que son buste svelte se détachait du mur noir. Il y eut un instant où l'image parut se

mouvoir dans l'ombre bleuâtre ; Philippe avait eu déjà la même illusion, mais jamais encore si saisissante. Il n'osait plus bouger de peur de faire évanouir la forme fragile de cette vision. Il restait renversé en arrière, comme assoupi, et respirait à peine. — Peu à peu, la nuée passa ; un brusque rayon de soleil jeta une gerbe de rayons à travers le jasmin qui masquait la fenêtre ; le salon s'emplit d'une clarté jeune et réveillante ; en même temps, une voix limpide résonna et fit sursauter Desgranges qui se leva en se frottant les yeux.

Ce n'était pas une vision, Mariannette en personne lui souriait dans l'encadrement de la porte restée ouverte, — car, dans ce Toron à demi abandonné, les portes n'étaient jamais closes, et on entrait comme dans un moulin.

— Bonjour, monsieur Desgranges ! murmurait mademoiselle Diosaz.

— Vous, mademoiselle !... Vous, au Toron? répétait Philippe encore ébahi.

— Il le faut bien... Comme disait mon père : puisque la montagne ne veut pas venir à nous, c'est à nous d'aller à la montagne !

Elle avait commencé sa phrase avec assez d'assurance, mais à mesure qu'elle parlait, sa voix devenait moins ferme, et on sentait qu'au fond elle était très intimidée.

— Vous êtes venue... seule?

— Pas tout à fait, nous montions à Écharvines avec Perronne, et une averse nous a prises juste en face du Toron... Alors, comme nous étions en souci de vous, j'ai pensé à m'abriter ici et à demander de vos nouvelles, tandis que ma vieille bonne continuerait sa route... Elle va venir me retrouver... Vous n'avez pas été malade, au moins, monsieur Desgranges?.

— Non, non...

Il allait et venait, à la fois inquiet et joyeux de cette visite inespérée. A travers sa propre émotion, Mariannette remarquait que Philippe paraissait plus troublé qu'elle. Sa main tremblait en pressant celle de la jeune fille. Il était devenu très pâle, et cette pâleur cendrée accentuait encore ses yeux cernés.

— Asseyez-vous, dit-il en l'installant dans un fauteuil ; — puis il disparut dans la salle à manger, en revint avec une carafe, du vin blanc et un sucrier. —

Je vais, ajouta-t-il, préparer de quoi vous rafraîchir.

— Merci, je n'ai besoin que d'un verre d'eau.

Tandis qu'il remplissait le verre, elle le regardait à la dérobée, et de nouveau était frappée de sa pâleur.

— Sûr, vous n'avez pas été souffrant? demanda-t-elle.

— Non, pourquoi?

— Vous paraissez fatigué.

— Ce n'est rien... Cela tient au temps orageux... Un peu aussi sans doute à l'ennui d'être claquemuré par ces trois jours de pluie.

— Il me semble que vous ne sortez guère davantage quand le temps est beau.

— Si fait, je vous assure.

— Alors, dit-elle timidement, pourquoi ne venez-vous pas au Vivier ?

Et comme il tardait à répondre à cette question plus que jamais embarrassante, elle reprit :

— Nous n'avons pas de nombreuses distractions à vous offrir, mais enfin je pensais... j'espérais que vous vous ennuieriez encore moins chez nous qu'au Toron.

— Vous savez bien, répliqua-t-il tristement, que les journées passées au Vivier comptent pour moi parmi les meilleures... Je vous l'ai dit déjà et vous devez en être convaincue.

— Avouez, cependant, murmura-t-elle avec une pointe d'ironie, que vous agissez de façon à me donner des doutes.

— Ne doutez jamais du bonheur que j'ai à vous voir ! s'écria-t-il avec vivacité... Seulement, vous connaissez les raisons qui m'ont obligé à cesser d'être votre hôte. Ces raisons, si absurdes qu'elles paraissent, existent toujours...

— Ces raisons, interrompit Mariannette, vous obligeaient à espacer vos visites, mais non à les supprimer tout à fait... D'ailleurs, à vous parler franchement, je crains qu'elles ne soient qu'un prétexte...et que vous n'ayez un autre motif de vous abstenir.

— Un autre motif?... balbutia-t-il, très troublé.

— Oui; pourquoi, après m'avoir témoigné tant de bonté et de dévouement, vous êtes-vous peu à peu éloigné, pourquoi m'avez-vous retiré votre affection?

— Moi !...

Il la regardait, fasciné par les yeux à la fois suppliants et tendres qu'elle tournait vers lui. — A travers les jasmins épanouis et mouillés, le soleil, maintenant clair et triomphant, dardait ses rayons, et Mariannette se trouvant dans la trajectoire

BONJOUR, MONSIEUR DESGRANGES!

de ses flèches radieuses, était tout enveloppée d'une lumière dorée. Il semblait à Philippe qu'elle avait encore embelli depuis le dernier soir où il l'avait vue. Ses cheveux châtains, soyeux et comme poudrés de soleil, frisottaient plus abondamment autour de son visage d'un blanc mat ; ses yeux avaient un éclat encore plus pur et plus pénétrant ; la saine rougeur de ses lèvres, une plus naïve expression de candeur et d'honnêteté.

— Pourquoi? répéta-t-elle ; il y a une autre raison que vous ne dites pas...

— Eh bien ! répondit-il, entraîné par le charme qu'il subissait et ne mesurant plus ses paroles, vous avez deviné... oui, il y a une autre raison.

— Ah ! murmura-t-elle en baissant les yeux.

— Mieux vaudrait vous la taire, continua-t-il... Tout à l'heure vous m'en voudrez de l'avoir avouée.

— Je vous en voudrais bien davantage

JE VOUS EN PRIE, PARLEZ !

si vous la taisiez... comme si c'était une chose offensante.

— Non, répliqua-t-i', il n'y a rien d'offensant, car ce n'est pas une offense que d'être adorée respectueusement... et je vous aime !

Il leva craintivement ses yeux sur Mariannette. Il s'attendait à quelque marque de réprobation ou d'effroi. Mais elle avait enfoui sa figure dans ses mains ; accoudée à la table, elle restait immobile et impénétrable.

— Vous le voyez, c'est fou ! continuat-il... Je pourrais être votre père, et me voilà passionnément amoureux de vous.

Quand on a mon âge et qu'on aime éperdument une jeune fille, il faut renfoncer son secret dans son cœur et n'en jamais parler... C'est pourquoi je m'étais juré de me taire, c'est pourquoi je vous fuyais... Je craignais de ne plus être assez maître de moi, et je ne voulais pas, au chagrin d'un amour impossible, ajouter l'amertume du ridicule... Maintenant, vous savez tout... Vous devez regretter de m'avoir forcé à parler. Vous pensez que j'ai perdu la raison, et je vous fais pitié, n'est-ce pas ?

Il tourna de nouveau vers elle ses yeux inquiets. Elle demeurait silencieuse, seulement, elle agitait en signe de dénégation sa tête toujours cachée dans ses mains.

— Mariannette, reprit-il d'une voix étouffée, est-ce que vraiment vous n'êtes pas irritée contre moi?... ou bien est-ce par bonté d'âme que vous évitez de me répondre?... Je vous en prie, parlez ! ou laissez-moi au moins lire votre pensée dans vos yeux !

Il s'était approché et avait doucement écarté les mains de Mariannette. Alors, dans le soleil qui enveloppait l'orpheline, il eut la surprenante joie de voir une figure empourprée par l'émotion et deux yeux purs qui le regardaient affectueusement.

— Mariannette, balbutiat-il, est-ce possible?... Vous ne me repoussez pas?... Vous n'êtes pas fâchée?...

Elle sourit faiblement, puis se sentit confuse, et baissant la tête :

— Non, soupira-t-elle, je ne vous en veux pas... Je ne sais si j'agis bien en vous répondant aussi franchement... Mais je pense que vous me connaissez assez pour ne pas mal interpréter mes paroles... Je ne me suis jamais inquiétée de cette différence d'âge qui vous effraie et... je... serais fière d'être choisie par un homme comme vous...

Tandis qu'elle parlait, Philippe la considérait avec des yeux anxieux et charmés. La joie soudaine qu'il éprouvait était trop excessive pour ne pas amener après elle une sorte de réaction mélancolique. Il n'osait pas croire encore à une aussi heureuse conclusion. Sa délicatesse s'alarmait. Il se demandait si Mariannette n'obéissait pas, en acceptant son amour, à une exaltation généreuse, à une de ces illusions romanesques comme il en germe dans les têtes des jeunes filles.

— Chère enfant, répondit-il, réfléchissez encore... N'êtes-vous pas dupe d'une tendre compassion dont vous vous repentirez plus tard?... Êtes-vous sûr de ne pas vous abuser?

Elle leva vers lui des yeux pleins de reproches :

— Pourquoi doutez-vous de moi?

— Je ne doute pas, mais mon bonheur m'effraie... J'ai peur que vous ne vous trompiez.

— Comment pouvez-vous avoir de pareilles craintes, quand je suis venue ici pour vous rassurer et vous dire... tout ce que je vous ai dit?

Et, honteuse, elle replongea sa figure dans ses mains. Lui, dans un élan d'adoration et de reconnaissance, écarta de nouveau ces mains collées au visage et les baisa longuement.

— Il est tard, murmura Mariannette troublée, et il faut que je rentre.

— Non, pas encore, s'exclama-t-il, pas avant que je ne vous aie fait voir ce Toron où j'ai tant pensé à vous !

Il mit le bras de la jeune fille sur le sien, et ils sortirent. — La pluie avait cessé et un soleil déjà oblique diamantait les arbres aux feuilles ruisselantes. Du haut du promenoir du Toron, le lac, d'un bleu lisse, avait l'air de revêtir sa plus belle robe d'azur pour fêter le bonheur de Philippe. Sur l'eau tranquille, le bateau du soir, laissant derrière lui un double sillage argenté, quittait la presqu'île de Duingt et sifflait joyeusement en glissant vers l'anse de l'Abbaye. Desgranges prenait plaisir à conduire Mariannette au bord de cette terrasse où, pendant des semaines, il avait promené ses doutes et ses souffrances. Pour lui, cette solitude était peuplée de pensées qui, toutes, se rapportaient à mademoiselle Diosaz. Chaque arbre, chaque fleur sauvage, chaque banc rongé de mousse avait sa légende amoureuse, qu'il contait tendrement à Mariannette, et que celle-ci ne se lassait pas d'entendre.

— Tenez, disait Philippe, d'ici l'on aperçoit les tuiles rouges du Vivier... Que de fois je suis venu m'asseoir sur ce banc pour voir votre toit briller à la rosée du matin, ou s'envelopper le soir de fumées bleues !... Chaque jour je le regardais comme si c'eût été pour la dernière fois, et je me faisais l'effet de contempler un paradis d'où j'étais à jamais exilé...

— Votre exil cessera dès demain, répondait Mariannette en riant, car vous n'aurez plus de prétexte pour fuir le Vivier.

— Oh ! maintenant, j'irai là-bas tous les jours... Je vous lasserai de mes visites.

— Je ne m'en lassais pas autrefois, je ne m'en lasserai jamais.

— Et vous ne songerez plus à retourner au couvent?...

— Je n'y retournerai que si vous changez d'avis.

— Alors jamais ! puisque nous voilà fiancés... Fiancés ! répéta-t-il avec un frisson de plaisir... Ainsi, c'est bien vrai, vous serez ma femme?... En ce moment, il me semble que je marche dans un rêve... Je me demande comment vous m'avez aimé, moi qui me suis montré si peu aimable?

— Mon Dieu, répondit-elle avec une grâce naïve, cela est venu très simplement... Avant de vous voir, je ne connaissais et je n'aimais que mon père... Il m'avait souvent parlé de vous... Vous êtes arrivé au Vivier quand j'étais dans la peine, vous avez été bon pour moi, et j'ai deviné que vous défendiez mes intérêts non par devoir, mais par amitié. Vous ne me traitiez pas en petite fille qu'on protège, mais en amie pour laquelle on se dévoue ; j'en ai été si touchée que mon cœur est allé tout naturellement vers vous... Après mon père, vous avez été ma première et ma seule affection.

— Chère mignonne Mariannette ! s'écria-t-il en pressant le bras de l'orpheline...

Et subitement, tandis que tout son corps frémissait au contact de ce bras frais, ferme et rond, frôlant sa poitrine, il sentait passer dans son esprit comme un brouillard de tristesse et son visage se rembrunissait.

— Qu'avez-vous ? Pourquoi prenez-vous cette figure chagrine? demanda la jeune fille, inquiète de la brusque altération de ses traits,

— C'est, répliqua-t-il d'une voix grave, c'est que je me sens si peu digne de vous. .

qui me donnez tout et à qui j'apporte si peu ! Vous commencez la vie et moi je l'achève... J'ai comme un remords d'accepter votre cœur vierge et de ne pouvoir vous offrir en échange la même fraîcheur d'âme, la même jeunesse d'illusions...

Mariannette resta un moment rêveuse, comme si elle eût

nature des scrupules de Desgranges et rougit très fort.

— Vous vous tourmentez inutilement, reprit-elle en secouant la tête ; je ne suis pas assez sotte pour regretter que vous n'ayez pas pensé à moi alors que vous ne me connaissiez point, et je ne serai pas jalouse du passé... M'aimez-vous, aujourd'hui, librement et exclusivement?

« Librement et exclusivement... » Ces deux mots auraient dû remuer de sérieux

« LIBREMENT ET EXCLUSIVEMENT... »

cherché à se rendre compte du sens de ces dernières paroles ; tout à coup elle se rappela le passage de la lettre de son père faisant allusion aux « expéditions galantes » de Philippe ; elle comprit la

scrupules dans l'âme de Philippe. Mais en sentant contre sa poitrine le bras de cette belle jeune fille qui lui parlait d'amour, il n'avait plus la liberté d'esprit nécessaire pour se livrer à un sévère examen de conscience. Devant lui, s'ouvraient toutes grandes les portes du bonheur, et il n'avait qu'un pas à faire pour pénétrer dans ce paradis inespéré. Il s'y élança d'un bond, avec une impétuosité juvénile et irréfléchie :

— Librement et exclusivement, affirmat-il, oui, je vous le jure !

Elle lui prit la main et la serra.

— C'est tout ce que je demande, dit-elle, la figure radieuse, et, je vous le

IL N'Y A POINT DE
BON SENS DE VOUS
ATTARDER AINSI...

répète, je suis fière d'être la femme de votre choix.

Comme elle achevait, ils entendirent derrière eux le pas inégal et la respiration bruyante d'une personne essoufflée. Ils se retournèrent et aperçurent Perronne qui accourait :

— Mademoiselle ! s'écria la servante, y pensez-vous?... Voici qu'il est sept heures passées et notre souper sera brûlé... Il n'y a point de bon sens de vous attarder ainsi au Toron !

— Perronne a raison, dit Mariannette, et vous m'avez fait oublier l'heure... Bonsoir, ajouta-t-elle, en retirant lentement la main qu'elle avait laissée dans celle de Philippe ; il faut que je me sauve... Venez demain aussitôt que vous le pourrez... Vos visites au Vivier ne peuvent plus offusquer personne...

Perronne les regardait avec des yeux grands ouverts et restait bouche béante.

— Au fait, reprit mademoiselle Diosaz en souriant, elle ne sait rien et je veux qu'elle soit la première à apprendre la nouvelle... Perronne, ma fille, tranquillise-toi, tu pourras dire aux gens qu'ils ne se sont pas trompés et que monsieur Desgranges est mon fiancé...

XII

Le lendemain, Philippe, en ouvrant sa fenêtre, éprouva pour la première fois peut-être, dans toute sa plénitude, la félicité de vivre. — Entre les montagnes, qui semblaient lavées par la rosée, le lac s'étendait, baigné d'une transparente fraîcheur. Dans cette eau verte et unie comme un miroir, les terrains, les arbres, les maisons, se reflétaient avec la variété de leurs formes et de leurs couleurs. Des barques glissaient avec lenteur, et, à mesure que le soleil montait, la lumière poudrait de bleu la verdure des hauts pâturages. Un émouchet aux ailes éployées décrivait de grands cercles dans le ciel et semblait se complaire à y promener son vol horizontal. De lumineux papillons fauves s'abattaient sur les valérianes rouges du parterre. Les pruniers du verger pliaient sous le poids des fruits, des bandes de moineaux pépiaient en picorant les figues mûres, et un chœur d'abeilles bourdonnait autour des treilles — Philippe emplissait ses yeux de lumière et ses oreilles de bruits mélodieux. Toutes ces joies du matin correspondaient harmonieusement à l'allégresse de son être. Il trouvait à tout le voisinage un air heureux : — les charretiers gravissaient joyeusement la montée à côté de leur char traîné par des bœufs ; joyeusement les paysans ramassaient les dernières gerbes, et là-bas, sous les peupliers, les baigneurs qui s'ébattaient dans le lac goûtaient avec une gaieté tapageuse les délices de leur bain matinal.

Mariannette l'aimait ! Cette adorable fille consentait à unir ses vingt ans à son âge mûr ! Avant peu, elle serait sa femme, et une vie de bonheur calme et familial, une vie toute neuve, commencerait pour lui dans ce pays enchanté qui semblait créé pour abriter des amours heureuses. Il se sentait maintenant vraiment métamorphosé et rajeuni. La limpidité de cette matinée d'août transfusait en lui une verdeur nouvelle. Le passé était aboli ; il ne voyait plus que l'avenir se levant avec de suaves couleurs d'aurore. — Il lui tardait d'entendre sonner midi, afin de pouvoir descendre au Vivier. Comme au temps passé, il trouvait les heures trop lentes ; il aurait voulu supprimer d'un trait les minutes qui le séparaient du moment marqué pour sa visite au logis Diosaz. — Il occupa ses loisirs à parfaire minutieusement sa toilette. Depuis des années, il n'avait accordé tant de soin au choix d'une cravate. Il mettait d'enfantins raffinements de coquetterie à paraître élégant et jeune. — Après un déjeuner rapide, il prit son feutre et ses gants, et, une rose passée dans la boutonnière de son veston gris, il descendit l'avenue du Toron.

Fouettant gaiement de sa canne les sauges du talus, il foulait légèrement le gazon de l'allée. Il regardait le ciel entre les branches vertes, écoutait les pinsons gazouiller dans les érables, et, la figure épanouie, les prunelles brillantes, il trouvait plus que jamais qu'il faisait bon vivre. Tout à coup, au moment où il allait gagner la route, il s'arrêta et recula comme frappé en plein cœur.

Devant lui, dans l'arceau plus sombre formé par les arbres verts de l'entrée, venait de surgir une forme féminine. Les yeux de Philippe se fixaient avec stupeur sur cette visiteuse en costume de voyage, coiffée d'un chapeau rond dont les brides de gaze bleue encadraient un visage encore jeune aux grands yeux fauves, aux minces lèvres rouges entr'ouvertes par un sourire ironique, — et ils reconnaissaient madame Archambault.

Dans l'enivrement de son bonheur nouveau, il l'avait totalement oubliée. Il ne pensait plus à cette lettre, vieille de six semaines, où madame Archambault lui avait parlé d'un voyage à Aix. Tant de choses s'étaient passées depuis lors, qu'il ne croyait plus à la possibilité de ce voyage invraisemblable. — Et brusquement, au seuil du Toron, cette amie de quinze ans se dressait à quelques pas de lui comme un spectre d'autrefois. — Il était devenu très pâle, et ses lèvres alourdies n'avaient plus la force de s'entr'ouvrir pour articuler un mot.

Madame Archambault venait de fermer son parasol de soie écrue, et un rire aigu tinta douloureusement aux oreilles de Desgranges :

— Eh bien ! Philippe, disait-elle de sa voix mordante, me prenez-vous pour une tête de Méduse ou pour une apparition?... Si vous voyiez votre figure, mon pauvre ami, vous en seriez vous-même choqué... Rassurez-vous, je ne suis pas un fantôme... C'est bien moi en chair et en os !

— Pardon, balbutia-t-il en pressant rapidement la main gantée qu'elle lui tendait, j'étais si loin de supposer... Vous n'aviez pas répondu à ma lettre, et je croyais que vous aviez renoncé à vos projets.

— Nenni, mais ayant horreur des discussions oiseuses, j'ai préféré vous faire une surprise... D'ailleurs, je m'imaginais que vous me connaissiez assez pour savoir que rien ne peut m'empêcher d'exécuter ce que j'ai en tête... J'espérais trouver un mot de vous à Aix, poste restante ; voyant que je m'étais trompée, j'ai pris le parti d'aller à la montagne, puisqu'elle ne venait pas à moi.

Ces derniers mots, presque pareils à ceux que Mariannette avait prononcés, la veille, en entrant au Toron, impressionnaient péniblement Philippe et achevaient de le troubler. Il se sentait glacé jusqu'aux moelles et il songeait que madame Archambault était trop perspicace pour ne pas s'apercevoir de la froideur de son accueil. Il frissonnait à la pensée d'un éclat, et, d'un autre côté, il regardait comme indigne de lui d'abuser Camille par d'hypocrites démonstrations.

— Et, murmura-t-il avec un regard vague, d'un air quasi stupide, comment êtes-vous arrivée ici?

— Comme on y arrive, par le bateau,

répondit-elle en haussant les épaules...
Hier, j'ai quitté Aix et j'ai couché à
Annecy ; ce matin, j'ai pris la *Couronne-
de-Savoie,* je suis descendue à l'Abbaye, et
naturellement ma première visite a été
pour vous... Ingrat, vous n'avez pas l'air
de m'en savoir gré !

— Excusez-moi, je suis encore mal
remis de ma surprise...

— En ce cas, remontons chez vous...
Vous n'avez pas l'intention de me recevoir
sur la route, je suppose?...

Tout cela était dit sur un ton de reproche et de sarcasme qui mettait Philippe
à la torture. Il avait docilement rebroussé chemin, et
maintenant il guidait Camille
Archambault à travers l'avenue
du Toron. Encore anéanti par
l'imprévu du coup qu'il venait de
recevoir, il ne trouvait ni la force
ni le sang-froid nécessaires pour
prendre un parti. Il voyait déjà
tout l'édifice de son bonheur
s'écroulant autour de lui, et il ne
savait qu'imaginer pour prévenir
cet écroulement. Il avait honte de
tromper madame Archambault,
et il lui semblait impossible d'éviter pour le moment l'ignominie
d'un mensonge. — Que pouvait-
il faire?... Il reconnaissait qu'il
avait commis une faute lourde
en ne prévenant pas Camille du
changement qui s'était opéré en
lui. Mais quoi? Tant qu'il avait
aimé Mariannette sans espoir, il
avait cru plus convenable de garder le silence et de laisser au
temps le soin de dénouer des liens
que l'absence avait déjà singulièrement distendus. Il prévoyait si
peu que mademoiselle Diosaz consentirait à l'aimer et à devenir sa femme!...
Aujourd'hui, à la vérité, la loyauté exigeait
qu'il s'expliquât nettement avec madame
Archambault. Mais encore, l'explication
ne pouvait avoir lieu brutalement dans
cette allée où il venait de se rencontrer avec
son ancienne amie. Les plus simples
convenances lui commandaient d'attendre
une heure plus opportune, et jusque-là
il fallait, coûte que coûte, user de ména-
gements.

Tandis que ces réflexions naissaient
précipitamment dans son cerveau, il marchait, la tête basse et l'air soucieux, à côté

de Camille, et ne répondait que par mono-
syllabes à ses questions. Elle-même,
étonnée de sa taciturnité, plissait le front
et jetait à la dérobée sur Philippe des
regards inquiets et soupçonneux.

— Est-ce dans l'intention de devenir
ermite, demanda-t-elle en traversant le
verger abandonné, que vous vous êtes
niché dans ce désert?... On dirait le logis
de la Belle-au-bois-dormant... Espérons
que vous n'y avez pas trouvé de princesse !

Sans desserrer les lèvres, Philippe lui
indiqua d'un signe la porte-fenêtre en-

LES YEUX DE PHILIPPE SE FIXAIENT...

tr'ouverte sur le vestibule et l'introduisit
dans son cabinet de travail. Elle y entra
lestement, jeta un regard circulaire sur les
fresques des murailles et l'antique mobilier, puis, retirant les longues épingles
piquées dans son chignon, elle se décoiffa,
accrocha son chapeau à l'un des candélabres de la cheminée, et rajusta devant
la glace ternie les frisons de ses cheveux.
L'une de ses bottines de peau de daim posée
sur la barre de fer des landiers, le buste
rejeté en arrière, elle se dégantait avec de
légers mouvements saccadés. Elle prit
ensuite une petite boîte d'ivoire, la dévissa

et en tira une mignonne houppette de cygne
chargée de poudre de riz, qu'elle promena
lentement sur son visage et son cou. —
C'était pour Philippe un spectacle irritant
de la voir s'installer cavalièrement dans
cette même pièce où Mariannette lui avait
ouvert son cœur. Cela lui faisait l'effet
d'un odieux sacrilège. Une sourde colère
le secouait, et il avait grand'peine à rester
maître de ses nerfs. Au moment où
Camille attirait à elle l'antique fauteuil où
la jeune fille s'était assise, il l'arrêta et
avançant brusquement un autre siège.

— Ce fauteuil n'est pas solide, s'écria-
t-il, mettez-vous là !

Madame Archambault fronça ses minces
sourcils noirs :

— En vérité, mon cher Philippe, murmura-t-elle, vous avez pris dans la solitude
une brusquerie un peu bien sauvage... Tel
qu'il est, ce fauteuil me plaît, et vous trouverez bon que je m'y repose, car je suis
rompue.

Elle s'assit dans le grand fauteuil de
tapisserie, et Desgranges réprima avec
peine un geste d'humeur.

— Savez-vous, mon cher, continua-
t-elle en déployant nerveusement un petit
éventail de poche, que vous avez une
singulière façon de recevoir vos amis?... Si
je vous gêne, dites-le franchement...

La mauvaise humeur de Philippe était
exaspérée par le ton sarcastique avec
lequel madame Archambault avait l'air
de le narguer ; sa réserve l'abandonnait,
et il prit la résolution d'en finir en provo-
quant une explication immédiate :

— Pourquoi êtes-vous venue ici? répondit-il durement ; je vous avais suppliée de
renoncer à ce voyage inutile et compro-
mettant...Pourquoi n'avez-vous pas écouté
mes conseils et patienté jusqu'à mon retour?...

— Patienter ! s'exclama-t-elle avec vé-
hémence, vous me connaissez encore mal,
si vous croyez que je puis être patiente !...
Ce n'est pas une vertu, pas plus que la
résignation !... J'étais trop malheureuse
là-bas, et vous comprendriez cela si vous
aviez pour moi la centième partie de
l'amour que j'ai pour vous. Au lieu de
m'écrire une lettre froide comme la sagesse
dont vous êtes pétri, vous auriez dû
songer que je souffrais mort et martyre
loin de vous... Mais je suis sotte, j'oublie
toujours que vous pouvez très bien vous
passer de moi. Je ne suis qu'un accident

dans votre vie, tandis que vous, vous me
tenez lieu de tout !

Et soudain, avec un élan passionné, elle
se leva et se jeta au cou de Desgranges :

— Voyons, poursuivit-elle, sois indulgent, aime-moi un peu... Tu me dois bien
cela pour tout ce que j'ai supporté et pour
le mal que j'ai eu à venir te rejoindre !...

En même temps, elle l'enveloppait de
ses bras avec des mouvements câlins ; ses
lèvres allaient chercher celles de Philippe
et s'y posaient dans un accès de tendresse
farouche contre laquelle il n'osait plus se
défendre. Il se sentit amolli et troublé par
cette étreinte ; il y retrouvait le parfum
des anciens baisers, et, malgré lui, sa
colère se fondait à la tiédeur des caresses
d'autrefois.

— Tu sais bien, continua-t-elle, que
je t'aime comme une sauvage... Pardonne-
moi donc si j'ai des impatiences et des
emportements de sauvage. Tu ne te doutes
pas des montagnes d'obstacles que j'ai
eu à soulever. D'abord, quand j'ai parlé
d'un voyage aux eaux, on m'a traitée de
malade imaginaire. Avant de m'autoriser
à partir, *il* a exigé que je l'accompagne
en Autriche, où il a une entreprise de
chemins de fer. Là, j'ai dû subir toutes
ses bizarreries d'humeur, voir un monde
qui m'assommait. Enfin, j'ai trouvé un
médecin qui m'a ordonné un traitement
d'eaux minérales. Mais je n'ai jamais pu
obtenir qu'on me laissât aller à Aix. Je
ne sais s'il avait quelque soupçon ou s'il
agissait par esprit de taquinerie ; il a mis
comme condition à mon départ que je
prendrais les eaux de Cauterets, et, pour
plus de sûreté, il m'a conduite lui-même
dans les Pyrénées. Arrivée là-bas, il ne
partait plus, et je me mourais d'impatience ; enfin, au bout de huit cruels jours,
il s'est décidé à reprendre le chemin de
Paris... Mes malles ont été vite faites,
va !... Je me suis entendue avec une amie
qui s'est chargée de recevoir à Cauterets
et d'y réexpédier ma correspondance ;
puis, en hâte, j'ai traversé tout le Midi,
et je suis arrivée brisée à Aix... Mais
maintenant, ennuis, désespoirs, fatigues,
tout est oublié, maintenant que je t'ai de
nouveau !

Que répondre à cette explosion de
tendresse? Comment reconnaître ces nouvelles preuves de sacrifice et de passion
par un aveu brutal qui meurtrirait
Camille plus sûrement qu'un coup de

couteau? Philippe ne se sentait pas le
courage de déchirer le cœur de cette
femme qui venait de traverser la France
et de risquer sa réputation pour le rejoindre pendant quelques semaines. Il
ajourna toute explication à un moment
où ils pourraient l'un et l'autre envisager
et discuter avec plus de calme les nécessités d'une séparation définitive. S'il
n'aimait plus la maîtresse, il respectait
l'amie et voulait adoucir, par de courtois
procédés, la mortifiante peine qu'il allait
lui causer. Il y a des conjonctures où un
homme, si loyal et si délicat qu'on le
suppose, se trouve contraint par les
mêmes lois de la délicatesse et de l'honneur, à biaiser et à dissimuler. Philippe
se voyait réduit à cette dure extrémité.
Ne pouvant se montrer amoureux, il
s'efforça du moins de paraître touché et
reconnaissant. Il eut des apitoiements
tendres pour les fatigues et les agitations
que madame Archambault s'était im-
posées. Il la remercia de son dévouement.
Il l'assura que s'il s'était opposé à ce
voyage, c'était surtout par sollicitude
pour la réputation et la sécurité de son
amie. — En l'encourageant à venir à Aix
il se fût montré par trop égoïste, sachant
que les périls et les tracas du voyage ne
seraient pas compensés par les quelques
heures qu'il pourrait de loin en loin lui
consacrer.

Camille, les sourcils froncés, les yeux
fixés sur ceux de Desgranges, l'écoutait
parler sans lui lâcher les mains. En le
voyant détendu, attendri et plus affectueux,
elle le crut reconquis, et, par un revi-
rement bien féminin, elle passa des
caresses aux reproches.

— Quelques heures ! s'écria-t-elle. Ah !
je le disais bien, Philippe, je ne suis plus
pour vous ce que j'étais autrefois !... Il est
loin, le temps où nous vivions quinze jours
en tête à tête dans un coin de province,
et où vous trouviez que je ne prenais
jamais assez d'heures de votre vie !

La tension nerveuse et la surexcitation
passionnée de tout à l'heure firent place
à une crise de sensibilité ; les yeux de
Camille Archambault se mouillèrent, un
sanglot entr'ouvrit ses lèvres brûlantes.
Les larmes coulèrent, entremêlées de
regrets rétrospectifs et de récriminations
amèrement formulées. Philippe courbait
la tête sous l'orage et en éprouvait une
sorte de soulagement. Il redoutait moins

de voir Camille irritée que trop aimante.
Ces reproches excessifs et injustes, cette
colère pleine d'invectives, mettaient ses
scrupules à l'aise et lui semblaient autant
de pas faits vers une rupture devenue
irrémissible.

— Quelques heures ! répéta-t-elle acri-
monieusement, quand je viens pour vingt
jours !... C'est une dérision !... Qui vous
empêche de m'accompagner à Aix ?

— Je ne puis quitter Talloires... La
mission qui m'a été confiée, et dont je

EN MÊME TEMPS ELLE L'ENVELOPPAIT...

vous ai parlé, me retiendra ici encore un
mois, au moins.

— Mais enfin vous n'êtes pas à l'attache,
comme un écolier, je suppose ; Aix est à
deux pas, et vous pouvez vous absenter
pendant une semaine.

— Non ; les affaires que j'ai à traiter
exigent impérieusement ma présence ici...
Je suis désolé de vous faire de la peine,
mais je vous affirme que la chose est sérieuse... C'est un devoir que m'a légué un
ami mort, et, pour m'en acquitter jusqu'au
bout, je n'ai pas hésité, comme vous voyez,
à m'installer dans cette maison isolée.

Il parlait d'une façon très ferme, et en
comprenant qu'il était décidé à ne point
fléchir, madame Archambault jugea
inutile de heurter de front une résolution aussi arrêtée. D'ailleurs, elle venait

d'entrevoir une autre combinaison possible, et, pour en assurer le succès, elle sentit la nécessité de ne point paraître trop exigeante. Elle changea brusquement le tour de la conversation :

— Au fait, dit-elle en essuyant ses yeux, savez-vous qu'elle est très originale, cette maison?

Elle allait et venait curieusement à travers la grande pièce délabrée. Elle inventoriait le mobilier, lorgnait les fresques, traînait les fauteuils au jour pour en examiner les tapisseries. Son esprit mobile sem-

TRAINAIT LES FAUTEUILS AU JOUR...

blait avoir sauté d'une fantaisie à l'autre, et le goût du bibelot, qui avait toujours été une de ses *toquades*, paraissait maintenant la distraire de ses préoccupations.

— Très amusantes, ces peintures! murmurait-elle... Philippe, les figures de femmes sur les panneaux sont-elles des portraits? Ces tapisseries au petit point, avec leurs couleurs, sont vraiment exquises, et les bois des fauteuils sont joliment sculptés... Croyez-vous que le propriétaire consentirait à les vendre?...

Elle s'approcha de la fenêtre ouverte,

tandis que Desgranges était repris d'un accès de mauvaise humeur en la voyant agir en maîtresse du logis. — Elle cueillit des brins de jasmin, qu'elle piqua dans son corsage ; puis, soulevant le manteau de verdure qui voilait une partie de la croisée, elle regarda le lac et les montagnes :

— Et la vue, s'exclama-t-elle, est adorable !... Cette eau bleue, ces montagnes violettes... Décidément le pays est merveilleux. Après tout, rien ne m'oblige à vivre à Aix, et je puis très bien m'installer à Talloires... C'est une idée, continua-t-elle en se retournant vers Philippe stupéfait.

Elle se rapprocha de lui câlinement et lui mit ses deux mains sur les épaules :

— Sais-tu? insinua-t-elle, puisque tu as toute la maison à toi, tu devrais me loger ici?

Desgranges sursauta, épouvanté des conséquences de cette dangereuse fantaisie. Il regrettait maintenant d'avoir poussé madame Archambault à cette extrémité en refusant de l'accompagner à Aix.

— Y pensez-vous? se récria-t-il, c'est impossible !

— Pourquoi donc? La maison est située loin du village... Pas de voisins. On y vivrait dans une sécurité parfaite... Cela nous rappellerait le bon temps de la forêt de Compiègne, ajouta-t-elle avec un soupir.

— Je vous répète que c'est impossible, affirma impérieusement Philippe ; dans un petit endroit, tout se sait et tout prend une importance exagérée... Vous ne seriez pas ici depuis vingt-quatre heures que le village entier en jaserait. On y est très prude, et je suis tenu à une grande circonspection à cause de cette jeune fille dont je suis en quelque sorte le tuteur moral...

— C'est donc une jeune fille ? interrompit madame Archambault en le dévisageant avec un singulier regard ; d'après vos lettres, je croyais qu'il s'agissait d'une fillette sans conséquence. Et quel âge a-t-elle, votre... filleule.

— Vingt-deux ans, je crois.

— Oh !... alors, c'est une grande demoiselle! s'exclama-t-elle avec un rire nerveux, et je comprends qu'elle ait droit à tous vos égards... Est-elle jolie ?

— Peu importe ! répliqua-t-il péniblement agacé, c'est la fille de mon meilleur, de mon seul ami, et vous êtes trop intelligente pour ne pas admettre...

— J'admets tout ce que vous voudrez, et je renonce à être une pierre de scandale pour les paysans de Talloires. Toutefois, je suppose que votre respect pour la candeur de cette jeune Savoyarde ne va pas jusqu'à m'interdire le séjour de l'Abbaye ?

— Vous feriez mieux de retourner à Aix, objecta Philippe, j'irais vous y conduire et je m'arrangerais pour y passer quelques jours.

— Non pas, je ne veux point vous détourner de vos occupations... D'ailleurs, ce pays-ci me plaît... Nous y ferons des excursions, vous me servirez de guide et ce sera charmant !

Philippe devinait, au ton de Camille, et au ton ironique de ses paroles, un commencement de méfiance qu'il eût été imprudent d'exaspérer par une opposition persistante. Il était, du reste, à bout de force et dans un si misérable état d'esprit qu'il ne se sentait plus le sang-froid nécessaire pour détourner l'orage qui le menaçait. Il renonça à lutter pour le moment, et, ne cherchant plus qu'à gagner du temps, il n'essaya même pas de dissuader madame Archambault.

— Allons, c'est convenu, reprit-elle en se recoiffant, je m'installe à l'Abbaye... Et maintenant il faut que je redescende pour donner à ma femme de chambre des ordres en conséquence... Puisque vous sortiez tout à l'heure, ayez la bonté de m'accompagner jusqu'à l'hôtel...

Ils redescendirent ensemble cette avenue du Toron que Philippe avait longée si joyeusement une heure auparavant, et qui maintenant lui semblait lugubre. Ils suivirent lentement la route sinueuse, pleine de soleil, et le chemin parut à Desgranges d'une longueur interminable. Quand ils furent sous les marronniers de l'Abbaye :

— Je ne vous retiens plus, dit madame Archambault en lui tendant la main,

Puis elle ajouta avec un regard impérieux :

— Quand vous reverrai-je ?

— Mais bientôt... Ce soir, balbutia Philippe, qui avait la tête perdue...

— A ce soir donc... Je vous attendrai à cinq heures.

XIII

Après s'être séparé de madame Archambault dans la cour de l'Abbaye, Philippe resta un moment indécis à l'ombre des marronniers du petit port. Il était travaillé par une sourde angoisse et ne se sentait plus le courage de se présenter au Vivier. Lentement, d'un pas incertain, il remonta le sentier qui côtoie les murs de l'ancien couvent et gagna à travers les vignes la route de Saint-Germain. Encore abasourdi du coup qu'il venait de recevoir, il avait peine à retrouver sa lucidité. — Ce qui lui arrivait était dans la logique des choses ; il aurait dû s'y attendre, et pourtant il n'y était nullement préparé. Jamais il n'avait prévu que madame Archambault viendrait le surprendre à Talloires ; au contraire, il avait espéré qu'elle renoncerait à toute idée de voyage. Lorsque l'image de son ancienne amie s'était dressée entre lui et Mariannette, il l'avait brusquement écartée comme une idole profane qu'on éloigne en hâte d'un temple dont elle compromettrait la sainteté. — Un souvenir qu'on chasse de sa mémoire chaque fois qu'il y apparaît, est comme un visiteur fâcheux auquel on refuse sa porte chaque fois qu'il y frappe ; à la fin, il se lasse et ne revient plus. — Depuis un mois, le souvenir de Camille, sans cesse banni du cœur de Philippe, était devenu aussi confus et lointain qu'une pâle statue au fond d'une allée envahie par un brouillard d'automne. — Et voilà que tout à coup, au détour d'un chemin, Desgranges se retrouvait face à face, non plus avec une image impalpable et vague, mais avec une vivante et menaçante réalité. Impérieusement mis en demeure de se prononcer entre sa maîtresse d'autrefois et sa jeune fiancée, il lui fallait prendre immédiatement un parti ; sa dignité autant que l'intérêt de son amour exigeaient qu'il sortît au plus tôt d'une situation dangereuse et équivoque.

A force de marcher, il était arrivé à la plate-forme où deux antiques tilleuls ombragent la petite église de Saint-Germain, séparée du vignoble de Talloires par cent mètres de murs rocheux à pic. D'une brèche de cette muraille de pierre, une cascade jaillissait bruyamment dans un fouillis de chênes et de hêtres, et, tout au fond de cet entonnoir de feuillées, un peu à gauche, on apercevait à la marge des vignes la façade blanche et les toits rouges du Vivier. De cette hauteur, le regard de Philippe planait presque au-dessus de l'habitation de Mariannette ; il aurait pu compter les carrés du potager, à travers lesquels Perronne en ce moment allait et venait, point noir mouvant et affairé dans la verdure...

Philippe redoutait maintenant d'aborder mademoiselle Diosaz, qui l'attendait et s'étonnait déjà sans doute de ne point le voir. Il lui semblait que le pur regard était libre et qu'il l'aimait exclusivement? Avec son inexpérience des contradictions et des complications du cœur humain, mademoiselle Diosaz ne comprendrait pas l'enivrement passionné qui s'était emparé de Philippe et lui avait fait tout oublier. Elle n'admettrait pas qu'il fût resté sincère tout en déguisant une partie de la vérité. Elle le soupçonnerait de mensonge, et son amour tendre et fragile comme une plante naissante ne résisterait pas à cette périlleuse épreuve. En confessant sa faute à Mariannette, Desgranges risquait de se perdre aux yeux de

ABBAYE DE TALLOIRE...

de sa fiancée lirait immédiatement sur son visage l'angoisse qui le torturait. Cette odieuse équivoque ne pouvait durer longtemps ; le moindre hasard pouvait mettre en présence Mariannette et Camille et le meilleur moyen de sortir honnêtement d'embarras, c'était encore de dire la vérité à l'une ou à l'autre. — Mais à laquelle ? — A Mariannette ? — Desgranges redoutait d'avouer à la jeune fille une de ces liaisons que le monde parisien tolère, mais que la province juge et condamne sévèrement. Comment, avec sa nature loyale et tout d'une pièce, accueillerait-elle une pareille confession ? En supposant qu'elle aimât assez Philippe pour amnistier le passé, lui pardonnerait-elle le silence qu'il avait gardé la veille ? Ne l'accuserait-elle pas de l'avoir cruellement trompée en lui affirmant qu'il

la jeune fille, et il l'aimait trop ardemment pour exposer son bonheur à un naufrage presque certain. Mieux valait encore tout dire à madame Archambault.

Camille, en effet, connaissait mieux la vie et était plus capable de comprendre les étranges revirements, les soudains illogismes du cœur. Elle appartenait à un monde où ces mystérieuses évolutions de l'amour sont fréquentes et où on les accepte souvent avec une indulgence résignée. Elle s'irriterait à coup sûr de cet abandon qu'elle pressentait déjà peut-être ; elle en souffrirait sans doute sur le moment ; mais Philippe, avec ce cruel égoïsme de la passion, préférait épargner un chagrin à la femme qu'il aimait, dût-il faire saigner le cœur de celle qu'il n'aimait plus. Et ainsi se rejetant vers l'autre alternative, il se décidait à avoir une explication catégorique avec madame Archambault.

Néanmoins, là encore, si impatient qu'il fût de dénouer des liens qui lui pesaient, il était tenu à une certaine circonspection. Il était trop galant homme pour briser brutalement une liaison de quinze années, en renvoyant comme une vulgaire maîtresse la femme qui lui avait donné le meilleur de sa vie. L'eût-il voulu d'ailleurs, la plus simple prudence lui conseillait d'agir avec discrétion. Il connaisssait le caractère emporté de Camille et savait que, dans un accès de jalousie, elle était capable de ne garder aucun ménagement. Philippe désirait éviter une scène : d'abord parce que la colère pouvait pousser madame Archambault à de fâcheuses extrémités, ensuite parce qu'il avait déjà l'expérience de ces crises violentes à la suite desquelles l'homme, affaibli par les larmes de la femme sacrifiée, finit par retomber sous le joug qu'il avait voulu secouer. Il fallait donc agir avec précaution, procéder avec adresse et épier un moment favorable... En résumé, malgré sa loyauté naturelle, Philippe Desgranges se trouvait conduit par la force des choses à user des deux moyens qui lui répugnaient le plus : la duplicité et la duperie. Il se faisait honte à lui-même, et quand il eut pris enfin la résolution de redescendre à Talloires par le sentier le plus court, ce fut dans un état de malaise inexprimable qu'il sonna à la porte du Vivier.

Perronne vint lui ouvrir, et, dès les premières paroles de la vieille servante, Philippe comprit que Mariannette s'étonnait déjà de son peu d'empressement. Lorsqu'il entra dans le salon où les volets clos entretenaient une obscure fraîcheur, la jeune fille se leva précipitamment et s'avança vers lui, avec la vivacité anxieuse de quelqu'un qui a supporté impatiemment l'attente et qui s'est forgé dans l'intervalle mille chimériques inquiétudes.

— Comme vous venez tard ! s'écriat-elle en lui tendant les mains... Je commençais à me tourmenter, et j'allais envoyer Perronne au Toron.

Un frisson passa dans tout le corps de Desgranges, à la pensée que Perronne aurait pu le rencontrer au bras de madame Archambault et raconter la chose à Mariannette. Ainsi, dès la première heure, il pouvait pressentir à quelles fâcheuses alertes l'exposerait le double

personnage qu'il voulait jouer. Cette réflexion augmentait son trouble ; dans l'état misérable où il se trouvait, il en était réduit à se féliciter de l'obscurité du salon, qui empêchait du moins la jeune fille de lire son embarras sur sa figure altérée. Il lui semblait que le son même de sa voix trahissait déjà ses préoccupations.

— Non, dit-il en serrant timidement les mains de mademoiselle Diosaz, non, il ne m'est rien arrivé... Rien de grave, du moins... Mais il m'a été démontré ce matin que le monde n'est pas si grand que nous l'imaginons, et que, même en habitant un village ignoré, on n'échappe pas à des rencontres parisiennes... J'ai eu tout à l'heure la visite d'un ménage de touristes débarqués à l'Abbaye par le premier bateau... Ils ont appris par hasard ma présence à Talloires, et ce sont eux qui m'ont retardé.

Il avait débité cela péniblement et en cherchant ses mots. La possibilité d'une apparition de Perronne au Toron le rendait circonspect, et afin de prévenir tout incident malencontreux, il croyait sage d'avouer une partie de la vérité.

— Ah ! reprit Mariannette avec une moue ennuyée, ce sont des amis à vous ?

— De simples relations, répondit-il rapidement ; mais, vous savez, en voyage, les gens avec lesquels on a échangé quelques visites se croient le droit de vous traiter en amis.

— Resteront-ils longtemps à l'Abbaye ?

— Je... ne le pense pas.

— Tant mieux !... Voyez-vous, poursuivit Mariannette en faisant asseoir Philippe près d'elle, j'ai longuement pensé à notre conversation d'hier... j'y ai pensé *en bon*, ajouta-t-elle en tournant vers Desgranges ses yeux limpides, car je n'ai emporté de ma soirée que des pensées heureuses... Je crois donc que, pour mettre un terme aux commérages du bourg aussi bien que pour fermer la bouche à mes tantes, il est nécessaire d'établir nettement notre nouvelle situation... N'êtes-vous pas de mon avis ?

— Oui certes, murmura Philippe.

— En ce cas, ne croyez-vous pas, continua-t-elle en rougissant, qu'il serait convenable d'annoncer franchement que nous sommes fiancés ?... Et comme, dans l'isolement où je me trouve, il me paraît impossible de prolonger beaucoup ce temps des fiançailles... peut-être serait-il à propos de s'occuper dès maintenant de... de l'avenir ?...

La veille encore, Philippe eût accepté avec un élan de joie cette proposition qui hâtait le moment où Mariannette serait tout à lui ; mais aujourd'hui qu'un mot, une démarche imprudente, un éclat de jalousie de madame Archambault pouvaient tout compromettre, il jugeait déloyal, presque criminel, d'engager mademoiselle Diosaz publiquement, avant d'avoir négocié une rupture définitive et obtenu l'éloignement de Camille. Il était navré de refuser la prompte réalisation d'un bonheur qu'il avait si longtemps cru inaccessible, et cette mortification redoublait encore le désordre de son esprit.

— Assurément, répliqua-t-il, si je ne consultais que mon égoïsme, je vous dirais: hâtons-nous... Mais, chère Mariannette, je ne veux pas qu'on m'accuse d'avoir abusé de votre inexpérience... Je désire qu'avant de vous lier officiellement, vous preniez le temps de mieux me connaître, afin que vous n'ayez pas un jour à vous repentir d'une décision qui doit engager toute votre vie.

Mariannette le regardait avec étonnement et demeurait songeuse. Au fond, son amour-propre souffrait du peu d'empressement de Philippe. Insensiblement elle était à son tour prise de scrupules, et une rougeur lui montait au front. Elle se demandait si elle ne s'était pas illusionnée ; si Philippe, qui parlait maintenant de « repentir », ne regrettait pas lui-même de s'être trop avancé la veille ; — et, comme elle ne pouvait jamais cacher ce qui se passait dans son âme, elle résolut de s'en expliquer sur-le-champ avec lui :

— Pardonnez-moi, dit-elle, de vous parler ouvertement de choses sur lesquelles les jeunes filles n'ont pas l'habitude de raisonner elles-mêmes... Peut-être ma franchise vous paraît-elle choquante ? Mais songez que je suis seule au monde et que je ne puis prendre conseil que de mon cœur... C'est à vous de m'éclairer, vous qui êtes un homme et qui avez l'expérience de la vie... Si tout ce que nous avons projeté depuis hier a pu aujourd'hui faire naître en vous une arrière-pensée ou un regret, avouez-le-moi, sans craindre de me chagriner.

Cette candeur et cet oubli de soi-même touchaient intimement Desgranges et le navraient encore davantage. Il avait honte de ses paroles embarrassées. Derechef, pour un moment, il oublia tout : la présence de madame Archambault et le danger qui menaçait son nouvel amour. Il ne vit plus que la virginale beauté de Mariannette et ne songea plus qu'à se montrer digne de cette tendresse qu'elle lui offrait si ingénument :

— Chère bien-aimée, s'écria-t-il en l'attirant vers lui et en la pressant contre sa poitrine, je n'ai qu'une pensée, c'est de passer le reste de ma vie à vous rendre heureuse ; qu'un regret, c'est de ne pas vous mériter assez... La seule cause de mon hésitation est la conscience du peu que je vaux, quand je me compare à vous !

Dans un mouvement d'adoration et de reconnaissance, il fut sur le point de se jeter aux pieds de Mariannette et de tout lui avouer. — C'eût été une bonne inspiration, l'honnêteté, suivant le dicton anglais, étant encore la meilleure des politiques. Mais en cette occasion, ce Parisien, qui avait passé sa jeunesse à déchiffrer les cœurs féminins les plus compliqués, manqua absolument de pénétration et de clairvoyance. Habitué à juger l'âme féminine d'après des natures exceptionnelles, faussées ou déséquilibrées par un excès de civilisation, il ne devina pas les trésors d'indulgence que peut renfermer le cœur naïf d'une jeune fille, et il se tut, craignant que cette confession ne lui aliénât irrémédiablement l'amour de Mariannette. Il se borna à rassurer mademoiselle Diosaz par de tendres protestations d'autant plus brûlantes et sincères qu'elles partaient d'un cœur agité par de cuisants remords.

Pourtant, à mesure que l'heure avançait, Philippe était repris du malaise et des transes qui s'étaient un moment dissipées auprès de Mariannette, mais qui reparaissaient avec plus d'acuité, maintenant qu'approchait le moment de retourner à l'Abbaye. La pensée de revoir madame Archambault et d'être obligé de recommencer une série de mensonges glaçait l'expansion de Desgranges, et arrêtait les mots d'amour sur ses lèvres paralysées. Il y avait dans sa contenance une contrainte dont Mariannette finissait par s'apercevoir et qui la rendait elle-même inquiète et moins démonstrative. Tout à coup, cinq heures sonnèrent à la pendule. Philippe se leva et se promena un moment à travers la pièce.

— Il faut que je vous quitte, mon enfant, murmura-t-il d'une voix sourde.

— Comment, s'écria la jeune fille, vous partez ?... J'avais compté que vous dîneriez ici.

— Pardonnez-moi... J'ai promis à ces amis dont je vous ai parlé de leur tenir compagnie ce soir... C'est une corvée dont je n'ai pu me dispenser... Mais demain je m'arrangerai pour venir au Vivier de bonne heure.

Mariannette restait silencieuse, et ses yeux devenaient humides.

— A demain, répéta Philippe en lui baisant tendrement le front, et dites-vous bien, Mariannette adorée, que, de loin comme de près, ma pensée et mon cœur sont tout entiers avec vous...

Elle se le disait, elle en était convaincue, et pourtant, quand il fut parti, elle demeura oppressée et chagrine dans le salon désert, en songeant que cette visite trop brève ne lui avait déjà plus donné ni la joie franche ni la sereine tendresse des effusions de la veille.

XIV

— Sans reproche, mon cher, l'exactitude n'est point votre vertu ! dit madame Archambault à Philippe, lorsqu'il entra dans la première des deux pièces qu'elle occupait à l'Abbaye.

Elle consulta une montre de voyage accrochée à sa ceinture :

— Cinq heures et demie ! ajouta-t-elle avec un soupir rentré.

Tout en s'excusant, Philippe examinait Camille du coin de l'œil et constatait qu'elle avait employé une bonne partie des heures de l'attente à parfaire une toilette savamment raffinée, sur laquelle elle comptait sans doute pour le reconquérir complètement. — Elle était vêtue d'une robe de cachemire blanc, dont l'étoffe souple et légère moulait son corps mignon sans le serrer trop étroitement. Les manches, courtes et amples, laissaient à nu l'avant-bras potelé, aux attaches élégantes et minces. La jupe, artistement drapée, tombant en plis moelleux sur les hanches, découvrait deux petits pieds haussés de souliers mordorés et de bas

de soie bleu pâle. Les cheveux, d'un blond roux, noués en torsades lâches, semblaient à chaque instant vouloir échapper au peigne d'écaille et se répandre sur la nuque. Le visage avait été l'objet d'un maquillage adroit et sobre, destiné non pas à rajeunir une carnation encore fraîche mais à rehausser, à l'aide d'une ombre noire autour des yeux et d'une note rouge sur les lèvres, l'expression originale de la physionomie. — Tout, dans ce volup-

SANS REPROCHE, MON CHER...

tueux ajustement, disait la femme qui aime et qui veut être aimée, et ces visibles intentions d'amour augmentaient encore le supplice de Desgranges. Il était las déjà de la comédie qu'il jouait, et la seule pensée d'être de nouveau condamné à mentir pendant toute une soirée lui soulevait le cœur. Il considérait comme une action honteuse d'abuser de Camille par de feintes caresses ; après avoir, l'instant d'avant, baisé le front pur de Mariannette, il lui répugnait de poser ses lèvres sur les lèvres peintes de madame Archambault. Il était bien décidé à résister froidement aux séductions de son ancienne maîtresse, et si cette froideur la blessait, si elle amenait une scène de reproches, ce serait tant mieux ! Cela lui donnerait l'occasion d'une explication qu'il était impossible de retarder. De cette façon, il mettrait plus vite fin à une situation comparable à celle d'un patient étendu sur un lit de torture.

Dès le début, il se tint donc sur la réserve, il se montra distrait, presque maussade, et affecta de répondre avec une dureté agressive aux coquettes avances de Camille. Il spéculait sur les violences de son caractère emporté et impérieux, et il s'attendait à une brusque explosion ; mais son attente fut trompée. Il croyait connaître le cœur de sa maîtresse, et il n'en avait jamais pénétré l'arrière-fond énigmatique. Il oubliait de quels subterfuges une femme qui aime est capable lorsqu'elle devient soupçonneuse. Chez les natures passionnées, l'exaltation s'allie très bien avec un singulier esprit de calcul et une apparente longanimité. On sait de quel art de dissimulation les fous sont doués, et dans la passion il entre toujours un grain de folie. — Camille ne semblait pas disposée à s'offusquer des inégalités d'humeur de Philippe ; au contraire, mettant de côté tout amour-propre de jolie femme, elle se faisait douce et indulgente. Elle affectait de le traiter en enfant capricieux, avait pour lui des attentions de sœur plutôt que des caresses d'amante, n'exigeait rien et maintenait habilement la conversation dans les limites d'une affectueuse causerie à bâtons rompus, roulant sur les sujets les plus divers et les plus étrangers à l'amour.

Elle avait lu dans le jeu de Desgranges et, le voyant occupé à chercher un motif de fâcherie, elle s'évertuait à ne lui en fournir aucun. De fait, il se trouvait fort empêché, et le hasard se montrait fort peu soigneux de le servir. La mansuétude patiente de Camille le mettait dans l'impossibilité de faire naître la querelle sur laquelle il comptait pour sortir d'embarras. A moins d'user d'une brusquerie grossière et discourtoise qui répugnait à son caractère, il lui était difficile de provoquer à la lutte un adversaire qui se dérobait. D'ailleurs, comme on l'a vu déjà, s'il n'aimait plus madame Archam-

bault, il se souvenait qu'il l'avait aimée, et il ne voulait pas ajouter au chagrin qu'il allait lui causer l'inutile injure d'un procédé brutal. Il ajourna donc de nouveau l'aveu qu'il méditait, et l'entretien continua de rouler sur des sujets impersonnels.

Camille l'avait retenu à dîner, et on dressa le couvert dans la pièce où elle l'avait reçu. Pendant toute la durée de ce dîner, la femme de chambre qui les servait resta en tiers avec eux, et sa présence conserva naturellement à la causerie son caractère banal et superficiel.

Quand on eut desservi et qu'ils se retrouvèrent seuls dans la pièce haute de plafond, éclairée faiblement par les dernières lueurs du couchant, Desgranges se reprit à envisager avec une certaine angoisse les conséquences possibles de ce tête-à-tête, rendu encore plus périlleux par la tombée du crépuscule. Par bonheur, l'ameublement peu confortable de cette chambre d'auberge, composé uniquement de six chaises de crin et d'un fauteuil de paille, se prêtait mal aux causeries trop intimes. Philippe et Camille furent obligés de s'asseoir cérémonieusement à une certaine distance l'un de l'autre, ce qui éloigna pour le moment le péril redouté. D'ailleurs, madame Archambault ne paraissait pas désireuse d'abandonner son attitude expectante et réservée, car, au bout de quelques minutes, elle dit à Desgranges :

— Je ne vous garderai pas longtemps ce soir, mon ami ; ces deux jours de voyage m'ont fatiguée et j'ai grand besoin de dormir... Vous verrai-je demain ?

— Non, répondit-il, ma journée de demain ne m'appartient pas... j'ai un rendez-vous à Annecy avec des hommes d'affaires et je ne rentrerai que fort tard... Mais après-demain, si vous le permettez, je viendrai passer avec vous l'après-midi.

Il se félicitait d'avoir imaginé cette défaite ; si Camille s'en formalisait, il était fermement décidé à profiter de ses récriminations pour lui dire toute la vérité ; si au contraire elle n'insistait pas, c'était du moins un jour de gagné, et, dans l'intervalle, le hasard lui fournirait peut-être un moyen moins cruel de provoquer l'explication qu'il souhaitait et craignait tout ensemble. Mais madame Archambault ne formula aucune objection. Un vague sourire courut sur ses lèvres, puis elle répliqua :

— Décidément, mon cher, cette mission dont on vous a chargé n'est pas une sinécure, et cette jeune fille doit vous en savoir un gré particulier... La connaissiez-vous avant de venir en Savoie ?

— Non, mais son père était mon meilleur ami... un ami de vingt-cinq ans, un des plus beaux caractères que j'aie rencontrés, et j'aurais cru trahir notre vieille amitié en refusant de me dévouer aux intérêts de sa fille.

— C'est très bien, cela !... Et cette jeune personne est aussi un beau caractère, naturellement ?...

— Ne vous moquez pas... Elle est la franchise et la droiture mêmes.

— Oh ! oh !... ce sont des qualités rares chez une femme... Comment se fait-il qu'avec ces vertus... mâles, cette fille, qui est majeure, ne puisse surveiller elle-même ses intérêts ?

— Elle n'entend rien aux affaires.

— En vérité !... Je croyais qu'en province on avait l'esprit plus pratique.

— Elle fait sans doute exception, car, sur ce chapitre, elle est ignorante et simple comme une plante sauvage.

Bien qu'il éprouvât une certaine gêne à parler de mademoiselle Diosaz devant Camille, cette gêne était mêlée d'un secret plaisir... Inconsciemment, il était heureux de proclamer les qualités qui l'avaient surtout charmé ; il y trouvait en quelque sorte la justification de son infidélité, et ainsi il se laissait entraîner à faire l'éloge de Mariannette, sans se douter que madame Archambault épiait jusqu'à l'intonation de ses moindres réponses et conduisait cet interrogatoire avec la sagacité d'un juge d'instruction.

— Au moins, continua-t-elle, son père lui a-t-il laissé quelque argent ?

— Elle a une fortune honorable.

— Elle vit seule !

— Oui, elle habite seule le Vivier.

— Ah !... Et comment se nomme-t-elle, votre plante sauvage ?

— Elle se nomme Mariannette Diosaz.

— Mariannette... C'est gentil, un vrai nom d'églogue !...Allons, mon ami, ajouta-t-elle en étouffant un bâillement, vous devez voyager demain, et moi je tombe de sommeil... Je ne vous retiens plus.

Elle sonna sa femme de chambre.

— Céline, reconduisez monsieur Desgranges !

En lui souhaitant le bonsoir et en le congédiant avec une poignée de main, elle ne se départit pas de son air calme et bon enfant ; mais, quand la porte se fut refermée sur Philippe, le sourire prit une tragique expression de colère et de menace et une lueur d'indignation flamba dans ses grands yeux aux paupières bistrées.

— Couchez-vous ! cria-t-elle à Céline qui rentrait, je me déferai seule...

Une fois qu'elle eut clos la porte de sa chambre à coucher, Camille, avec des gestes d'une violence farouche, déboutonna sa robe et se dévêtit rageusement de cette toilette sur laquelle elle avait compté pour vaincre la froideur de Philippe. Elle suffoquait, il semblait que tout le sang de son corps lui montât à la gorge. Elle dégrafa son corset, le jeta loin d'elle et resta un moment debout, les épaules nues, la poitrine haletante. Ses tempes cuisaient, ses mains étaient glacées, et, sentant l'approche d'une crise de nerfs, elle serrait contre ses dents la batiste de son mouchoir pour étouffer les cris qu'elle était tentée de pousser par manière de soulagement. Elle enveloppa à la hâte ses épaules frissonnantes dans un peignoir et s'affaissa sur un fauteuil, en proie à une sorte de spasme douloureux, tordant et détordant ses mains crispées.

A travers ce trouble nerveux, par secousses intermittentes, une pensée, toujours la même, passait dans son cerveau et y produisait un ébranlement pénible, comme ces lourds chariots qui roulent sur le pavé des rues en faisant trembler les maisons de la base au faîte : — Philippe ne l'aimait plus !... Philippe la trompait ! — Ainsi, après avoir triomphé des méfiances d'un mari soupçonneux, déjoué sa surveillance, couru les routes pendant huit jours et risqué sa réputation, lorsqu'elle arrivait enfin près de l'homme dont elle avait fait le seul intérêt de sa vie, cet homme était métamorphosé. Au lieu de lui donner ces consolations et cette tendresse dont elle avait besoin, il lui portait le coup le plus meurtrier et lui infligeait la plus sanglante injure, en la dédaignant et en la trahissant... Car il la trahissait !... Camille avait le pressentiment qu'une femme s'était interposée entre elle et lui, et cette femme ne pouvait être que mademoiselle Diosaz.

Peu à peu l'irritation nerveuse de madame Archambault faisait place à un morne abattement, suivi d'une brusque explosion de larmes ; — et ces larmes répandues amenaient une détente, un calme relatif, qui permettaient à Camille de chercher avec plus de sang-froid à se rendre compte de l'étendue du désastre. — De quelle nature était l'affection de Philippe pour cette Mariannette ?... S'agissait-il d'un de ces caprices, purement passagers, que le voisinage d'une jolie fille inspire à un homme déjà mûr ? Ou bien y avait-il quelque chose de plus sérieux ?... Desgranges, las du célibat, voulait-il épouser cette orpheline ?... Ces premières questions, fiévreusement agitées et non résolues, en engendraient d'autres qui venaient à la file poser à son esprit de nouveaux points d'interrogations : — Mademoiselle Diosaz était-elle jolie ? Appartenait-elle à la catégorie des filles avec lesquelles on peut fleureter impunément, ou à celle des filles qu'on épouse ?... Enfin, en supposant que Philippe fût sérieusement épris, l'amour qu'il éprouvait était-il payé de retour ?

Toutes ces hypothèses surgissaient tour à tour dans le cerveau de Camille et y enfonçaient successivement de douloureux coups de marteau. Avant tout, il fallait les vérifier, puisque de leur réalité plus ou moins solide dépendait le succès de la lutte. — Car madame Archambault voulait combattre. Elle n'était pas de celles qui reculent devant le premier obstacle. Elle entendait conserver ce cœur qui lui appartenait depuis quinze ans. Philippe était son bien, sa chose ; elle l'aimait avec la tendresse exclusive d'une femme qui n'a eu que cette passion et qui sent venir l'âge où l'on ne peut plus honnêtement recommencer un roman d'amour. — Il fallait donc tout d'abord savoir ce que c'était que Mariannette, et Camille résolut de mettre à profit l'absence de Desgranges pour commencer le combat.

Elle s'endormit tard et eut un sommeil agité. Le lendemain, dès le matin, elle était debout ; après une rapide toilette, elle sortit de l'Abbaye. Il lui fut facile d'obtenir les indications nécessaires pour trouver le logis de Diosaz, et, vers neuf heures, elle longeait lentement la route sur laquelle donnaient l'une des façades et la grille du Vivier. Cette première inspection lui permit de se faire une idée de l'importance du domaine ; mais ce qu'elle désirait connaître surtout, c'était la maîtresse du logis, et la chose était moins aisée. Sans se lasser, elle contourna les clôtures, suivit le chemin de halage qui bordait le lac, put apercevoir les massifs du jardin, ainsi que les glycines de la *loggia* ; puis elle remonta le chemin caillouteux qui va du petit port à la route et se retrouva à

PHILIPPE LA TROMPAIT !...

l'encoignure de la maison Diosaz. Là enfin, le hasard la servit à souhait. A l'extrémité de la terrasse, Mariannette, penchée sur le parapet, était précisément occupée à causer avec le vieux gardeur de chèvres de Perroir, auquel elle remettait son aumône hebdomadaire. Madame Archambault vit jusqu'à moitié du buste une personne svelte, livrant sans crainte son cou et sa figure aux caresses du soleil, qui jouait dans les boucles de ses cheveux châtains et illuminait ses yeux bruns.

La jeune fille paraissait heureuse ; un clair sourire, entr'ouvrant ses lèvres fraîches, creusait des fossettes dans ses joues ; sa voix tintait musicalement dans l'air du matin.

— Grand merci, mademoiselle Diosaz, disait le vieux pasteur de chèvres en saluant, je vous remercie bien humblement et en toute gratitude, et que Dieu vous le rende !

Camille saisit au vol ces derniers mots, qui ne lui laissèrent plus de doute sur l'identité de Mariannette. Il lui avait du reste suffi de la voir. Rien qu'à l'aspect de la jeune fille, une épine lui était entrée dans le cœur et elle avait deviné une rivale.

— Jolie, oui, elle l'était, et plus que jolie, — séduisante. — Malgré toute la haine qu'elle vouait déjà à l'orpheline, madame Archambault était douée d'un goût trop sûr pour ne pas reconnaître que Mariannette possédait ce qui constitue le charme. Elle avait de beaux yeux expressifs, elle avait la grâce, le naturel, et par surcroît la jeunesse ! — De nouveau Camille sentit se rallumer en elle toutes les colères de la veille. Son cœur se mit à battre avec une telle violence qu'il lui fut impossible de continuer à marcher ; elle quitta la route et alla s'asseoir au bas d'un sentier qui escaladait la montagne et qu'ombrageaient d'énormes noyers. La jalousie lui enfiévrait le corps et l'âme ; — non plus cette crainte enfantine dont elle était coutumière et qui ne reposait que sur de chimériques suspicions, mais une jalousie féroce, ayant pour objectif une créature vivante, un être de chair et de sang, qui respirait à quelques pas d'elle. Son imagination surexcitée se représentait Philippe auprès de mademoiselle Diosaz, Philippe hôte assidu du Vivier et s'enivrant chaque jour du charme capiteux de cette jeunesse en plein épanouissement !... A cette pensée, ses extrémités se glaçaient, les battements de son cœur s'arrêtaient et des picotements aigus lui brûlaient les tempes. — Par cette claire matinée d'août, devant ce paysage heureux et reposé, son âme était pleine de rancunes et de tempêtes. Sa souffrance était intolérable, et cependant elle *voulait* souffrir plus encore. Elle n'était point satisfaite de ce qu'elle avait appris, elle brûlait d'en savoir davantage. Un irrésistible désir d'aller jusqu'au bout de sa douleur la possédait tout entière. Elle

était impatiente de voir Mariannette de plus près, face à face, et de la faire parler. De cette façon, elle jugerait mieux la situation, elle parviendrait à deviner si l'amour de Philippe était partagé par l'orpheline, et, qui sait? elle pourrait peut-être porter à cet amour naissant un coup qui ne lui laisserait pas le temps de grandir...

Elle se leva, décidée à mettre son projet à exécution. — Une source coulait à ses pieds, parmi les véroniques et les cressons ; elle y trempa son mouchoir, bassina ses tempes et son front ; puis, plus calme en apparence, comprimant énergiquement la colère qui grondait dans son cœur, elle se dirigea de nouveau vers la grille du Vivier.

XV

Chaque jour, Mariannette consacrait une partie de la matinée à soigner les massifs de son jardin. — Après plusieurs semaines de grand soleil et de sécheresse, les dernières pluies avaient rafraîchi la terre et déterminé un mouvement de sève dans les arbustes et les fleurs. Cette végétation remontante avait besoin d'être régularisée et aménagée à coups de sécateur. Les pelouses reverdies déversaient leurs hautes herbes sur les plates-bandes ; les résédas poussaient jusque dans le gravier des allées ; sur les rosiers, les roses de l'été, maintenant desséchées, encombraient les branches et demandaient à être coupées pour faire place à de jeunes boutons. Mademoiselle Diosaz était donc fort affairée. Coiffée d'un grand chapeau de paille, ayant relevé jusqu'au-dessus des chevilles la jupe de sa robe noire, elle allait de la pelouse aux quinconces, maniant alternativement le râteau ou le sarcloir, et l'action mettait une teinte rose sur ses joues. — Le léger brouillard de mélancolie produit la veille par la trop brève visite de Philippe, s'était déjà dissipé avec l'espoir certain de passer près de son fiancé une bonne partie de la journée. La mauvaise impression n'existait plus ; elle était remplacée par une nouvelle disposition d'esprit, légère et souriante comme la lumière du matin. — Ceux qui croient aux pressentiments prétendent que nous sommes avertis des chagrins qui nous menacent par une sorte de mystérieuse angoisse intérieure... Il n'en était rien pour Mariannette, qui allait et venait, rassérénée, allègre, et ne se doutant pas que le malheur l'attendait, tapi derrière la porte.

On sonna, et comme la jeune fille se trouvait à ce moment près de la grille, ce fut elle qui l'ouvrit. Le lourd battant de tôle grillée tourna sur ses gonds, et Mariannette aperçut sur le seuil une inconnue en élégante toilette de voyage. Elle crut d'abord à quelque méprise, et elle s'approchait pour renseigner charitablement cette étrangère qui, sans doute, se trompait de porte, quand la visiteuse dit d'une voix nettement articulée :

— Mademoiselle Diosaz?

— C'est moi, madame, répondit Mariannette étonnée.

— Pardonnez-moi, reprit madame Archambault, de vous déranger si matin, mademoiselle, mais je suis pour peu de temps à Talloires, et je n'ai pu choisir une heure plus convenable.

— Veuillez entrer, madame, dit poliment la jeune fille très intriguée.

Et, précédant Camille, elle la conduisit sous les platanes, lui offrit un des sièges rustiques et s'assit en face de la visiteuse, sur un banc adossé à l'un des arbres.

Sous la feuillée épaisse des platanes, traversée par quelques rais de lumière blonde, le contraste de ces deux jeunes femmes s'examinant curieusement, et offrant chacune un type de beauté si divers, eût donné l'idée d'un joli tableau à un peintre de genre. — Mariannette s'était débarrassée de son chapeau de jardin, et ses cheveux un peu en désordre, s'échappant de tous côtés en mèches rebelles, encadraient capricieusement sa figure ouverte, aux yeux si limpides et à l'expression si franche qu'on lisait sur ses traits tout ce qui se passait dans son esprit. L'étoffe noire et mince de sa modeste robe du matin faisait ressortir sa taille bien prise, la grâce robuste de son cou, ses épaules d'un modelé ferme et pur, et aussi les attaches un peu trop fortes de ses mains. — Camille, plus mince, plus mignonne et plus onduleuse, montrait dans l'encadrement de son chapeau aux brides de gaze nouées sous le menton le charme étrange de sa figure mobile, la brûlante lueur fauve de ses yeux peints et le sourire sarcastique de ses lèvres rouges.

Sa toilette de tussor, à la fois simple et raffinée, moulait admirablement les rondeurs délicates et les souples flexions de son corps serpentin. Chez l'une, ce que l'on admirait le plus, c'était l'éclat de la jeunesse saine et harmonieusement équilibrée, le naturel et une exquise fraîcheur :
— chez l'autre, c'était une beauté rare et fine, mise en valeur avec un art savant et illuminée par la flamme intérieure d'une âme tragiquement passionnée.

« Elle est belle, conclut mentalement madame Archambault, après quelques secondes d'un minutieux examen, mais d'une beauté trop rustique... Elle n'a aucun usage... Comment Philippe peut-il être sérieusement épris de cette grâce savoyarde?... »

Mise un peu mal à l'aise par le regard aigu et le silence de cette étrangère qui la dévisageait, Mariannette se décida à demander avec une certaine raideur :

— Pardon, madame, voulez-vous avoir l'obligeance de me faire connaître l'objet de votre visite?

— Très volontiers, mademoiselle, répliqua madame Archambault avec son persistant sourire de sphinx ; voici en deux mots ce qui m'amène. Je suis étrangère, votre pays me plaît, et je désirerais acheter ou louer une maison de campagne au bord du lac.

La figure de mademoiselle Diosaz exprima sans doute une complète inintelligence du rapport qui pouvait exister entre ce désir et la visite de l'inconnue, car celle-ci se hâta d'ajouter :

— Votre habitation est merveilleusement située... On m'a dit dans le bourg que vous aviez l'intention de vous en défaire, et je viens vous demander si vous ne consentiriez pas à me la vendre.

— Mais, madame, on vous a trompée! s'écria ingénument Mariannette ébahie; le Vivier n'est ni à vendre ni à louer !

En même temps, elle s'était levée comme pour indiquer à la visiteuse qu'il n'y avait plus aucune raison de prolonger l'entretien ; mais madame Archambault ne parut pas comprendre; elle resta posée sur sa chaise et continua avec son inquiétant sourire :

— Ah ! quel dommage ! On m'avait affirmé que vous aviez le projet de quitter ce pays prochainement pour vous fixer à Paris.

Camille avait jeté ces mots au hasard,

un peu comme l'araignée lance d'abord à l'aventure ses premiers fils, espérant que l'un d'eux s'accrochera à quelque branche et lui servira de point d'appui pour ourdir sa toile. Elle lut sur la figure de la jeune fille moins d'étonnement que d'embarras. En effet, Mariannette se rendait compte de la façon dont le bruit de son départ avait pu s'accréditer dans l'esprit des gens du bourg. — On avait déjà parlé de ses fiançailles, on savait que Philippe était Parisien, et on avait dû en conclure qu'elle suivrait son futur à Paris. — A mesure qu'elle y réfléchissait, l'erreur qui avait motivé la démarche de madame Archambault lui semblait très explicable, mais en même temps elle éprouvait une certaine gêne à l'idée que cette étrangère devinait, ou tout au moins pressentait là-dessous une histoire d'amour. Elle ne put donc s'empêcher de rougir très fort en répondant à son interlocutrice :

— Je n'ai fait part de mes projets à personne ; tout ce que je puis vous dire, madame, c'est que j'aime trop cette maison pour la quitter... Mon père y a vécu, j'y ai été heureuse, et je n'ai nullement l'intention de la vendre... A présent, moins que jamais !

Ces dernières paroles, prononcées d'une façon plus vibrante, donnaient comme une réplique aux insinuations de l'inconnue. Elles semblaient signifier : « Quoi qu'on ait pu vous dire de mes projets de mariage, je garde cette maison ; elle m'est plus chère encore maintenant, parce que j'y ai connu mon fiancé, et parce que j'y ai été aimée. » — Du moins, c'est dans ce sens que les interpréta la jalousie de madame Archambault. La rougeur et l'animation de Mariannette n'avaient pas échappé à son regard perspicace. « Elle l'aime ! pensa-t-elle, et j'ai touché juste... Elle compte se faire épouser par Philippe et le cloîtrer au Vivier pour le restant de ses jours ! » Et, bien qu'elle n'eût plus aucune raison de prolonger sa visite, bien qu'en dedans elle souffrît à crier, elle résolut de ne point quitter la place avant d'avoir infligé quelque meurtrière blessure à cette jeune fille, dont la beauté bien portante et la sécurité heureuse avaient l'air de la narguer.

— Je suis vraiment confuse, répondit-elle en se levant, d'avoir cru trop légèrement à des propos de village et je vous en demande pardon, mademoiselle ; avant de vous déranger, j'aurais dû consulter une personne sérieuse et mieux informée que j'ai eu le plaisir de rencontrer hier à Talloires... monsieur Philippe Desgranges.

C'EST MOI, MADAME...

A ce nom brusquement jeté en avant, la rougeur de Mariannette augmenta.

— Monsieur Desgranges! répéta-t-elle.

— Parfaitement... Il est votre conseil, je crois?

— Vous le connaissez, madame?

— Oui, mademoiselle, et j'ai été agréablement surprise de le retrouver ici.

— Seriez-vous, demanda curieusement Mariannette, l'une des personnes avec lesquelles il a passé la soirée hier?

— Ah ! fit Camille avec une intonation aiguë et sarcastique qui troubla singulièrement la jeune fille, il vous a parlé de moi?

—Non, madame; monsieur Desgranges m'a simplement dit qu'il avait rencontré

nette qui commençait à être agacée, si vous étiez venue un peu plus tard au Vivier, vous y auriez trouvé monsieur Desgranges, car je l'attends cet après-midi.

Camille se mordit les lèvres : « Il mentait, songeait-elle avec une sourde ironie rageuse, et ce voyage à Annecy n'était qu'une défaite pour se débarrasser de moi ! »

— C'est du guignon ! murmura-t-elle en s'efforçant de ramener sur ses lèvres un sourire pâle et menaçant comme un soleil d'orage ; malheureusement mes moments sont comptés : nous partons ce soir ou demain matin... Je regrette vive-

LE TORON. .

un de ses amis, descendu avec sa femme à l'Abbaye.

« Il est prudent, pensa madame Archambault avec un frisson de colère ; il pousse la précaution jusqu'à me faire voyager en famille ! »

Elle haussa les épaules et eut un significatif hochement de tête qui pouvait se traduire par : « A la bonne heure ! j'aurais été étonnée qu'il songeât à vous entretenir de moi. » Puis elle reprit de sa voix mordante :

— Je suis très fâchée de n'avoir point vu monsieur Desgranges aujourd'hui... Quand je suis montée tout à l'heure au Toron, on m'a dit qu'il était absent.

— Mon Dieu, madame, reprit Marian-

ment ce contretemps et notre ami le regrettera comme moi... Nous avions encore tant de choses à nous dire!

Le sourire contraint, le regard acéré et scrutateur de madame Archambault, l'accent sarcastique de ses paroles déconcertaient de plus en plus mademoiselle Diosaz. Elle en arrivait à douter de la réalité du prétexte invoqué par l'étrangère pour se présenter au Vivier et à chercher quel pouvait être le véritable motif de cette mystérieuse visiteuse.

— Vous connaissez beaucoup monsieur Desgranges? demanda-t-elle avec une gravité froide.

— Beaucoup, mademoiselle ; nous sommes de très vieux amis...

Il y avait dans la façon perfide dont elle rythma et souligna ces mots « de très vieux amis » un tel accent d'âpreté amère et de tels ironiques sous-entendus, ton, de vieux amis de quinze ans... C'est une connaissance qui date déjà, comme vous voyez !... Philippe pourra vous dire, si vous lui parlez de moi, que nous avons

A CE NOM BRUSQUEMENT JETÉ EN AVANT...

que Mariannette en reçut une blessure au cœur. Elle pâlit et devint toute tremblante.

— Oui, continuait Camille sur le même dansé ensemble notre première valse à une époque où vous n'étiez encore qu'une enfant... Cela ne nous rajeunit ni l'un ni l'autre, hélas !...

En entendant cette femme, dans laquelle elle devinait instinctivement une ennemie, appeler familièrement Desgranges par son prénom, l'orpheline se sentit péniblement choquée, mais ce choc douloureux eut pour effet de lui rendre le sang-froid et l'assurance qu'elle perdait. Elle enfonça son regard clair et droit dans les yeux étincelants de son interlocutrice, et l'interrompit d'un air très digne et très ferme :

— Puisque vous connaissiez depuis si longtemps monsieur Desgranges, je regrette comme vous, madame, que vous ne lui ayez point parlé de vos projets dès hier. Il vous eût épargné une démarche inutile.

— Mon Dieu, je n'y ai plus pensé, répliqua madame Archambault battant peu à peu en retraite et se rapprochant de la grille ; nous avons causé de tant de choses, réveillé de si anciens souvenirs en nous retrouvant ici, que j'ai oublié ce détail... D'ailleurs, je voulais ménager à monsieur Desgranges la surprise de mon installation à Talloires et ne lui rien dire avant d'avoir vu le Vivier... J'aime assez juger des choses par moi-même... Maintenant, j'ai vu et je suis fixée... Adieu, mademoiselle !

Et, laissant Mariannette sous l'impression de ces dernières paroles énigmatiques, Camille salua brièvement et disparut.

XVI

Cette visite aussi étrange qu'inattendue avait brusquement troublé la sérénité de la jeune fille. Oubliant son jardinage, elle était revenue s'asseoir sous les platanes, et là, dans sa posture familière, — accoudée à la table, les mains nouées sous son menton, — elle se remémorait avec ennui les moindres détails de sa conversation avec cette inconnue qui était entrée si cavalièrement chez elle et qui ne s'était même pas nommée. — Quel avait été son véritable but en venant au Vivier? Avait-elle obéi à un vulgaire sentiment de curiosité? Mais cette curiosité, à propos de quoi était-elle née? Philippe avait donc parlé d'elle à cette dame, et d'une façon assez particulière pour lui donner l'envie de pénétrer au Vivier? En tout cas, ce qu'il en avait dit n'avait pas eu pour effet de la rendre sympathique à cette étrangère, car Mariannette avait clairement démêlé dans le paroles et dans le regard de l'inconnue une secrète malveillance. Quel besoin avait cette femme de faire sonner si haut son amitié de vieille date avec M. Desgranges, qu'elle appelait « Philippe » tout court? Était-ce pure affectation, ou y avait-il là une intention blessante? Et pourquoi ce désir de blesser une personne qu'elle n'avait jamais vue?... Cette malveillance ne pouvait s'expliquer que par un sentiment de jalousie éveillé à la nouvelle du futur mariage de Philippe... Mais alors?... Une pareille supposition ouvrait à l'âme droite et honnête de Mariannette de troublantes perspectives. Cette inconnue aurait donc eu des droits sur le cœur de son fiancé?... Non, c'était impossible... Philippe lui avait affirmé n'avoir avec la voyageuse descendue à l'Abbaye que de simples relations mondaines, et elle le savait trop loyal pour recourir à un mensonge. Et, malgré cela, il y avait dans toute cette aventure quelque chose de louche et d'obscur qui la tourmentait.

Par moments, pour se rassurer, elle se disait qu'elle s'alarmait à tort, que son imagination grossissait singulièrement les choses et qu'elle était sotte de s'égarer ainsi sur une fausse piste. Comme toutes les natures candides, elle avait peine à croire au calcul et à la dissimulation chez les autres. L'explication assez naturelle que lui avait donnée la visiteuse lui paraissait tout à coup fort vraisemblable. Cette dame n'était pas la première voyageuse que la beauté du site eût attirée et qui eût cherché à s'installer pour l'été à Talloires. Mais cette hypothèse, si acceptable qu'elle fût, ne tranquillisait pas Mariannette. Elle était prise d'une nouvelle inquiétude à l'idée d'avoir pour voisine de campagne cette Parisienne qui prétendait connaître M. Desgranges depuis sa jeunesse et qui lui était instinctivement antipathique. De quelque façon qu'elle l'envisageât, cette visite lui paraissait un fâcheux présage et lui laissait le cœur tourmenté.

Mariannette était devenue triste : non pas, cependant, qu'elle doutât de l'amour de Philippe et qu'elle crût son bonheur sérieusement menacé. Elle était à l'âge heureux où l'on possède une imperturbable confiance dans sa force. Quand on a vingt ans, on est armé d'une foi si candide en soi et dans les autres, qu'à moins de certaines prédispositions maladives, on est presque invulnérable à la jalousie. La jeunesse a de ces grâces d'état, de ces aimables présomptions qui la livrent facilement aux sentiments généreux, mais qui la rendent impénétrable aux passions inférieures. Mademoiselle Diosaz se croyait si solidement aimée par Desgranges, qu'il ne lui venait pas à l'esprit de voir une rivale dangereuse en madame Archambault. Elle n'était pas jalouse, mais elle avait peur. L'équivoque démarche de cette visiteuse matinale avait jeté de mystérieuses ténèbres dans son cœur. Elle sentait une ombre planer sur la sincérité de Desgranges, et pour cette âme limpide, si éprise de franchise et de netteté, cette obscurité même passagère était une souffrance. Pendant tout le reste de la matinée, elle demeura tourmentée et soucieuse, et ce fut dans cette disposition d'esprit que la trouva Philippe, lorsqu'il arriva au Vivier après déjeuner.

Il était, lui, sinon tout à fait tranquille, du moins plus à l'aise et moins énervé. Heureux de s'être assuré la liberté de sa journée, trompé aussi par l'apparente résignation de madame Archambault, il avait ajourné au lendemain la solution des difficultés qui le torturaient ; il accourait au Vivier avec l'intention de faire oublier son humeur morose de la veille et de se consacrer tout entier à sa fiancée.

Dès en entrant, il fut frappé de la figure anxieuse de la jeune fille. Le front si pur de Mariannette était plissé de rides transversales comme par le travail d'une pénible méditation, et ses yeux si limpides étaient voilés d'une brume de tristesse. Comme tous les gens qui n'ont pas la conscience en repos, il eut immédiatement le pressentiment de quelque aventure.

— Qu'avez-vous, Mariannette chérie, demanda-t-il tendrement en lui prenant les mains, êtes-vous souffrante?

— Non, répondit-elle, je suis seulement encore préoccupée de ce qui m'est arrivé ce matin.

— Et que vous est-il arrivé? s'écria Desgranges en l'enveloppant tout entière d'un regard inquiet.

— Oh ! rien de fâcheux, rassurez-vous mais rien d'agréable non plus... Asseyez-vous là, je vais tout vous conter... Nous ne devons avoir l'un pour l'autre rien de secret, aucune arrière-pensée !... Je me suis donc promis de tout vous dire... J'ai reçu une visite singulière, qui m'a laissée dans l'état de malaise où vous me voyez.

— Une visite? murmura Philippe dont tout le sang reflua au cœur.

Avant même que Mariannette achevât de s'expliquer, il pressentit quelque coup

ACCOUDÉE A LA TABLE...

de tête de Camille et trembla intérieurement.

— Oui, continua-t-elle, la visite d'une dame étrangère qui vous connaît et qui est descendue à l'Abbaye.

Il trouva la force d'articuler : « Madame Archambault? » Mais ce fut tout ce qu'il put faire. Sa poitrine et sa gorge se serrèrent ; une flamme rouge lui passa devant les yeux et ses oreilles tintèrent. Il lui semblait entendre tout l'édifice de son bonheur s'écrouler avec un craquement sinistre.

— Elle ne m'a pas dit son nom, mais

c'est certainement l'une des personnes dont vous m'avez parlé hier.

— Et quel était le motif de cette visite? demanda-t-il en détournant les yeux.

Il n'osait plus regarder en face la loyale figure de Mariannette; il avait trop peur de laisser voir les transes mortelles qui lui poignaient le cœur.

— Elle désire acheter une maison de campagne à Talloires ; elle croyait que le Vivier était à vendre, et elle venait me prier de lui donner la préférence.

« Maudite fourberie féminine! » s'exclamait intérieurement Philippe. — Il comprenait qu'il avait été joué, que Camille avait tout deviné, et que son indifférence apparente n'avait eu d'autre but que de l'endormir dans une fausse quiétude et de tromper sa surveillance. Il avait donné dans le piège comme un enfant et, tandis qu'il la croyait devenue plus raisonnable, elle méditait félinement le coup perfide qu'elle lui avait porté ce matin... Une flambée de colère lui montait au cerveau. Si une malédiction avait pu tuer madame Archambault, la malheureuse femme eût été sur-le-champ immolée. — Qu'avait-elle dit à Mariannette? Quelles insinuations empoisonnées avait-elle versées dans le cœur de la jeune fille, et jusqu'où s'était étendue son œuvre de destruction? Comment le savoir sans questionner trop ouvertement Mariannette? — Toutes ces réflexions se succédaient en lui avec une rapidité électrique, tandis qu'après une courte pause méditative, mademoiselle Diosaz reprenait timidement :

— C'est par ce désir d'acheter le Vivier qu'elle a expliqué sa visite... Mais, je vous l'avoue, la raison qu'elle m'a donnée m'a eu l'air d'un prétexte et m'a rendue défiante... Comment, en effet, cette dame qui vous connaît et qui vous avait vu la veille, ne s'est-elle pas avisée de vous interroger, vous, qui êtes mon conseil et qui vous êtes occupé de la succession de mon père?

— Elle l'ignorait peut-être, murmura péniblement Philippe.

— Si fait, elle le savait, et c'est elle qui m'a parlé de vous la première... Elle m'a appris d'autres détails encore qui m'ont causé une impression désagréable... Pardonnez-moi de vous entretenir de ces choses qui vous sembleront peut-être des enfantillages, mais la meilleure manière de vous prouver mon affection, c'est de vous ouvrir entièrement mon cœur et de vous confesser tout ce que j'éprouve, tout ce que j'espère et tout ce que je crains... Eh bien ! depuis que j'ai reçu cette visite, je me sens triste... Volontairement ou non, cette dame a exercé sur moi une maligne influence... Elle a jeté je ne sais quel trouble dans mon esprit, elle m'a inspiré des doutes...

— Des doutes?... Sur quoi? interrompit vivement Desgranges.

— Sur votre sincérité... Oh ! pardonnez-le-moi, j'en suis honteuse... Mais enfin, hier, en m'annonçant l'arrivée de ces Parisiens à l'Abbaye, vous m'en avez parlé comme de simples relations... Et pourtant cette dame m'a laissé entendre, à plusieurs reprises, que vous étiez de vieux amis, liés depuis quinze ans... Je sais bien qu'elle a pu se vanter... Mais dans quelle intention, et pourquoi une pareille insistance?

Dans nos pays de l'Est, on dit que « les garçons ont trois fois le droit d'essayer leur chance ». Pour la troisième fois en deux jours, la destinée offrait à Philippe l'occasion de dire la vérité à Mariannette et d'obtenir l'absolution du passé au moyen d'un aveu complet de ses hésitations et de ses erreurs. — S'il eût été plus jeune, il eût risqué hardiment cette entière confession, et il eût été sauvé. La jeunesse a de ces audaces heureuses qui changent en victoire les batailles les plus compromises. Un jeune homme n'hésite pas à avouer à la femme qu'il aime les infidélités les plus graves, parce qu'il possède en lui-même un vert talisman qui lui conquerra indulgence et pardon. — Mais l'homme déjà mûr n'a plus de ces vaillantes témérités. Il ne marche plus d'un pied sûr dans le sentier de l'amour. Il est plein de timidités, de scrupules et de tergiversations déjà séniles. Étant moins indulgent pour lui-même, il ne croit pas à l'indulgence des autres. Il arrive à l'heure douteuse du crépuscule et perd les belles audaces que donne la pleine clarté du soleil. Il voit se poser devant lui pour la dernière fois l'amour comme un oiseau aux ailes frémissantes, et il se dit : « Si je l'effarouche, il prendra son vol et ne reviendra plus ! » A l'aspect de la figure soucieuse et déjà effrayée de Mariannette, Philippe

Desgranges crut son bonheur menacé, et trembla de le perdre à tout jamais en exposant à la jeune fille la misérable situation où il était réduit. Il manqua de décision et de confiance ; il réfléchit au lieu d'agir ; il calcula que la perfide manœuvre de madame Archambault lui fournissait du moins le prétexte qu'il cherchait depuis la veille, et il résolut d'en profiter pour provoquer le jour même cette rupture qu'il avait eu la faiblesse de retarder. — Il se borna donc à répondre d'une manière évasive et embarrassée :

— Mon Dieu, je la connais, il est vrai, depuis longtemps... Mais, à Paris, on prodigue le titre d'ami comme on prodigue les poignées de main... et, vous savez, cela ne tire pas à conséquence...

— Pourtant, objecta Mariannette en hochant la tête, elle vous appelle Philippe tout court, ce qui indique un certain degré d'intimité ?

Philippe ne put s'empêcher de rougir.

— Je vois, dit-il, que mes paroles ne réussissent pas à vous convaincre... Pourquoi doutez-vous de moi, qui vous aime profondément ?

— Je ne doute pas de votre affection ; si j'en doutais, vous me verriez autrement malheureuse... Non, mais, depuis cette visite, je ne puis me défendre d'une mystérieuse appréhension !... Je sens entre nous quelque chose d'obscur qui m'effraie.. Certes, je n'ai pas l'enfantillage d'être jalouse de votre passé, mais c'est pour notre bonheur présent que je tremble, depuis que cette méchante femme est venue me jeter du noir dans l'âme... Elle part demain, m'a-t-elle dit ? Ah ! je voudrais déjà qu'elle fût loin du Vivier !

— Oui, elle partira demain ! s'écria Philippe, plus décidé que jamais à courir à l'Abbaye et à exiger le départ immédiat de madame Archambault... Vous n'entendrez plus parler d'elle, et demain nous serons rendus à nous-même... Jusque-là, chère enfant, ayez confiance en moi. Aujourd'hui comme avant-hier, je vous jure que vous avez tout mon cœur, toutes mes pensées, toute ma tendresse, et que je n'ai qu'un rêve : vous donner dans l'avenir tout le bonheur que vous méritez...

Elle vit qu'il se levait et se préparait à sortir :

— Vous me quittez ? murmura-t-elle avec un son de voix si triste que Desgranges en eut un frisson.

— Oui, je vais prendre congé de ces gens de l'Abbaye... Je veux savoir ce que signifie cette indiscrète visite et leur dire un adieu définitif...

Il s'était rapproché de Mariannette, lui avait saisi les mains et voulait lui baiser le front ; mais, d'un mouvement de

MAIS D'UN MOUVEMENT DE TÊTE...

tête, elle évita ce baiser, qui effleura seulement ses cheveux.

— Vous me gardez rancune, Mariannette ?

Elle lui fit signe que non, mais sur son visage sérieux persistait une expression de fâcherie qui le désola. Elle restait immobile au milieu de la pièce, tandis qu'il s'éloignait lentement :

— Je vous en supplie, lui cria-t-il encore, sur le pas de la porte, ne doutez pas de moi... A demain !

XVII

Madame Archambault était à sa fenêtre quand Philippe entra dans la cour de l'Abbaye. A la façon dont il précipitait le pas en baissant la tête et dont sa canne martelait les cailloux du chemin, elle comprit qu'il revenait du Vivier et qu'il en revenait furieux. Cette colère ne l'étonnait pas ; elle s'y attendait. Aussi, tandis que Desgranges escaladait rapidement les degrés de pierre, elle eut le temps de se préparer à rendre coup pour coup.

Bien qu'elle fût encore secouée par les émotions qui avaient déterminé sa visite matinale, la satisfaction d'avoir infligé une première blessure à Mariannette avait un peu soulagé son cœur et détendu ses nerfs. Elle était plus maîtresse d'elle-même et résolue à disputer à sa rivale le terrain pied à pied. — Si mademoiselle Diosaz avait l'avantage de la jeunesse et le charme de la nouveauté, elle avait, elle, la puissance que donne une longue possession ; elle connaissait Philippe à fond, elle savait par quels raffinements d'esprit et de voluptueuse coquetterie elle pourrait le ressaisir, et elle se croyait d'ailleurs trop supérieure à cette naïve petite provinciale pour n'en pas venir à bout. Assurément, Desgranges, hypnotisé par l'ennui et la monotonie de la vie campagnarde, avait pu s'amouracher de cette beauté paysanne, mais ce ne devait être qu'une passade, et elle espérait bien l'en guérir.

A ce moment, la porte de sa chambre fut impétueusement ouverte, et Philippe parut, encore tout essoufflé.

— Bonjour ! lui dit-elle d'un ton très calme ; comment. vous voilà !... Je vous croyais à Annecy... Vous vous êtes donc ravisé.

Desgranges s'attendait à une explosion de colère, et le calme de cet accueil le déconcerta.

— Oui, répondit-il en jetant à Camille un regard assombri et méfiant, j'ai changé d'avis.

— De quel air vous dites cela !... Vous avez la mine piteuse d'un écolier qui vient de recevoir sur les doigts... Est-ce que votre filleule vous a prêché un sermon et reproché vos manquements à la messe paroissiale?... A propos, je l'ai vue ce matin, votre fleur sauvage !...

Philippe, avec un geste irrité et violent, ouvrait la bouche pour protester, mais elle ne lui laissa pas le temps de l'interrompre :

— Oui, poursuivit-elle, après le portrait que vous m'en aviez fait, j'ai voulu juger par moi-même s'il n'était pas trop flatté... Eh bien ! non,... elle n'est vraiment pas mal ; elle a d'assez beaux yeux, pour des yeux de Savoyarde... Par exemple, les extrémités laissent à désirer : des mains de servante et des pieds de guide ascensionniste... C'est fâcheux !

— Assez de sarcasmes !... s'écria durement Desgranges ; je vous défends de vous moquer de cette jeune fille !

— Mais je ne me moque pas, répliqua-t-elle de sa voix mordante, je constate tout simplement... Je me plais au contraire à rendre justice aux qualités de votre protégée. Elle a la naïveté d'une idylle, et si elle était un peu moins mal fagotée, elle ne manquerait pas d'un certain charme... agreste... Je suis sûre qu'elle a un tas de vertus domestiques ! Elle doit traire ses vaches elle-même et laver son linge à la fontaine, comme Nausicaa. Dites-moi, c'est peut-être pour cela qu'elle a les mains rouges?

— Taisez-vous ! répéta Philippe impérieusement ; je ne supporterai pas davantage que vous l'outragiez devant moi... C'est assez de vous être permis de vous introduire chez elle, malgré ma défense.

— Votre défense?... repartit Camille en haussant les épaules ; je ne sache pas que vous m'ayez interdit de circuler dans les rues de Talloires, et d'ailleurs je ne croyais pas vous désobliger en rendant visite à une personne à laquelle vous vous intéressez... Les amis de nos amis ne sont-ils pas un peu nos amis?

— Je vous avais recommandé d'être très circonspecte dans ce pays, où la moindre démarche est commentée, et votre visite était à la fois indiscrète et imprudente.

— Oh ! rassurez-vous, j'y ai mis des formes... Je me suis présentée à cette jeune Savoyarde comme une de vos amies, et je lui ai simplement demandé si sa maison était à vendre... Ma conduite a été très correcte.

— Elle a été malveillante et impertinente ! s'exclama Desgranges hors de lui.

— Permettez, mon cher, riposta madame Archambault avec hauteur, il n'y a ici d'impertinent que vous-même. Vous vous fâchez... donc vous avez tort !

Et la jalousie lui faisant perdre un peu de son sang-froid, elle ajouta avec aigreur :

— Soyez donc plus franc et avouez que vous vous êtes amouraché de cette petite fille !... Mon Dieu ! dans ce pays perdu, la chose est excusable... Vous vous ennuyiez et vous avez cherché des distractions !... Seulement, prenez garde, mon pauvre ami, vous baissez ! Il faut maintenant des fruits verts à vos goûts d'homme mûr... C'est un signe de décrépitude, cela !

— Soit, s'écria-t-il, saisissant avidement l'occasion enfin offerte de trancher dans le vif ; oui, j'aime mademoiselle Diosaz, et je vous ordonne de la respecter !

— Vous m'ordonnez !... Voilà de bien gros mots à propos d'une amourette de village !

Elle était devenue nerveuse : ses doigts déchiraient machinalement le papier d'un éventail japonais qu'elle avait pris sur la table, et ses grands yeux fauves cherchaient ceux de Philippe, comme pour y plonger avidement et y ressaisir le charme qu'ils exerçaient autrefois, mais il soutint bravement ce regard enflammé et répéta d'un air de défi :

— Oui, je l'aime !

— A la bonne heure, dit-elle avec un éclat de rire forcé, voilà au moins de la franchise !... Je préfère cela, et vous auriez dû vous confesser nettement dès le jour de mon arrivée, au lieu d'essayer de jouer au plus fin... Peine perdue, mon cher !... Je n'étais pas depuis un quart d'heure chez vous que j'avais deviné votre infidélité... Vous savez mal mentir pour un homme qui cherche à tromper deux femmes ! Vous eussiez été plus adroit en m'avouant tout de suite votre faiblesse ; je vous jure que je n'aurais pas été jalouse ! Je connais ces caprices-là ; ils ne poussent qu'à la campagne et ne prennent pas racine ailleurs. Après avoir pendant deux jours respiré l'air de Paris, vous ne penserez plus à votre idylle savoyarde... Vrai, je vous aurais pardonné de grand cœur cette peccadille, si vous aviez été plus franc avec moi !

Desgranges avait reçu d'abord cette grêle de sarcasmes, avec l'ahurissement d'un taureau dans la peau duquel on pique les premières *banderillas* ; puis, brusquement, il se rebella et, regardant Camille en face :

— Eh bien ! répondit-il gravement, je serai plus franc ce soir... Oui, j'ai eu tort de ne pas vous instruire tout de suite de ce qui est arrivé... J'ai eu tort, en vous revoyant, de chercher à vous tromper... Cette supercherie était indigne de vous et de moi, et j'en ai été cruellement puni par ce que j'ai souffert depuis deux jours... La vérité est que j'aime cette jeune fille et que j'ai l'intention de l'épouser.

Elle tressaillit, et son visage devint

TAISEZ-VOUS !

aussi blanc que les jasmins dont elle avait fleuri son corsage. Elle sentait cette fois que c'était sérieux, qu'il ne s'agissait plus d'un caprice comme elle l'avait espéré, et que le ton ferme et résolu de Desgranges n'admettait pas de réplique. Elle articula seulement d'une voix sourde : « Ah ! » et s'assit, le front baissé, les mains glacées...

Il y eut un moment de silence profond, interrompu seulement par le bruit léger du store que le vent faisait mouvoir dans l'embrasure de la fenêtre ouverte ; et tout à coup, dans ce grand silence, on entendit monter du fond de la cour la voix d'un jeune garçon occupé à nettoyer une futaille vide ; il chantait à pleine voix, et les paroles de sa chanson paysanne se détachaient très distinctes sur un rythme

UN JEUNE GARÇON OCCUPÉ A NETTOYER ..

tantôt traînant et tantôt lestement scandé :

> Marguerite, ma mie,
> Prête-moi ton mouchoir
> Pour essuyer les larmes
> Qui coulent de mon visage.
> Les larmes de mes yeux
> Sont pour te dire adieu.

Philippe, effrayé de l'aveu qu'il venait de faire, se promenait lentement à travers la pièce, sans oser tourner la tête vers Camille.

— La vie que nous menons, reprit-il, est misérable, convenez-en !... Elle le serait plus encore dans l'avenir...Vous m'avez déclaré déjà que vous en étiez lasse... Elle me pèse plus qu'à vous, car, ainsi que vous me l'avez insinué tout à l'heure, je suis arrivé à la maturité... Quand on est jeune, on accepte aisément une existence agitée et décousue ; mais à mon âge, il n'est plus permis d'errer à travers le monde comme un bohème, et on a besoin de se reposer dans une affection paisible... Ce repos, je l'ai trouvé au Vivier, près d'une enfant à laquelle je me suis peu à peu attaché, et... Bref, j'ai résolu de me créer ici une famille. Je sais bien que vous m'accuserez de ne songer qu'à moi... Mais en brisant une liaison qui nous donne à l'un et à l'autre plus d'amertume que de contentement, vous reconnaîtrez vous-même, plus tard, que j'agis autant dans votre intérêt que dans le mien...

Il s'interrompit, s'attendant à quelque réplique violente, mais madame Archambault gardait sa taciturne immobilité ; — et dans ce silence morne, la voix du chanteur résonna de nouveau :

> Marguerite, ma mie,
> Prête-moi tes ciseaux
> Pour couper l'alliance
> Que nous avons ensemble,
> Alliance d'amour.
> Adieu, belle, et pour toujours...

Philippe était de plus en plus gêné et irrité par ce persistant mutisme, qui semblait le mettre dans son tort. Aussi, ce fut avec des intonations plus froides et plus dures qu'il continua, en s'arrêtant à quelques pas de Camille :

— Dans la situation pénible où nous sommes, vous comprendrez sans doute que, pour vous comme pour moi, il convient d'éviter le bruit et le scandale... C'est déjà trop de la fâcheuse visite de ce matin... Entre nous, tout doit se dénouer silencieusement. J'espère donc que vous serez raisonnable et que vous jugerez à propos de retourner à Aix...

Cette fois, tout l'orgueil de madame Archambault se révolta ; une rougeur lui monta aux joues, sa dignité offensée fit flamber un éclair dans ses yeux sombres, et relevant la tête :

— C'est un congé ! dit-elle sèchement ;

tranquillisez-vous, je partirai demain matin.

Puis elle reprit sa farouche immobilité marmoréenne.

Desgranges était déjà près de la porte. Au moment de faire le dernier pas qui devait les séparer à jamais, il se reprocha sa dureté ; il fut touché d'une soudaine compassion, en voyant le muet désespoir de cette femme qu'il avait aimée pendant quinze ans. Au risque de tout compromettre dans un accès de sensibilité, il revint auprès de madame Archambault.

— Camille ! murmura-t-il sourdement, pardon... et... adieu !

Sans tourner les yeux vers lui, sans faire un geste, elle l'interrompit d'une voix rauque :

— Assez !... laissez-moi !

Et il sortit en baissant la tête.

XVIII

Longtemps après le départ de Philippe, Mariannette était restée sous l'impression pénible des événements de la journée. Son imagination était offusquée et comme noircie par les obscures insinuations de madame Archambault, et elle en voulait à Desgranges de n'avoir pas su dissiper cette obscurité inquiétante. Ainsi qu'elle le lui avait déclaré, elle ne doutait pas de son affection, mais il lui semblait qu'il aurait pu trouver des affirmations plus nettes et plus rassurantes pour effacer le mauvais effet produit par la visite suspecte de cette étrangère. Elle lui gardait rancune de ses réponses trop évasives et de son trop brusque départ. Elle ne lui pardonnait pas surtout d'être parti, la sachant triste et angoissée, et de l'avoir quittée pour aller prendre congé de cette inconnue, cause de tout le mal. — Pourtant, lorsque après souper elle revint sur la galerie, la tombée du jour apaisa insensiblement son humeur chagrine. — Du haut des cimes violettes une sérénité descendait sur le lac où flottait encore çà et là un lambeau de pourpre dorée, et peu à peu cette sérénité entrait dans l'âme de Mariannette. A mesure que des étoiles apparaissaient dans le bleu verdi du ciel, ses appréhensions s'envolaient une à une. Il y avait un souffle de tendresse épandu dans l'air tiède et calme de la soirée, et cette tendresse se communiquant au cœur de la jeune fille l'emplissait de mansuétude.

Elle se reprochait maintenant ses craintes enfantines de la journée, et surtout cet accès de bouderie qui lui avait fait refuser son front au baiser de son fiancé. Dans la candeur de son âme, elle se disait que Philippe avait dû croire à un mouvement de sotte jalousie, et qu'il avait sans doute emporté une triste opinion de son caractère. Une réaction se produisait dans son esprit et, à son tour, elle s'en voulait d'avoir laissé partir Desgranges sur cette mauvaise impression. Il lui en coûtait de penser que Philippe allait s'endormir avec cette bouderie sur le cœur ; elle regrettait de n'avoir pas dissipé sur-le-champ ce léger nuage qui allait persister entre eux jusqu'au lendemain. — Elle avait toutes les adorables superstitions de l'amour qui commence, et il lui était insupportable qu'une longue nuit se passât sans qu'ils eussent fait la paix. — Et brusquement elle était prise d'un véhément désir d'aller lui serrer la main avant que la soirée fût plus avancée. Aussi quand, après avoir mis son ménage en ordre, Perronne vint la rejoindre sur la galerie, elle lui dit :

— Ma bonne, la nuit est si belle que ce serait dommage de rester enfermées... Mets ton châle, nous irons jusqu'au Toron souhaiter le bonsoir à monsieur Desgranges, et nous nous en reviendrons tranquillement, après avoir respiré le grand air...

Perronne avait l'habitude de ces promenades du soir, pendant lesquelles elle servait de chaperon à sa jeune maîtresse. La chose lui parut donc fort naturelle, et elle ne formula aucune objection. Dès que la vieille servante se fut enveloppée dans son tartan, elles traversèrent le bourg côte à côte et s'engagèrent sur la route qui décrit ses zigzags entre les prés et les vignobles.

La nuit était d'une transparence et d'une beauté incomparables. Les étoiles qui fourmillaient dans le ciel paraissaient plus grosses et plus rapprochées ; elles semblaient danser des rondes radieuses au-dessus des montagnes, et leur lumière accrue éclairait mollement la route blanche entre les pampres obscurs où, çà et là, des mûriers dressaient leur feuillée épaisse. De tous côtés, sur la pente des vignes, le chant grêle, flûté et tremblotant des rainettes traversait le silence de la cam-

pagne. Les notes claires et multipliées coulaient avec douceur dans l'atmosphère tiède, comme un terrestre accompagnement du scintillement des étoiles. Ce susurrement cristallin, qui charme les nuits du lac d'Annecy pendant toute la belle saison, était bien la musique qui convenait à cette heureuse soirée de la fin d'août, qui semblait caressée par des souffles amoureux. Il y avait de l'amour dans l'air. Mariannette le respirait en marchant et se sentait intimement rassérénée. Avec un tremblement intérieur, doux comme les trilles flûtés des rainettes, elle songeait : « Je ne resterai près de Philippe qu'une minute... Le temps de lui souhaiter le bonsoir, de lui dire que j'ai foi en lui et que je ne veux pas m'endormir sans que nous ayons fait la paix... Puis nous nous séparerons plus contents l'un de l'autre... » Et tout d'un coup une crainte pénétrait en elle : « S'il était sorti ?... Il a peut-être eu, comme moi, le désir de marcher à travers champs, ou bien... peut-être est-il resté à l'Abbaye ?... Qui sait si je le trouverai là-haut ?... »

ET S'ENGAGÈRENT SUR LA ROUTE QUI DÉCRIT SES ZIGZAGS...

Philippe était au Toron. Il se promenait, en fumant, autour du parterre qui avoisinait son cabinet de travail. Par la fenêtre éclairée, on apercevait l'intérieur de la grande pièce, où la flamme vacillante des bougies projetait l'ombre démesurée des meubles sur les fresques des murs. Philippe parcourait du regard le lac endormi sous le ciel constellé ; il entendait la chanson des rainettes ; mais ni la beauté de la nuit, ni les susurrements cristallins épars dans les vignes, ne lui donnaient la même sensation de rassérénement qu'à Mariannette. Quand nous sentons ce malaise moral que nous appelons la voix de la conscience, le silence même de la nuit, au lieu de nous calmer, augmente le tumulte de cette troublante voix intérieure. Desgranges se répétait en vain que le sacrifice était maintenant consommé, et que sa rupture avec madame Archambault allait enfin lui permettre de chérir Mariannette sans appréhension et sans réserve ; il se sentait envahi par une indéfinissable tristesse.

On a beau ne plus aimer, on ne rompt pas sans déchirement une liaison qui dure depuis des années. On arrache difficilement ces liens résistants et frêles qui composent ce qu'on est convenu d'appeler « une chaîne », — liens que l'habitude a solidifiés et qui se rattachent par mille imperceptibles racines aux émotions de notre jeunesse. En nous détachant d'une femme jadis aimée, nous nous séparons aussi d'une partie de nous-mêmes, et nous regrettons dans l'abandonnée un fragment de notre vie qui s'en va avec elle. Ce regret amèrement mélancolique, Desgranges l'éprouvait en ce moment. Il songeait que sa rupture avec Camille creusait un fossé profond entre deux périodes de sa vie, et, à la veille d'entrer dans cette seconde phase d'existence, il sentait dans tout son être moral un ébranlement qui l'effrayait... A l'heure même où il allait pouvoir se consacrer tout entier à Mariannette, il était tourmenté de nouveaux scrupules et de nouvelles craintes. Il avait beau se dire : « Tu es libre, réjouis-toi ! » il demeurait triste, anxieux, et, en creusant ce douloureux état d'âme, il découvrait peu à peu que la cause de son anxiété gisait surtout dans l'appréhension de quelque retour offensif de madame Archambault. — Libre ! l'était-il réellement ?... N'avait-il rien à redouter de l'avenir?... Il savait Camille exaltée, despotique et violente, capable des plus dangereux coups de tête, et il avait été étonné de la hautaine résignation avec laquelle elle avait accepté l'idée d'une séparation. Dans un mouvement d'orgueil blessé, elle avait promis de s'éloigner, mais elle n'était point partie encore. Toute une nuit devait s'écouler avant l'heure du départ ; une réaction pouvait se produire et changer les résolutions de son esprit mobile...

Tandis qu'il ruminait ces choses, un léger frôlement sur l'herbe de l'allée le fit se retourner, et il se trouva face à face avec Camille.

Enveloppée dans un ample manteau, elle se profilait en noir sur le ciel étoilé. On ne voyait de sa figure que le scintillement de ses yeux sous les bords de son chapeau de voyage. Mais il n'y avait pas à se tromper: c'était bien elle. En la reconnaissant, Desgranges eut un serrement de cœur et un mouvement d'irritation :

— Vous ? murmura-t-il entre ses dents.

Ayant marché très vite, elle était essoufflée et avait peine à retrouver sa voix :

— Oui, articula-t-elle péniblement, je suis lâche, n'est-ce pas ?... Mais d'abord, je vous en supplie, laissez-moi entrer et m'asseoir !...

Il poussa brusquement la porte-fenêtre qui ouvrait sur son cabinet, et d'un geste résigné :

— Venez ! dit-il froidement.

A peine entrée, elle se jeta dans un fauteuil. Il y avait sur la table une carafe et un verre ; elle se versa de l'eau et but avec avidité. Tandis qu'elle essuyait machinalement ses lèvres, Desgranges, encore ébahi, regardait son visage d'une pâleur verdâtre, pleine de menaces.

— Vous m'avez fait un mal atroce, commença-t-elle d'une voix sourde et saccadée ; après que vous avez été parti, j'ai douté de ce que j'avais entendu... J'ai cru que c'était un mauvais rêve... Je ne pouvais pas y croire... J'ai pensé que vous-même, vous ne vous étiez pas rendu compte de la portée de vos paroles, et que vous aviez cédé à un coup de colère... Il y a des choses qu'on dit dans un moment d'irritation et qu'on regrette après... Aussi j'ai mis de côté tout amour-propre... Je suis venue ici pour que vous me répétiez de sang-froid, bien en face, que vous ne voulez plus de moi, et que nous devons nous quitter pour toujours.

Dans la haute pièce où les bougies promenaient leur lueur vacillante, il y eut un instant de profond silence. On n'entendit plus que le léger bourdonnement des phalènes entrées par la fenêtre ouverte; elles tourbillonnaient autour des lumières, et parfois leurs ailes laineuses s'y grillaient avec

peignoir et en tira un paquet noué d'une faveur bleue. Elle dénoua violemment le ruban de soie, et les lettres s'éparpillèrent sur la table.

— Les voici toutes, continua-t-elle avec un sourire navrant, du moins toutes celles que j'ai gardées, parce qu'elles m'étaient les plus chères ; celles que j'aimais à relire quand j'étais loin de vous... Elles ne mentaient pas, celles-là... et vous étiez sincère, alors !...

Elle en avait saisi une au hasard et la dépliait d'un air égaré ; puis elle en lut hâtivement quelques lignes à voix haute : « Je ne vous ai pas vue hier, ô vous qui êtes ma chère et constante pensée, aurai-je je plus de bonheur aujourd'hui ?... » Elle date de notre première année, celle-là ; c'était au temps où un jour passé sans me voir vous semblait trop long !..

— Camille, interrompit précipitamment Desgranges, qui redoutait la prolongation de cette pénible scène, je vous en prie, arrêtez-vous !... A quoi bon ajouter une souffrance nouvelle aux autres ?... Vous vous faites mal !

— Laissez donc ! répliqua-t-elle avec un ricanement douloureux, cela me fait du bien, au contraire !... Je suis comme ces misérables affamés qui apaisent leur estomac en se rappelant les bons dîners d'autrefois... Moi aussi, je trompe ma faim !...

ELLE DÉNOUA VIOLEMMENT LE RUBAN DE SOIE...

un crépitement sec. — Puis, du coin d'ombre où il se tenait debout, Philippe répondit d'une voix morne, mais ferme :
— Oui... il le faut !...

Le pâle visage de Camille se contracta, ses lèvres tremblèrent un moment.

— C'est bien, reprit-elle... En ce cas, et puisque tout est fini, je vous rapporte les lettres que vous m'écriviez... Je veux les brûler devant vous, afin que plus rien de votre passé ne subsiste et ne vous gêne...

D'un geste nerveux, elle rejeta son manteau, fouilla dans le corsage croisé de son

. . . .

A ce même moment, Mariannette et Perronne, après avoir cheminé presque à tâtons sous la voûte obscure des arbres verts, et franchi le porche drapé de vigne vierge, débouchaient dans le potager du Toron. Pendant cette lente traversée parmi les opaques ténèbres des sapins, la jeune fille s'était répété intérieurement : « Pourvu qu'il soit chez lui ! » Et maintenant, en apercevant sur les verdures du jardin le reflet des fenêtres éclairées, elle murmurait joyeusement à l'oreille de Perronne : « Il y est !... Marchons tout doucement... »

Oui, il y était, mais, — qui eût pu prévoir pareille chose ? — il n'était pas seul. Dans le recueillement silencieux de la nuit d'août, une voix montait par intervalles. — Oh ! cette voix saccadée, coupante, sarcastique, Mariannette l'avait trop longtemps entendue, ce matin même, pour ne pas la reconnaître !... Un cruel pressentiment secoua l'orpheline de la tête aux pieds ; le cœur serré comme dans un étau, elle recula dans l'ombre et entraîna avec elle la servante interdite. Quand elles furent à l'autre extrémité du jardin :

— Perronne, chuchota Mariannette, va m'attendre à l'entrée de l'avenue... Laisse-moi seule un moment ; je te rejoindrai bientôt... Va !...

Elle parlait avec un accent à la fois si suppliant et si impérieux que Perronne, malgré son ébahissement inquiet, obéit sans demander d'explications. Quand la vieille servante eut disparu, Mariannette, avec précaution, se dirigea vers l'une des fenêtres ouvertes. Dans l'allée négligée, l'herbe avait poussé si dru qu'elle formait un tapis sur lequel on pouvait marcher sans bruit. En outre, le jasmin, qui avait envahi la baie de la croisée, formait un rideau protecteur derrière lequel on pouvait voir sans être vu. Mademoiselle Diosaz s'avança aussi près que possible, —tellement près, que les dernières fleurs des jasmins frôlaient son visage et lui envoyaient leur pénétrant parfum. — Elle se disait que là, derrière ce voile de feuillage, la femme qui, depuis deux jours, troublait son bonheur, était installée chez Philippe et semblait y parler en maîtresse ; elle pressentait qu'en l'écoutant elle allait avoir l'explication de ce mystère qui l'angoissait, et elle voulait tout savoir, — dût-elle en souffrir atrocement après !

Comprimant les battements de son cœur, retenant son souffle, elle penchait sa tête en avant et distinguait à travers le jasmin la silhouette de madame Archambault, assise dans le vieux fauteuil de tapisserie où elle-même s'était reposée l'avant-veille. Elle voyait les lettres éparses sur la table et entendait le froissement du papier qu'on déplie...

— Oui, poursuivait Camille avec une sarcastique âpreté, vous m'aimiez à cette époque et vous trouviez, pour me le dire, de ces mots qui me déchirent le cœur, maintenant que je les relis et que je compare ! — Elle avait repris la lettre commencée et la lisait de sa voix mordante : « Quand, après vous avoir vue, je rentre dans mon isolement, j'emporte avec moi le son de vos paroles, l'enchantement de votre regard et jusqu'à cette grisante odeur de mimosa qui embaume votre salon Tous ces souvenirs où un peu de vous reste imprégné m'aident à remplir les heures que je passe sans vous voir... »

— Ah ! ah ! s'exclamait-elle, ce sont d'autres souvenirs maintenant qui vous aident à charmer votre solitude du Toron !... Ceux-ci ne sont plus bons qu'à être brûlés... Au feu ! au feu !

Elle avait tortillé le papier dans ses doigts, elle l'allumait à la bougie et le lançait tout flambant dans la cheminée vide. Puis ses mains remuaient les lettres éparses et elle en dépliait une autre :

— Tenez, vous souvenez-vous de ce billet ?... Vous me l'écriviez d'Angoulême, après notre fugue... Vous aviez obtenu ce que vous désiriez ; je m'étais donnée à vous corps et âme, mais vous n'étiez pas encore las de moi... Ah ! quel concert d'actions de grâces !... Quel lyrisme !... Vous me promettiez des tendresses sans fin... Écoutez plutôt !... « Chère mienne adorée, te voilà loin, mais je veux t'écrire ma première lettre ici, dans ce vieil hôtel où nous avons passé huit jours de paradis en pleine solitude... Je suis resté dans notre chambre, d'où l'on voit, par-dessus les tilleuls de la terrasse, la vallée très verte où la Charente miroite entre les peupliers... Cette grande pièce a gardé quelque chose de toi, une odeur d'amour qui me grise tandis que je t'écris... N'est-ce pas, que nous y avons été bien heureux et que nous nous aimerons toujours ainsi ?... Quand nous serons très vieux, mais toujours amoureux l'un de l'autre, nous nous rappellerons avec délices cette chambre au papier à ramages, avec ses lithographies sentimentales qui nous ont tant amusés, et ce canapé de velours d'Utrecht où, blottis l'un contre l'autre, nous regardions la rivière rougir au soleil couchant... »

— Hein ! comme on se vante ! s'écriat-elle en s'interrompant ; nous ne sommes encore décrépits ni l'un ni l'autre, et il n'y a pas apparence que nous reparlions

davantage du vieil hôtel d'Angoulême !...
Allons, allons, au feu !...

Philippe, toujours rencogné dans l'ombre, la regardait d'un air effaré et quasi comparable à la souffrance de Mariannette, immobile de l'autre côté de la fenêtre et assistant à ce lamentable dénouement. — Enfin le voile était déchiré ;

ELLE PENCHAIT SA TÊTE EN AVANT ET DISTINGUAIT LA SILHOUETTE...

stupide tordre et déchirer ces lambeaux du passé ; il n'osait bouger et se sentait impuissant à faire cesser cette scène cruelle. Mais le malaise qu'il éprouvait n'était pas elle avait la révélation complète de toute cette mystérieuse tragédie, et elle apprenait en même temps jusqu'où va la folie de l'amour défendu. — Que valait sa timide tendresse de jeune fille à côté de cette dévorante passion, et combien l'eau pure de son honnête amour devait paraître fade à Philippe, après le vin capiteux que cette femme lui avait versé ! D'ailleurs, quelle confiance pouvait-elle avoir en lui, à présent qu'elle connaissait tout ce qu'il lui avait caché ? — Elle se sentait navrée, découragée et désenchantée ; elle voulait s'enfuir, et pourtant une impitoyable curiosité la retenait près de la fenêtre. — Pendant ce temps, la voix de madame Archambault montait, toujours plus aiguë et plus véhémente :

— Vous avez raison, disait-elle, cette lecture me fait mal... A quoi bon remuer ce passé qui m'humilie et me tue ?... Au feu, tous ces décombres !

Elle s'était levée, prenait les lettres à poignées et les lançait avec rage dans l'âtre où les deux premières achevaient de brûler. Bientôt une flamme plus vive s'alluma dans la cheminée, et à cette soudaine clarté qui illuminait toute la pièce, Mariannette vit distinctement la pâle figure tirée de Camille et ses yeux sombres tournés vers Philippe.

— Maintenant, vous pouvez vous rassurer, poursuivait-elle, tout brûle, et il ne restera plus bientôt une ligne de votre écriture... O Dieu, est-ce ainsi que cela devait finir ?... Après m'avoir répété à satiété toutes ces tendresses, après m'avoir adorée, vous me quittez, vous me jetez brutalement dehors... Peu vous importe ce que sera ma vie, ce que je vais souffrir et ce que je souffre déjà !...

La dépense nerveuse qu'elle venait de faire avait épuisé ses forces. Elle retomba dans le fauteuil, exténuée, à demi évanouie, — ne pouvant pas pleurer, mais ayant le gosier plein de sanglots qui l'étouffaient et soulevaient douloureusement sa poitrine. — Elle était vraiment misérable, et Philippe en eut pitié.

Il s'était approché d'elle, très effrayé ; il lui parlait doucement, comme à un enfant malade dont on veut apaiser les cris :

— Camille ! murmurait-il, pardonnez-moi !... J'ai été stupidement cruel, je le reconnais et j'en suis au désespoir... Vous me voyez désolé de la rudesse de mes paroles... Elles ont été plus loin que ma pensée. — Je serais le dernier des ingrats si je ne vous gardais une place dans mon cœur...

Il soulevait affectueusement la tête chancelante de la malheureuse femme et il lui avait pris les mains :

— Comment pourrais-je vous oublier, vous qui m'avez donné le meilleur de votre jeunesse ?... Quoi qu'il arrive, je serai toujours votre ami, un ami sûr... et tendrement dévoué...

La tête renversée sur le dossier du fauteuil, elle plongeait dans les yeux de Desgranges ses sombres regards fauves et elle lui serrait convulsivement les mains.

— Bien vrai, balbutiait-elle, tu ne m'abandonneras pas ?... Tu ne me jetteras pas dehors comme un vieux vêtement usé ?...

Impétueusement elle se leva, lui passa les bras autour du cou et se tint pressée contre sa poitrine.

— Oh ! continua-t-elle d'une voix passionnée, dis que tu m'aimes encore, que je suis toujours ta *tienne*, et que tu n'as pas oublié tout ce qu'il y avait de bon dans mes baisers !...

En même temps, — d'abord humblement, puis avec plus de hardiesse, les lèvres de Camille se posaient sur le cou, sur les yeux de Philippe, et son étreinte se resserrait. — Elle était venue au Toron en peignoir ; la résolution de courir chez Desgranges l'avait prise brusquement, au moment où elle était déjà à demi dévêtue. — Philippe sentait contre lui l'ondulation d'une taille souple et libre, la tiède élasticité de la chair palpitante. Une émotion uniquement due à la surprise des sens, mais singulièrement oppressive, le secouait tout entier. Soudain les lèvres humides de madame Archambault se collèrent aux siennes en lui arrachant un baiser...

Là, à la place même où il avait promis à Mariannette de l'aimer exclusivement !.. La jeune fille n'en put supporter davantage ; surmontant l'indignation qui la paralysait presque, elle s'enfuit à travers le verger et accourut haletante à l'extrémité de l'allée où Perronne l'attendait dans l'ombre.

— Est-ce toi, Perronne ? demanda-t-elle d'une voix à peine distincte.

— Oui, mademoiselle... Bon Dieu, qu'y a-t-il ?

La servante ne pouvait voir dans la nuit la figure bouleversée de mademoiselle Diosaz, mais elle devinait, à l'altération de sa voix, que quelque chose de

douloureux s'était passé. — Sans répondre
à cette question, Mariannette posa sa
main tremblante sur le bras de la vieille
femme, et l'entraînant :

— Viens, Perronne, vite !... Bien vite !...
Allons-nous-en ! murmura-t-elle entre
deux sanglots.

XIX

Pendant quelques secondes, Philippe
avait involontairement subi l'ensorcelle-
ment de madame Archambault. Elle lui

OH ! COMME JE LA HAIS, MOI !

prodiguait, avec un redoublement de
tendresse farouche, ses baisers humides
de larmes, et il commençait à sentir que
la tête lui tournait, lorsqu'il entendit
dans le jardin un craquement et un frisson de branches. — C'était comme le
bruit d'une fuite précipitée à travers des
feuillages froissés. — Brusquement dégrisé
il se débarrassa de l'étreinte de Camille
et courut à la fenêtre.

— Quoi ?... Qu'y a-t-il ? balbutia
madame Archambault en remarquant la
pâleur subite de Desgranges.

— Il m'a semblé entendre marcher
dehors, murmura-t-il.

En même temps, ils se regardaient
tous deux fixement, et une même pensée
leur traversait le cerveau : « Si par
hasard Mariannette s'était trouvée là et
avait tout entendu ?... » Cette invraisemblable supposition serrait le cœur de
Philippe, tandis qu'elle mettait une secrète
satisfaction dans celui de madame
Archambault.

Desgranges avait soulevé le rideau de
jasmins, et ses yeux cherchaient à percer
l'obscurité. Camille, derrière lui, s'était
penchée à la fenêtre. — Rien : tout était
retombé dans un absolu silence.

— C'est un coup de vent qui aura remué
les feuilles, dit madame Archambault,
ou peut-être avez-vous eu tout bonnement
une hallucination...

En même temps, elle renouait ses bras
autour du cou de Philippe et l'entraînait
loin de la croisée.

— Viens, ajouta-t-elle en se câlinant
sur son épaule ; promets-moi que tu
m'aimeras toujours !

Mais cette alerte avait rendu à Desgranges son sang-froid et sa volonté. Il détacha
les deux mains qui s'étaient jointes pour
l'enlacer de nouveau, prit les poignets
de Camille, l'écarta vivement et se recu-
lant lui-même :

— Non, répondit-il, je ne veux pas vous
tromper... Je ne peux plus vous aimer
comme vous voulez être aimée.

Elle reçut avec une impassibilité apparente cette impitoyable déclaration qui
abattait ses espérances dernières ; seule
une imperceptible crispation des lèvres
trahit sa souffrance.

— Ainsi, reprit-elle avec un tremblement dans la voix, vous épouserez mademoiselle Diosaz ?

— Oui.

— Et vous l'aimez ?

— Je l'aime.

— Oh ! comme je la hais, moi ! s'écria-
t-elle en tordant ses mains, comme je
la hais, cette fille à laquelle vous me sacri-
fiez !

Philippe fut effrayé de l'expression
menaçante de ses yeux et de l'accent de
rancune qui envenimait ses paroles. Il
trembla que, dans un accès de colère,
elle ne cherchât à se revancher sur Mariannette, et crut agir sagement en détournant tout l'orage sur lui :

— Détrompez-vous, continua-t-il avec
une gravité froide qui n'eut d'autre effet

que d'exaspérer Camille, ne rendez pas cette jeune fille responsable de ce qui est arrivé... Nous en devions venir fatalement à cette séparation, et, depuis des mois, j'avais sur les lèvres les paroles que je vous ai dites aujourd'hui. — Il faut nous quitter, parce que cette vie de dissimulation, d'agitations et de suspicions continuelles nous devient intolérable à l'un et à l'autre. Cette lassitude que j'éprouve, vous la ressentez inconsciemment comme moi, et si à présent, dans un accès de sensibilité, nous cherchions à nous faire encore illusion, c'est vous peut-être, dans quelques mois, qui demanderiez d'en finir... Plus nous prolongerions cette situation équivoque et plus nous en sentirions le poids insupportable ; nous en arriverions sûrement à nous haïr et à nous mépriser... Soyons donc raisonnables, Camille, et quittons-nous pendant que nous avons encore l'un pour l'autre ces sentiments d'estime et d'amitié qui sont souvent plus durables que l'amour, et que, pour ma part, je vous garderai fidèlement.

— Assez ! interrompit-elle impérieusement, assez d'humiliations !... Tuez-moi tout de suite plutôt que de m'assassiner en détail avec vos phrases mesurées et vos raisonnements à la glace !... Qu'ai-je besoin de votre estime et de votre affection, du moment que vous ne m'aimez plus ?... Je ne vivais que de votre amour, je mourrai de votre abandon... Voilà, en deux mots, la vérité brutale !... Quant à vos hypocrites protestations et à vos condoléances, je vous en fais grâce... Pour un homme qui se pique de ne jamais agir comme les autres, vous n'êtes pas inventif !... Vous n'avez rien su trouver de mieux que les banales formules de consolation qui ont traîné partout... Vrai, il eût été plus original et plus charitable de me dire crûment : « J'ai assez de vous, allez-vous-en ! » Vous n'avez pas été adroit, mais enfin j'ai compris et je pars... C'est tout ce que vous désiriez, n'est-ce pas ? Adieu, vous allez commencer une nouvelle jeunesse, moi je vais achever la mienne n'importe où et n'importe comment... Je n'attends plus rien de la vie et j'espère que la mort ne me fera pas trop languir !...

Tout en parlant, elle le regardait fixement, comptant peut-être encore surprendre dans les yeux de Philippe une

lueur de regret, de repentir ou de sensibilité, dont elle profiterait pour le ramener à elle ; mais il demeurait impassible et tenait opiniâtrément ses paupières baissées. Elle comprit sans doute qu'il était fermement décidé à se montrer inébranlable, car elle saisit le manteau qu'elle avait rejeté sur le dossier du fauteuil, s'en enveloppa précipitamment et fit quelques pas vers la porte :

— Adieu ! répéta-t-elle... Ainsi que je vous l'ai dit, je partirai demain par le premier bateau... Demain, je ne vous gênerai plus, vous pourrez user de votre liberté à votre aise... Et quant à cette fille...

A ces derniers mots, Philippe tressaillit. Il crut deviner dans le ton de madame Archambault une intention menaçante, et, l'interrompant avec impétuosité :

— Vous n'avez pas le droit de mêler le nom de mademoiselle Diosaz à tout ceci... Je vous ai déjà priée et je vous prie de nouveau de la laisser en dehors de vos rancunes !

Elle ne se méprit pas sur le sens de cette interruption, et elle répondit en haussant les épaules :

— Rassurez-vous !... La précieuse personne de votre fiancée n'a rien à craindre de moi... Au contraire, c'est sur elle que je compte pour me venger de vous... Oui, reprit-elle de sa voix saccadée et coupante, cette petite fille sera ma vengeance ; car, en vous mariant, vous ferez tous deux un marché de dupes... Vous croirez, vous, trouver dans ce mariage un repos et un rajeunissement ; elle croira y trouver l'amour, et vous vous tromperez mutuellement... Vous n'avez point ses goûts, ni son âge, ni ses désirs ; vous ne pourrez lui donner le bonheur qu'elle attend ; et, de son côté, n'ayant pas été élevée dans votre milieu, elle ne saura ni vous comprendre ni vous aimer... Vous en arriverez peu à peu à établir entre elle et moi des comparaisons qui ne seront pas à son avantage... Et vous me regretterez !... Oui, vous me regretterez, et, comme je vous l'ai dit, ce sera ma vengeance... Adieu, il ne sortira de tout ceci rien de bon ni pour vous, ni pour elle, ni pour moi !

Elle s'était élancée vers la porte et gagnait déjà le vestibule. Pris d'un scrupule, Philippe l'y avait suivie.

— Vous ne pouvez, murmura-t-il en lui posant la main sur le bras, vous en retourner seule, par cette obscurité, dans des chemins que vous connaissez mal... Permettez-moi de vous accompagner jusqu'à l'Abbaye ?

— Laissez donc, répliqua-t-elle d'un ton hautain, que peut-il m'arriver de pis que ce que j'ai eu à supporter ce soir ?... Et d'ailleurs, que vous importe ?... Il n'y a plus rien entre vous et moi !

Dégageant son bras, elle s'échappa vivement et s'enfonça dans les ténèbres du verger. Elle courait comme une affolée à travers les massifs de l'avenue, et lorsque Desgranges, qui l'avait néanmoins suivie, atteignit l'entrée du Toron, il aperçut déjà au loin sa noire silhouette fuyante sur la route blafarde. Dans le silence nocturne, il entendait distinctement le gravier sous les pas précipités de madame Archambault, et chacun de ces pas retentissait en lui comme un douloureux écho du passé. Il se sentait pris d'une nouvelle angoisse ; cette fuite haletante avait quelque chose de désespéré et lui donnait le pressentiment d'une catastrophe inconnue. Après s'être décidé à suivre à distance la malheureuse femme qui s'éloignait dans la nuit, il ne fut un peu tranquillisé que lorsqu'il eut vu Camille entrer dans la cour de l'Abbaye et qu'il eut entendu retomber sur elle la porte de l'hôtel.

Il revint très agité au Toron, et naturellement passa la plus grande partie de la nuit sans dormir. Il avait beau, pour distraire sa pensée, évoquer la virginale image de Mariannette ; celle-ci semblait reculer dans une brume confuse, comme si elle eût été chassée par l'obsédant souvenir de Camille. Toujours Philippe avait devant les yeux la pâle figure contractée de madame Archambault ; toujours il entendait tinter à ses oreilles sa voix âpre et ironique, et toujours résonnait au fond de son cerveau l'écho de cette fuite désespérée dans les ténèbres. — Aux premières lueurs de l'aube, il sauta hors du lit et s'habilla. Il avait sur tout le corps cette sensation de courbature et de froid que produit la fièvre ; il souffrait d'un curieux dédoublement de tout son être, et s'écoutait agir et marcher, comme si ses gestes et ses pas eussent été produits par une personnalité étrangère. Quand approcha l'heure matinale où le bateau, revenant du Bout-du-Lac, devait stopper à Talloires, son état de malaise empira, et il fut saisi d'un irrésistible désir d'assister à l'arrivée et au départ de la *Couronne-de-Savoie*. Il descendit, à travers les vignes, jusqu'au talus qui vient aboutir à la base du Roc-de-Chère, et d'où un sentier de chèvre monte à l'assaut du roc parmi d'épais taillis d'érables et de chênes. — De là, le regard embrasse le fond du lac, la presqu'île de Duingt, l'anse de l'Abbaye et le ponton de Talloires. — Philippe se tapit dans l'ombre d'un figuier sauvage, qui masquait de sa feuillée épaisse l'entrée du sentier, et il attendit...

La fraîcheur de la nuit précédente avait étendu sur le ciel un rideau de nuées grises, derrière lesquelles le soleil se cachait, tout en se laissant vaguement deviner. Le lac, très calme, couleur ardoise, reflétait, avec la netteté d'une chambre noire, les formes et les teintes des montagnes, la verdure des arbres, la blancheur des maisons éparses sur les berges. Çà et là, sur les pics d'un bleu vert, des buées s'envolaient lentement comme des flocons de fumée. La paix matinale n'était interrompue que par des pépiements de moineaux dans les vignes et des chants de coqs au fond des cours de l'Abbaye. — Philippe aperçut au loin le bateau, qui côtoyait la Maladière, et dont les dimensions grandissaient de minute en minute. Bientôt il siffla à Duingt et le pontonnier de Talloires arbora son drapeau à l'extrémité du ponton qui mirait dans le lac sa légère estacade. Desgranges vit surgir des marronniers de l'Abbaye un homme en blouse qui brouettait des bagages, et deux formes féminines qui le suivaient à peu de distance. L'homme à la brouette déposa ses colis sous l'auvent du ponton ; les deux femmes, s'avançant vers l'estacade, se détachèrent en silhouettes noires sur le bleu foncé de l'eau, et Philippe fut repris d'un frisson en reconnaissant madame Archambault dans l'une des deux voyageuses. — Le bateau avait traversé le lac et sifflait de nouveau en stoppant à la station de Talloires ; on entendait les brefs commandements du timonier, et, tandis que l'eau bouillonnait autour de la coque du bâtiment, on transbordait les bagages, les deux femmes montaient sur le pont et la *Couronne* repartait en décrivant sa courbe coutumière au fond de l'anse de l'Abbaye.

Desgranges, pâle et le cœur serré, se rejeta derrière les premiers buissons du sentier, et vit le bateau glisser sur l'eau bleue où le mouvement des aubes soulevait des remous blanchissants. Debout à l'arrière, madame Archambault, enveloppée dans son manteau, se tenait droite et hautaine, les lèvres serrées, les traits contractés, tandis que ses sombres yeux creux jetaient un dernier regard farouche sur le Toron, le village et les montagnes. La *Couronne* passa à quelques toises des broussailles où Philippe était caché, et il lui sembla que le tragique regard de l'abandonnée l'atteignait en plein cœur ; — puis, la distance grandit peu à peu, les formes de la noire silhouette devinrent moins distinctes, et brusquement le bateau disparut derrière la pointe du Roc-de-Chère.

Philippe resta longtemps immobile au pied du figuier. Il n'avait pas la force de bouger. Il écoutait comme dans un rêve le bruit décroissant de la machine ; il paraissait douter encore de ce qui venait de se passer, et, les yeux perdus dans le vide, il notait successivement les coups de sifflet qui indiquaient les stations de la *Couronne* devant chaque ponton. — Le bateau avait déjà quitté Saint-Jorioz ; le voilà qui sifflait à Menthon ; maintenant il stationnait à Veyrier, et dans vingt minutes il débarquerait à Annecy...

Avant une heure, madame Archambault roulerait sur le chemin de fer, et Philippe serait libre... Oui, définitivement libre cette fois !... Car il avait lu, au passage, sur le visage hautain de Camille, la résolution bien arrêtée de s'éloigner sans esprit de retour. — Ainsi aucun obstacle ne s'interposerait plus entre lui et Marian-

nette ; l'orage, un moment si menaçant, s'était dissipé ; il n'avait plus rien à craindre de ce passé qui, la veille encore, lui apparaissait semblable à la statue du Commandeur venant empoigner don Juan au milieu d'une fête. — Et pourtant ce dénouement inespéré ne soulageait pas le cœur de Desgranges. Il se sentait lourd et transi, comme s'il eût porté en lui un des blocs de marbre du Roc-de-Chère. Il restait assis au pied du figuier, incapable de se lever et regardant

DESGRANGES VIT LE BATEAU GLISSER SUR L'EAU BLEUE...

mélancoliquement les légers remous du lac.

Neuf heures sonnèrent à l'église. Entre deux nuées, un rayon de soleil envoya un faisceau de lumière blonde sur le bourg et fit briller dans la verdure les toits rouges du Vivier. Alors, pour dégourdir son corps frissonnant, Philippe se leva, regarda cette toiture qui souriait dans un nimbe de clarté, et se disant que là-bas seulement il retrouverait la joie qui l'avait abandonné, il se dirigea vers le logis de Mariannette.

XX

Ce fut Perronne qui vint ouvrir au coup de sonnette de Desgranges. La tête de bois sculpté de la vieille servante avait quelque chose de plus rigide encore que de coutume. Loin de se détendre à l'aspect de Philippe, les muscles de sa physionomie prirent une expression plus sévère et plus renfrognée. Sans répondre au bonjour du visiteur qui s'avançait délibé-

CE FUT PERRONNE QUI VINT OUVRIR...

rément vers le couvert des platanes, elle l'arrêta d'un geste peu accueillant :

— Mademoiselle n'est pas au jardin, grommela-t-elle ; mademoiselle est malade.

— Malade ! Est-ce possible ? s'exclama Philippe effaré ; je l'ai quittée hier si bien portante !

— Il y a beaucoup de choses comme cela, qui arrivent au moment où on les attend le moins, dit sentencieusement Perronne... Mademoiselle n'est pas malade au lit, mais elle a passé une méchante nuit ; elle est fatiguée, et je ne sais si elle peut vous recevoir.

— Voulez-vous aller le lui demander ? insista anxieusement Desgranges.

Perronne lui tourna le dos et remonta l'escalier en grognant, tandis que son interlocuteur, très inquiet, arpentait avec

agitation les allées du jardin. Il se sentait la conscience chargée, et cette subite indisposition de Mariannette, rapprochée des dernières menaces de Camille, augmentait encore son trouble.

Au bout d'un mortel quart d'heure d'attente, Perronne reparut au bas de l'escalier.

— Venez ! cria-t-elle d'un ton bourru.

Il la suivit docilement, et elle l'introduisit dans le salon, dont les volets entre-bâillés laissaient entrevoir l'eau bleuissante du lac, que le soleil commençait à illuminer. Le désordre et la demi-obscurité de cette pièce rappelèrent à Philippe sa première visite à mademoiselle Diosaz, au mois de juin. — Qui lui eût dit alors que cette demeure du Vivier lui deviendrait si chère et qu'il y éprouverait de si poignantes émotions ?... Au moment où il faisait cette réflexion, une porte latérale s'ouvrit, et Mariannette apparut dans la pénombre.

Du premier coup d'œil, Desgranges comprit que quelque chose de désastreux avait dû se produire depuis la veille. Les yeux bruns de la jeune fille avaient un fiévreux éclat ; ses cheveux, rassemblés à la hâte, retombaient en mèches folles autour de son cou, et sa simple robe noire du matin faisait encore ressortir la pâleur cendrée de son visage.

— Chère enfant, s'écria-t-il, êtes-vous sérieusement malade ?

En même temps, il s'avançait et cherchait à lui prendre les mains. Lentement, elle les lui retira et se recula :

— Non ! non !... murmura-t-elle en détournant la tête.

Bien qu'elle fût révoltée de ce qu'elle avait vu et entendu la veille au Toron, elle osait à peine manifester son indignation. Elle était retenue par un sentiment de pudeur et de timidité, par une sorte de crainte respectueuse. Si graves que fussent ses torts, Desgranges restait pour elle l'homme supérieur, le conseiller dévoué pour lequel elle avait eu un culte. Sa noblesse et sa candeur d'âme étaient si grandes qu'elle se considérait elle-même comme coupable d'avoir écouté à la fenêtre du Toron. Elle ne se sentait pas la force de reprocher à Philippe ses mensonges, parce qu'elle rougissait de lui avouer en même temps de quelle façon elle avait tout appris. Le mouvement de répulsion provoqué par l'approche de Desgranges n'avait pas échappé à ce dernier :

— Mariannette !... reprit-il très alarmé.

Elle l'interrompit en secouant tristement la tête.

— Non ! répéta-t-elle d'une voix étouffée, il n'y a plus de Mariannette !

— Je vous en prie, insista-t-il, parlez !... Vous souffrez?

— Oh ! oui, fit-elle du regard et du geste.

Et ses épaules frissonnèrent.

— Qu'avez-vous?

Alors elle éclata :

— J'ai du chagrin... beaucoup de chagrin ! balbutia-t-elle en sanglotant.

Il redoublait d'instances pour obtenir une explication. Il était enfin parvenu à lui saisir les mains ; il les serrait dans les siennes ; mais il les sentait glacées, flasques et comme mortes. Il essayait en vain de les réchauffer dans une caressante étreinte ; elles restaient froides comme la neige ; elles se dérobaient, elles le fuyaient.

— De plus en plus effrayé et déconcerté, il cherchait à les ressaisir et répétait d'une façon décousue les mêmes mots, les mêmes supplications :

— Ayez confiance en moi !... Parlez !... Qui vous a fait du chagrin?

— Vous, répondit-elle à travers ses larmes.

— Moi ! se récria-t-il, moi qui vous aime par-dessus tout !

— Non ! interrompit-elle de nouveau avec énergie, ne mentez plus... C'est inutile !

Elle s'aperçut qu'il lui avait repris les mains et elle les lui arracha.

— Tenez, continua-t-elle en s'essuyant brusquement les yeux, je préfère tout vous avouer... J'ai commis une indiscrétion... Vous pouvez me la pardonner, car j'en ai été durement punie !... J'étais au Toron, hier au soir, près de votre fenêtre, quand cette dame vous parlait... et j'ai tout entendu.

Il fut si atterré par cette révélation, qu'il ne put articuler un mot ; il demeurait en face d'elle, abasourdi, consterné, avec un nuage devant les yeux et de douloureux tintements dans les oreilles.

— Oui, poursuivit-elle, toute la soirée j'avais été tourmentée par l'idée que nous nous étions quittés fâchés... Alors j'ai voulu faire ma paix avec vous avant de m'endormir, et je suis montée au Toron avec

Perronne ; je l'ai laissée à l'entrée de l'avenue, j'ai pénétré seule dans le jardin, et tout à coup j'ai entendu cette voix que je n'oublierai jamais !... Je n'ai pu prendre sur moi de repartir, et j'ai écouté... Je sais que c'est mal, mais, je vous le répète, j'en ai été assez punie... J'avais beaucoup souffert lors de la mort de mon père ; hier j'ai appris qu'on pouvait souffrir encore plus... J'ai entendu jusqu'au bout les plaintes de cette femme... Oh ! la malheureuse, bien que je ne sois pas payée pour l'aimer, je la prenais presque en pitié !... Par ce que j'éprouvais moi-même, je comprenais toute la peine que vous lui faisiez... Enfin, ajouta-t-elle avec une âpreté ironique, j'ai vu que vous vous laissiez attendrir et que vous la preniez dans vos bras... à l'endroit même où vous m'aviez juré que votre cœur était libre et que vous n'aimiez que moi !... Je souffrais trop, je n'ai pu en supporter davantage... Je me suis enfuie, et... c'est tout.

A mesure que Mariannette parlait, la confusion et le désespoir de Philippe s'accroissaient au point de lui donner une sorte de vertige. Il se sentait submergé comme par une houle sans cesse grossissante. Tout se soulevait contre lui pour l'accabler. La fatalité même voulait qu'après avoir assisté à la première partie de son explication avec Camille, Mariannette se fût enfuie sans entendre les seules paroles qui eussent pu le justifier ou tout au moins le disculper dans une certaine mesure. Il restait muet devant la jeune fille qui venait de s'asseoir et qui, accoudée à l'un des bras du fauteuil, le front dans les mains, pleurait silencieusement. Après quelques minutes, elle reprit d'une voix faible comme une plainte d'enfant :

— Oh ! oui, j'ai du chagrin !... beaucoup de chagrin !... Ce qui me peine plus que tout, c'est d'avoir perdu les illusions que je m'étais faites sur votre compte... Quel besoin aviez-vous de me déguiser la vérité? Pourquoi vous êtes-vous obstiné à me tromper avec une persistance si offensante?... Je vous croyais si honnête, si sincère !... Je vous plaçais si haut !... Après mon père, vous étiez le premier dans mon cœur... Et maintenant !... Voyez-vous, ce n'est pas tant d'être revenu à votre amour pour cette femme que je vous en veux... C'est de vous être moqué de moi pendant deux jours entiers... Vous faisiez donc bien peu de cas de ma personne, vous aviez de moi une bien misérable opinion pour me traiter de la sorte?... Vrai, je ne le méritais pas, et votre mépris me navre plus que tout... Oui, plus que tout le reste !

Tandis qu'elle articulait ces derniers reproches, sa tendresse blessée, sa fierté humiliée, saignaient plus à vif, et les larmes la suffoquaient de nouveau. Phi-

IL SE PENCHA HUMBLEMENT...

lippe ne pouvait voir sa figure, qu'elle tenait cachée dans ses mains et qu'elle inclinait vers le dossier du fauteuil ; mais il devinait la violence de ses sanglots au mouvement convulsif de ses épaules secouées. Le spectacle de ce chagrin, dont il était l'unique cause, lui déchirait le cœur. Il se pencha humblement vers elle, et avec un accent de profonde désolation :

— Mariannette ! implora-t-il, Mariannette !

Elle écarta les mains et tourna la tête à demi.

— Écoutez-moi, je vous en supplie !... murmura-t-il... Si impardonnables que soient mes torts, ne leur donnez point un caractère qu'ils n'ont pas... Moi, vous mépriser !... O mon enfant, si vous aviez pu lire dans mon cœur, pendant ces deux horribles journées, vous auriez vu tout ce qu'il renfermait pour vous de tendresse respectueuse... Si je vous ai déguisé la vérité, c'était pour ne pas froisser la candeur de votre âme, et c'était aussi par crainte d'effaroucher votre amour et de le perdre... A mon âge, on est si peu sûr du bonheur, qu'on a des peurs d'avare pour celui qu'on a dans sa main... Quand je vous ai juré que j'étais libre, je parlais sincèrement ; j'étais si heureux, si ébloui de votre amour, que j'avais oublié le passé... Je le croyais aboli... Lorsque j'ai vu qu'il se redressait contre moi, j'ai pris peur et j'ai perdu la tête... Oui, j'ai eu le tort grave de vous tromper, mais les apparences aussi vous ont trompée... Une fatale malchance m'a rendu plus coupable à vos yeux que je ne le suis réellement...

Il vit passer une morne incrédulité dans les prunelles humides de Mariannette, et il reprit avec plus de force :

— Vous ne me croyez pas ?... C'est le juste châtiment de mon manque de franchise ; mais je vous affirme, sur la mémoire de votre père, qu'entre cette femme et moi, tout est fini désormais... Si vous aviez assisté jusqu'au bout à cette scène dont le hasard vous a rendue témoin, vous auriez vu que, malgré ce dernier baiser d'adieu, notre entretien s'était terminé par une rupture définitive... Je lui ai déclaré que nous devions nous quitter... Elle est partie par le bateau de ce matin, et nous ne nous reverrons plus...

Mariannette s'était retournée brusquement vers Desgranges et elle le regardait avec une gravité triste :

— Vous avez eu tort de la laisser partir, répondit-elle d'une voix brève, elle vous aime, et elle a sur vous des droits que je n'ai pas... Il faut aller la rejoindre... Ne me considérez pas comme un obstacle, je ne compte plus, je vous rends votre parole et vous êtes libre...

— Mariannette ! s'écria-t-il, épouvanté par l'accent sévère et résolu de ses paroles, ne dites pas cela... C'est impossible !... Je ne l'aime plus... C'est vous que j'aime uniquement et passionnément !

Un navrant sourire sceptique courut sur les lèvres de la jeune fille.

— Vous le croyez... Vous êtes sincère peut-être en ce moment, comme vous l'étiez au Toron, quand vous me juriez que vous étiez libre... Mais espérez-vous me faire partager maintenant votre conviction? Pouvez-vous me rendre la confiance que j'avais et que j'ai perdue?... Non, pas plus qu'il ne m'est possible d'oublier ce que j'ai entendu... Ah ! Dieu m'est témoin que je ne demandais qu'à ignorer votre passé ! Mais maintenant que je connais toute cette désolante histoire, comment voulez-vous que je n'y pense plus?... Si je me laissais persuader aujourd'hui, qui me prouve que demain je ne m'en repentirais pas? Chacune de vos marques d'affection me rappellerait que vous en avez donné de pareilles à une autre ; à chaque instant, ce passé que je connais trop mettrait une ombre entre vous et moi ; je vivrais dans la crainte continuelle d'un retour de votre ancien amour ; je vous fatiguerais de mes transes et de mes soupçons, car, — vous ne le savez pas, — je suis horriblement jalouse... Non, non, nous ne pouvons plus songer aux projets que nous avions formés... Allez retrouver celle qui vous aime et que vous n'auriez pas dû abandonner...

Philippe, le visage défait, la suppliait du regard, et s'accrochant à la même idée, comme un homme en train de se noyer s'accroche à une branche de saule, répétait obstinément :

— Je n'aime que vous... je n'aime que vous, Mariannette !

— Que moi ! répliqua-t-elle avec amertume, en êtes-vous bien sûr?... Et, en admettant que vous m'aimiez, croyez-vous que ce soit une affection solide? Vous vous êtes trouvé à la campagne, au fond d'un village où toutes vos distrac-

tions ordinaires vous manquaient... Vous y avez rencontré une petite provinciale qui n'était ni trop sotte ni trop laide, et vous avez eu pour elle un caprice... une amourette, — n'est-ce pas ainsi que cela se nomme?... Vous avez pris cela pour un passe-temps, pour un jeu d'enfants... seulement, quelquefois le jouet se brise quand on le manie trop rudement, et le vôtre est en morceaux... Adieu, monsieur !

Elle s'était levée, et Philippe, ne pouvant la croire inébranlable, essayait encore de la fléchir :

— Ne raillez pas ainsi, reprenait-il d'une voix tremblante, ne me condamnez pas sans rémission !... Si vous saviez comme je souffre de ma faute, vous ne seriez pas aussi impitoyable, vous ne vous montreriez pas aussi irritée !...

— Irritée ! repartit-elle en secouant la tête, je ne le suis plus... Je suis triste et j'ai froid au cœur, voilà tout, et vous ne pouvez rien contre cela... Je ne vous en veux déjà plus, car je me rappelle combien vous avez été bon pour moi avant... avant cette folie, et cela m'aide à vous pardonner le mal que vous m'avez fait depuis... Je ne demande qu'à oublier et à être oubliée... N'insistez donc pas, vous ne me ferez point revenir sur la décision que j'ai prise ce matin... Je vous l'ai dit un jour, je crois, je suis très entêtée... Séparons-nous !... Les affaires pour lesquelles vous avez eu la bonté de me prêter votre secours sont terminées ou à peu près... Mon notaire fera le reste, et vous pourrez vous entendre à ce sujet avec lui...

— Oh ! Mariannette, interrompit-il, ne me fermez pas votre porte, laissez-moi au moins la consolation de vous revoir encore !

— A quoi bon? répondit-elle avec une âpre fermeté, nous n'avons plus rien à nous dire, et, après ce qui s'est passé, j'ai plus besoin que jamais d'isolement et de silence... Songez que maintenant tout le bourg a les yeux sur moi, et ne me compromettez pas davantage... Adieu, monsieur Desgranges.

Elle s'était dirigée vers la porte par laquelle elle était entrée.

— Mariannette ! supplia-t-il en se précipitant vers elle.

— Adieu ! balbutia-t-elle en étouffant un sanglot.

La porte s'était refermée. Philippe se retrouva seul dans le salon désert où la lumière azurée du lac mettait une dansante réverbération. — Et, après avoir contemplé un instant cette porte implacablement close, il s'éloigna lentement et quitta le Vivier.

XXI

De nouveau la bourrasque et l'averse se lamentaient autour du Toron. Les pluies de septembre étaient arrivées

MARIANNETTE ! SUPPLIA-T-IL...

prématurément ; elles tombaient du ciel gris comme d'une écluse soudainement ouverte, et semblaient voiler pour toujours les montagnes, de la cime à la base. Le lac avait disparu sous les rafales de l'ondée. On le distinguait à peine, mais on entendait le choc de ses eaux troublées monter dans l'air brumeux, comme une plainte continue. — Enfermé dans son logis mal clos, Philippe écoutait avec une sauvage satisfaction ce déchaînement de l'onde et du vent, si bien en harmonie avec l'état de son âme. Il ne songeait point à partir. Encore qu'il eût conscience de son désastre, et bien que, lors de sa dernière visite à Mariannette, les paroles désenchantées de la jeune fille ne lui eussent guère laissé d'illusions, il voulait espérer encore contre toute espérance. Il se disait que mademoiselle Diosaz, en apprenant qu'il persistait à demeurer au Toron, serait touchée de sa persévérance et reviendrait sur une résolution prise dans un premier mouvement d'indignation. — Certainement sa colère était légitime, mais Philippe la jugeait excessive ; il savait que tout ce qui est violent dure peu, surtout chez les jeunes gens, et il pensait qu'après quelques jours de réflexion, les rancunes de Mariannette se dissiperaient, de même que passeraient ces bourrasques et ces averses qui, en ce moment, faisaient rage dans le ciel.

Il ne voulait pas croire que tout fût irrémédiablement fini. Ce bonheur qu'il avait presque touché de la main ne pouvait s'évanouir, comme une feuille sèche qui tombe en poussière dès qu'on la serre entre ses doigts. L'amour de Mariannette lui était apparu comme le dernier port de salut pour son âme fatiguée. S'il le manquait, il pressentait que le reste de son voyage serait employé à errer sans but, d'agitations en agitations, sur une mer

désolée et grise. Il ne pouvait s'habituer
à l'idée de ne plus revoir la loyale et charmante figure de mademoiselle Diosaz ;
maintenant qu'il était sérieusement menacé de la perdre, il l'aimait avec plus de
force ; l'attrait qui l'avait séduit l'entraînait vers elle avec une magie plus
puissante encore. Au bout d'une semaine,
il n'y put tenir et résolut de faire une nouvelle tentative pour être reçu au Vivier.
Entre deux averses, il se dirigea vers le
logis Diosaz, et, avec de lourds battements de cœur, il agita nerveusement la
sonnette. Comme on tardait à ouvrir, il
allait sonner de nouveau, quand la figure
rébarbative de Perronne parut au-dessus
du mur de la terrasse :

— Monsieur, j'en suis bien fâchée, lui
cria-t-elle, mais mademoiselle ne veut voir
personne.

— Dites que c'est moi, insista Desgranges ; j'ai absolument besoin de lui
parler.

— Personne ! répéta l'impitoyable servante.

Et elle disparut.

Philippe contempla un moment d'un
air stupide cette grille doublée de tôle
qu'on refusait de lui ouvrir, puis, comme
la pluie recommençait à tomber, il remonta
au Toron.

Sa solitude lui parut plus affreuse. Il
ne rentrait qu'avec répugnance dans le
salon imprégné d'humidité, dont les
boiseries avaient des craquements funè-
bres, et où il était hanté par le souvenir
des deux femmes qu'il avait trompées tour
à tour. Tout lui devenait insupportable :
— le passé, dont le séparait désormais
un fossé profond qu'il avait creusé de
ses propres mains ; — le présent, vide et
silencieux, où il entendait fuir sa dernière espérance ; — l'avenir enfin, qu'il
n'envisageait qu'avec épouvante. — Les
espoirs avortés, les remords tardifs, les
regrets stériles, fermentaient dans son
isolement comme un tas de pommes
pourries dans un cellier abandonné. « Les
voilà, songeait-il, les fruits de la maturité !
Leur odeur moisie corrompt l'air tout à
l'entour ; un sentiment sain et honnête
ne peut plus vivre dans cette atmosphère
viciée. Ah ! on a beau vouloir dépouiller
le vieil homme, on ne se soustrait pas
aux influences funestes des fautes et des
faiblesses antérieures. Même quand on
croit avoir arraché le passé dans son cœur,

on s'aperçoit qu'il y a laissé des semences ;
elles y germent, elles y poussent de vilai-
nes tiges qui, dans leurs enlacements,
étouffent les efforts les plus généreux et
paralysent la volonté... Mariannette a eu
raison ; malgré sa jeun esse et son inexpérience, elle a eu plus de clairvoyance
que moi, elle a compris qu'il n'y a pas
d'union possible entre un cœur neuf, pur,
entier, et un cœur usé où les vieux restes

PERSONNE ! RÉPÉTA L'IMPITOYABLE SERVANTE.

d'anciennes amours agitent leurs tron-
çons de reptile mal tués... Et pourtant je
l'aime plus que jamais !... Je suis attaché à
elle par une de ces tenaces passions
d'homme mûr qui adhèrent à la peau
comme une robe de Nessus, et qui durent
jusqu'à la mort !... »

Son amour, en effet, l'obsédait et le
brûlait plus violemment à mesure qu'il
devenait plus désespéré. La beauté pleinement épanouie de mademoiselle Diosaz
lui semblait plus attirante et plus dési-

rable, depuis qu'il avait perdu la certitude de la posséder. Il aurait donné le reste de sa vie pour pouvoir serrer encore une fois dans ses mains les mains de Mariannette, pour presser contre son sein sa jeune poitrine frémissante, pour baiser ses yeux purs et respirer la douce odeur de ses cheveux châtains. Il avait une joie amère à retrouver le souvenir de certains gestes familiers de la jeune fille, à se répéter certaines de ses intonations. N'osant plus retourner au Vivier, dont Perronne défendait l'accès avec la mi e farouche d'un dragon des Hespérides, il s'ingéniait à trouver des gens qui avaient approché mademoiselle Diosaz, et il attirait au Toron le vieux gardeur de chèvres de Perroir, auquel il faisait libéralement l'aumône, afin d'avoir la satisfaction de lui entendre parler de Mariannette. Ainsi, lentement, les journées se passaient, sombres, pluvieuses, maussades, et il ne pouvait se résoudre à quitter Talloires.

Les pluies cessèrent enfin. Après une dernière nuit orageuse, le ciel s'éclaircit. En s'éveillant, Philippe fut tout étonné de voir les hautes cimes se découper entière ment blanches sur le ciel bleu. Pendant la nuit, la neige était tombée sur les montagnes, et cette blancheur éblouissante formait un contraste singulier avec le vert des pâturages, l'azur foncé du lac et les colorations automnales des bois. Le rouge aurore des cerisiers sauvages, le roux violacé des hêtres, l'or pâle des trembles, éclataient en notes vives sur cet arrière-fond neigeux. Les reliefs des sommets s'accusaient davantage en même temps que les contours paraissaient plus veloutés. Sur la pente des pâturages élevés où la neige demeurait encore immaculée, les sapins épars prenaient des attitudes fantastiques ; se détachant en noir sur le blanc, ils semblaient à chaque instant se mouvoir comme à l'assaut des cimes les plus aériennes. — Las de sa vie cloîtrée, avide de mouvement, Philippe s'était empressé de quitter son logis, et comme la vue du village et de la route du Vivier lui causait un trop douloureux serrement de cœur, il s'enfonçait chaque jour plus avant dans les solitudes du Roc-de-Chère.

Ces bois silencieux et magnifiquement nuancés par l'automne plaisaient à sa tristesse. N'était-ce pas là d'ailleurs qu'il avait promené ses premières agitations, lorsqu'il commençait à aimer Mariannette ? Là qu'il avait goûté ses plus pures émotions ? Il y était attiré par le désir d'y retrouver les traces de ses joies évanouies et aussi par un faible espoir d'y rencontrer mademoiselle Diosaz. Ah ! s'il avait pu, comme aux jours de l'été, la voir surgir au détour d'un chemin, avec quelle humilité repentante il se fût précipité à ses pieds, en la suppliant de le prendre en pitié et de consentir à renouer la chaîne brisée de leur délicieuse intimité ! Là, certainement, au milieu de cette nature apaisante, parmi tous ces souvenirs du clair après-midi passé près de la source de Pierre-Fitte, elle se serait attendrie et elle lui eût accordé sa grâce. — A chaque bruit des branches froissées, à chaque rumeur dans les sentiers, Desgranges tressaillait et se retournait avec un battement de cœur. Mais chaque fois son espérance était déçue. Il ne rencontrait dans les chemins que des enfants occupés à ramasser des champignons, ou quelque pauvresse courbée sous un fagot de bois mort.

Les taillis avaient déjà une mourante odeur d'automne ; le sol était jonché de feuillages détachés des arbres par les derniers orages. On n'entendait plus que le léger tournoiement des feuilles tombantes et la discrète chanson des rouges-gorges, ces oiseaux de l'arrière-saison. Philippe ne retrouvait nulle part la gaieté et la réveillante verdeur qui, autrefois, lui avaient fait apparaître le Roc-de-Chère comme une solitude enchantée. Autour de lui, tout avait un air d'alanguissement, de déclin et de décrépitude, et lui-même sentait intérieurement les atteintes de l'automne et les froides approches de la morte-saison. Comme cette pauvresse qu'il venait de rencontrer sur la pente d'une châtaigneraie, il descendait, lui aussi, le versant de la montagne et pliait sous le fagot de bois mort dont la vie l'avait chargé. — Au début de l'été, quand son nouvel amour lui avait mis une remontée de sève au cœur, c'étaient de vastes brassées de fleurs qu'il rapportait en imagination à son logis, et alors il lui semblait entendre des chants joyeux éclater dans tous les coins de la forêt. Aujourd'hui, son découragement intérieur lui montrait un paysage morne et dépouillé. Il n'avait plus d'autre perspective que de traîner jusqu'au bout son fardeau de branches desséchées, en pleurant sa félicité perdue. A quoi bon vouloir remédier à ce qui était irréparable ? On ne remonte pas le courant et on ne rêve pas deux fois le même rêve. Il fallait laisser les jeunes s'apparier aux jeunes. N'était-ce pas la loi de nature ?... La jeunesse ne retourne plus vers ceux à qui elle a chanté une fois son Cantique des cantiques. Les printemps refleurissent, les rossignols reviennent murmurer leur sérénade dans les vergers ; mais d'autres générations jouissent de la fête et s'enivrent de la liqueur du Vin de mai. C'est la même musique et la même fermentation de la sève dans la forêt, mais ce ne sont plus les mêmes convives...

A mesure qu'il renouvelait ses pèlerinages mélancoliques au Roc-de-Chère, Philippe se convainquait davantage de cette dure vérité, et reconnaissait qu'il n'avait plus rien à faire à Talloires. — Les dernières opérations du partage étaient terminées ; Mariannette s'obstinait dans son silence et sa réclusion ; l'indiscrète persistance de Desgranges ne pouvait que l'embarrasser et la compromettre. Déjà il lisait dans les regards des gens du bourg une narquoise et peu bienveillante curiosité ; il comprenait que l'honnêteté et le souci même de sa dignité lui commandaient de partir.

Un soir, revenant plus las et plus découragé d'une de ses courses à travers bois, il prit soudain la résolution de faire ses préparatifs de départ. Quand la nuit fut venue, il procéda lentement à la confection de sa valise. Dans le désordre des livres et des vêtements épars, à la lueur vacillante des bougies, ce cabinet de travail, confident de tant d'émotions poignantes, avait pris une physionomie funèbre. Cette dernière soirée était comme une navrante veillée des morts, et Philippe, en entassant ses habits dans une malle, éprouvait les affres douloureuses d'un homme qui préparerait son propre ensevelissement. A la lumière tremblotante des candélabres, les figures peintes sur les portes semblaient se mouvoir comme de lugubres apparitions, et, dans la pénombre, les phalènes entrées par la fenêtre ouverte cognaient leurs ailes au plafond avec un bruit sourd. Quand malle et valise furent bouclées, Desgranges rassembla les titres et les papiers relatifs à la succession Diosaz, les enferma dans une enveloppe, et, s'asseyant à son bureau, il écrivit à Mariannette la lettre d'adieu suivante :

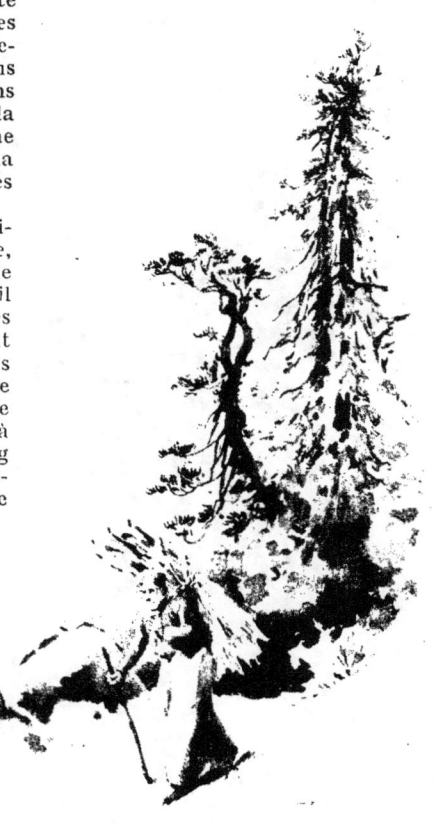

OU QUELQUE PAUVRESSE COURBÉE SOUS UN FAGOT...

« Vous trouverez sous cette enveloppe toutes les pièces qui intéressent la succession de votre père. Le partage a été homologué et les opérations du lotissement sont terminées. Le hasard vous a favorisée : votre lot comprend les vignes et les prés qui avoisinent le Vivier, ainsi qu'un tiers des bois de Chère, et, de plus, vos tantes doivent vous payer à titre de soulte une somme de vingt mille francs, qui a été déposée chez votre notaire et que celui-ci emploiera en achat de rentes sur l'État. J'ai assisté moi-même à l'arpentage et au bornage des bois du Roc-de-Chère. Ainsi tout est en ordre, et le mandat que m'avait confié mon ami Diosaz se trouve entièrement rempli. Il ne me reste plus, en prenant congé de vous, mon enfant, qu'à vous demander pardon du mal que je vous ai fait. — Vous serez obéie ; je vais partir, bien que mon cœur se déchire à la pensée de quitter le pays où vous vivez, et où j'ai cru un moment trouver le bonheur que j'avais eu le tort de chercher jusqu'ici dans

II. ÉCRIVIT A MARIANNETTE...

des chemins où il n'est pas. Pourquoi ne peut-on retourner en arrière et recommencer sa vie ?... Si j'étais jeune, je ne m'éloignerais pas si docilement ; je resterais ici, pour essayer, à force de tendresse, de regagner votre affection perdue et pour vous prouver que je suis encore digne de vous aimer. Mais j'ai fait mon examen de conscience, et j'ai perdu mes dernières illusions. Une partie de ma vie plonge déjà trop profondément dans le passé, et ce passé, plein d'erreurs et de faiblesses, vous ne l'ignorez plus ; une maudite fatalité vous l'a révélé et, je le sens bien maintenant, tous mes efforts ne parviendraient pas à effacer l'impression mauvaise qu'il

a laissée dans votre esprit. Comme vous me l'avez avoué avec une cruelle franchise, la confiance que vous mettiez en moi est morte ; quand même vous essaieriez d'oublier, vos soupçons renaîtraient involontairement à chaque marque de tendresse que je vous prodiguerais. Vous chercheriez à surprendre dans chacune de mes paroles d'amour l'ombre de l'ancienne passion éteinte, et vous souffririez inévitablement. J'ai pensé à toutes ces choses pendant les tristes semaines qui viennent de s'écouler ; je me suis dit que même lorsque vous y consentiriez, je n'aurais pas l'égoïsme de vous condamner à un pareil supplice, et j'ai pris le parti de m'éloigner.

» Mais je m'en vais vous aimant plus que jamais, ne pensant qu'à vous, n'ayant pour viatique que la mémoire des heures que j'ai vécues au Vivier. Si mon passé existe malheureusement encore pour d'autres, il n'existe plus pour moi. L'amour, le véritable amour que j'ai connu près de vous, remplira et adoucira seul le reste de ma vie. L'avenir pour moi se présente désolé et aride comme une forêt défrichée. L'unique plante verte qui y poussera encore sera votre adoré souvenir. — Adieu, chère Mariannette ! (Laissez-moi une dernière fois vous appeler ainsi.) Vous êtes jeune, vous avez une longue suite d'années devant vous ; le chagrin que je vous ai causé s'évanouira comme ces nuages qui passent sur votre beau lac, et vous trouverez, ainsi que le souhaitait Diosaz, un jeune et brave cœur qui vous apportera la félicité à laquelle vous avez droit. Quand vous serez heureuse comme vous méritez de l'être, donnez parfois une pensée à celui qui a été l'ami de votre père et le vôtre. Effacez de votre esprit la misérable soirée où notre amour s'est brisé, et si plus tard vous me revoyez dans vos souvenirs, que ce soit comme aux premiers jours où nous nous sommes connus, quand nous revenions d'Angon par le lac, au soleil couchant, ou quand nous causions au clair de lune près des glycines de votre galerie. Pensez à moi *en bon*, ainsi que vous disiez au temps où vous m'aimiez encore... Moi, j'emporte votre chère image ; je l'aurai toujours au cœur et devant les yeux... Elle réchauffera l'isolement où je vais m'enfermer en vous adorant toujours.

» PHILIPPE. »

Le lendemain, quand il eut joint cette lettre aux papiers appartenant à mademoiselle Diosaz et qu'il eut scellé l'enveloppe, Desgranges donna des ordres à la grangère pour le transport de ses bagages. Il s'était promis de partir par le bateau d'une heure, après avoir porté lui-même au Vivier le paquet contenant sa lettre. Mais à mesure que la matinée avançait, il ne pouvait se décider à quitter le Toron. Il y était encore dans l'après-midi, regardant du haut du promenoir herbeux s'éloigner le bateau qu'il aurait dû prendre. Il s'ingéniait à chercher des prétextes pour retarder son départ, et il vaguait comme une âme en peine à travers les pièces sonores de l'appartement, qui avait déjà repris la morne physionomie particulière aux logis abandonnés. Enfin, vers trois heures, faisant sur lui-même un violent effort, il s'arracha à la contemplation de cette demeure où il avait enseveli les dernières illusions et les derniers restes de sa jeunesse ; il dit adieu à la grangère, et, emportant le paquet destiné à Mariannette, il descendit lentement vers Talloires. En chemin, bien qu'il eût renoncé à tout espoir, il se berçait encore d'un rêve confus : — peut-être, cette fois, Mariannette consentirait-elle à le recevoir ? Peut-être s'attendrirait-elle en apprenant qu'il était décidé à partir ?... Et alors il aurait du moins la consolation de ne s'éloigner qu'après l'avoir vue. Il emporterait avec lui un dernier regard, un serrement de main, une parole de pardon...

Hélas ! le rêve ne se réalisa pas. Dès qu'il eut sonné, la porte fut entre-bâillée par l'impitoyable Perronne, qui prit sa mine la plus renfrognée pour accueillir le visiteur importun.

— Inutile de vous obstiner, monsieur, dit-elle en maintenant la grille à demi fermée et en passant sa tête par l'entre-bâillement, j'ai des ordres formels, et vous n'entrerez pas, à moins que vous ne me passiez sur le corps.

— Apaisez-vous, Perronne, répondit-il avec un sourire résigné, je n'ai pas l'intention de pénétrer chez vous de vive force... Je vous apporte des papiers qui appartiennent à mademoiselle Diosaz... Veuillez les lui remettre, et... c'est tout.

La servante saisit le paquet, et la porte se referma précipitamment. — Ainsi c'était fini ; il ne restait plus à Philippe qu'à songer au départ, et il gagna triste-ment le port de l'Abbaye, où, sous l'auvent du ponton, ses bagages empilés attendaient le passage du bateau. Il tira sa montre : — quatre heures ! — il avait encore une heure de répit. Il alla s'asseoir sous les peupliers, en face de l'amphithéâtre des montagnes qui dominent Talloires, et, avidement, il emplit ses yeux de la merveilleuse beauté de ce coin de terre qu'il ne devait plus revoir et où demeurait Mariannette.

Le soleil descendait rapidement vers le sommet du Semnoz, dans une jonchée de minces nuages pareils à des roses rouges effeuillées ; le lac reflétait dans son eau verte et lisse leurs couleurs empourprées. Sur le port, en avant de l'Abbaye, les massifs de marronniers prenaient déjà des teintes d'un roux orangé, et plus loin, une vigne vierge, tapissant tout un mur de la vieille maison abbatiale, coupait d'une large tache cramoisie la masse fauve des feuilles roussies par les pluies de septembre. La riche diaprure de ces couleurs ardentes se continuait dans les vignes et sur les hauteurs boisées, très loin, jusqu'aux contre-forts au-dessus desquels la Tournette montait dans un ciel d'un bleu de turquoise. Aux lueurs du couchant, la cime neigeuse de la montagne géante se teignait d'une exquise nuance rose, et sur ce rose suave une vapeur blanche, en s'élevant vers le *Fauteuil*, mettait une ombre portée d'azur très clair. — Tout en contemplant la coloration si harmonieusement et si délicatement variée de ce paysage d'automne, Philippe se souvint que, le soir de sa première causerie avec Mariannette, elle lui avait longuement parlé de la Tournette, où elle était allée avec son père. Elle lui avait vanté l'éclatante profusion des fleurs rares qui y éclosent presque dans la neige et le grandiose spectacle qu'on a du *Fauteuil*. Elle l'avait plusieurs fois engagé à tenter l'ascension, et même au Toron, pendant l'effusion de leurs premiers épanchements amoureux, ils s'étaient promis d'y monter ensemble un beau jour. — Philippe regardait les blancs flocons de vapeur s'enrouler autour des hautes cimes et y flotter comme de diaphanes apparitions ; insensiblement, le désir lui vint de faire seul, avant de partir, l'ascension de cette montagne dont la virginale blancheur l'attirait. — De cette façon, au lieu d'être emporté brusquement par le bateau et de perdre de vue Talloires au détour du Roc-de-Chère, il pourrait contempler le lendemain, au lever du soleil, le village, le lac et son cirque de montagnes. Ce serait comme un pieux pèlerinage où il retrouverait le souvenir de Mariannette ; puis, après avoir envoyé un suprême adieu au Vivier et au Toron, il redescendrait vers Thônes et gagnerait la Suisse...

Il se leva précipitamment, donna de

PÈRE BASTIAN, CROYEZ-VOUS...

nouvelles instructions au pontonnier pour la direction de ses bagages, prit seulement avec lui son sac et son bâton de touriste, et courut frapper à la porte d'un paysan qui servait de guide aux amateurs de courses et de montagne.

— Père Bastian, lui dit-il, croyez-vous que l'ascension de la Tournette soit encore praticable ?

Le guide répondit affirmativement. — On trouverait peut-être de la neige au-dessus des chalets ; mais, en passant par Montmin, lui et son garçon se faisaient fort de conduire Desgranges au sommet du *Fauteuil*. Le baromètre était au beau,

et le dernier quartier de la lune les éclairerait pendant la seconde partie de la montée.

— Pouvez-vous m'y conduire ce soir ?

— Parfaitement, monsieur, le temps d'appeler mon garçon et de nous chausser ; dans vingt minutes, nous nous mettrons en route.

Et, en effet, vingt minutes après, ils s'engageaient tous trois dans le raidillon qui monte à Saint-Germain.

XXII

Le message de Desgranges avait été sur-le-champ remis par Perronne à Mariannette, qui se trouvait à ce moment sous les platanes occupée à un travail de couture. La jeune fille ouvrit le paquet d'une main tremblante, car elle avait reconnu la voix de celui qui l'apportait, et, bien qu'elle fût décidée à ne plus le revoir, elle ne pouvait se défendre d'une violente émotion en le sachant si près d'elle. Quand elle reconnut l'écriture de Philippe, le tremblement de ses doigts redoubla. Elle lut le commencement de la lettre avec un sentiment de défiance, puis, peu à peu, ses dispositions hostiles furent combattues par un mouvement d'intérêt croissant, et quand elle arriva aux dernières lignes, elle se sentit prise d'une sourde compassion. Il y avait dans cette fin de lettre un accent de tristesse et de désespoir qui triomphait de sa rancune. Tout en persistant dans son obstination savoyarde, elle ne pouvait s'empêcher de plaindre Desgranges, qu'elle devinait malheureux et sincère, cette fois. Ses yeux se mouillèrent, et pendant quelques minutes elle ne vit plus les fleurs du jardin et le scintillement du lac ensoleillé qu'à travers une brume de larmes.

Bientôt elle éprouva le besoin de se lever et de s'agiter ; sa poitrine était oppressée, et une surexcitation dont elle n'osait pas se rendre compte la poussait à changer de place, à marcher au dehors, au grand air. — Perronne était revenue travailler près d'elle.

— Inutile de reprendre ta couture, lui dit-elle; pendant que je monte serrer ces papiers, va mettre ton chapeau de paille ; je veux sortir.

— Sortir ? répéta Perronne, étonnée de cette brusque détermination.

— Oui, nous irons jusqu'au clos de l'Abbaye... On a dû y faucher les regains, et je veux voir si la besogne a été bien faite.

Dès que Perronne fut prête, elles quittèrent ensemble le Vivier, et, descendant vers le port, elles arrivèrent sous les marronniers juste un quart d'heure après que Philippe avait quitté le ponton pour se rendre chez le guide. Furtivement, Mariannette jeta un regard vers l'estacade où le bateau de cinq heures abordait ; elle n'y vit aucun voyageur, et son cœur en éprouva un indéfinissable allègement. Elle longea d'un pas tranquille les murs de l'Abbaye et entra dans le clos.

Ce clos, qui avait été jadis une dépendance abbatiale, étendait ses prés mamelonnés entre les vignobles du Toron et les murs en ruine des vieux bâtiments conventuels. Les regains étaient déjà fauchés et mis en tas, rien ne laissait à désirer, et il paraissait de plus en plus évident à Perronne que la nécessité de surveiller les faneurs n'avait été qu'un prétexte pour Mariannette. Après avoir fait distraitement quelques tours dans la prairie, la jeune fille venait de passer dans une encoignure formée par une tourelle drapée de lierre, quand elle aperçut dans le fossé une jeune paysanne occupée à entasser sur un tablier bleu les feuilles mortes détachées par les dernières pluies ; et, tandis qu'au bruit de pas la ramasseuse de feuilles relevait curieusement la tête, Mariannette reconnut une de ses anciennes clientes du jeudi, Philomène Malfroy.

— La spirituelle figure de chèvre de cette fille de dix-sept ans avait subi une visible altération : ses traits s'étaient allongés, sa bouche s'était élargie, ses hanches avaient plus d'ampleur, et dans ses yeux, autrefois rieurs et insouciants, on surprenait une expression anxieuse et quasi farouche.

— Bonjour, Philomène, dit mademoiselle Diosaz, voilà plus de deux mois que je ne t'ai vue... Qu'es-tu donc devenue tout ce temps-là ?

Philomène baissait les yeux, et une grimace piteuse tordait ses lèvres.

— Pas grand'chose de bon, allez, mademoiselle, répondit-elle enfin ; je n'ai pas eu de chance, et il m'est arrivé un gros malheur.

— Un malheur ! Quoi donc ?

— Vous ne voyez pas ? reprit-elle, les regards toujours baissés, ça saute pourtant aux yeux... maintenant !

Elle s'était levée. La maigreur de son buste faisait ressortir ses hanches épaissies et son ventre gonflé, qui soulevait sa misérable jupe devenue trop courte sur le devant. — Perronne, plus perspicace et déjà scandalisée, haussait les épaules avec un grognement de mépris. Mariannette avait compris enfin, et une rougeur lui était montée aux joues.

— Petite malheureuse ! murmura-t-elle. Voilà ce que tu as gagné à tes vagabondages !... Quel mauvais sujet as-tu donc pris pour amoureux ?

— C'est le Pierre Serraval, un garçon de Menthon avec qui j'étais allée à l'herbe ce printemps.

— Quelle honte !... T'épousera-t-il, au moins ?

— Lui ? s'écria-t-elle avec un rire amer, ah ! bien oui ; il m'a déjà trompée avec une autre !... une fille de Veyrier, et ils sont partis ensemble faire les vendanges dans le Chablais... Dieu sait quand il reviendra... Ah ! si seulement il pouvait revenir !...

Elle s'était assise au bord du fossé, et, les poings dans les yeux, elle pleurait à chaudes larmes.

— Et quand il reviendrait ? objecta Mariannette, qu'y gagnerais-tu, pauvre fille, puisqu'il t'a abandonnée et qu'il en courtise une autre ?

— Mais je l'aime toujours, moi ! sanglota Philomène, et s'il revenait seulement, voyez-vous, je lui montrerais tant d'amitié, qu'il reprendratt du goût pour moi et que nous pourrions encore être ensemble...

— Comment ! s'exclama mademoiselle Diosaz stupéfaite, après t'avoir trompée il t'a plantée là, il s'en est allé avec une autre, et tu l'aimes encore ?

— Qu'est-ce que vous voulez ? répondit Philomène en roulant autour de son doigt les cordons de son casaquin. c'est plus fort que moi ; il n'a qu'à me regarder, c'est comme s'il me jetait un sort ; je n'ai plus d'autre vouloir que le sien, et aujourd'hui encore, s'il me regardait de la même façon, je lui pardonnerais tout de même.

— Dévergondée ! grommela Perronne entre ses dents.

— Eh ! quoi, tu pardonnerais à cet homme qui s'est moqué de toi et qui probablement te tromperait de nouveau ?... Tu n'as donc ni pudeur, ni dignité, ni amour-propre ?

Je ne sais pas, balbutia-t-elle en pas une raison pour que ton enfant en pâtisse... Prends ceci pour lui préparer une layette, et, quand tu n'en auras plus, reviens me voir.

Elle s'était remise en marche, choisissant, comme au hasard, un sentier qui montait dans les vignes, et elle s'éloignait toute pensive, tandis que Perronne emboîtait le pas derrière elle en bougonnant :

— Une fille de dix-sept ans, si c'est

TU L'AIMES ENCORE ?...

levant les épaules, je l'aime... et, s'il me reveut, tout le reste m'est égal.

Mariannette demeurait silencieuse et interdite en face de cette petite sauvage, qui recommençait à pleurer et qui la regardait du coin de l'œil à travers ses larmes. A la fin, elle tira son porte-monnaie, et se penchant vers Philomène, elle lui mit de l'argent dans la main.

— Je te plains, soupira-t-elle doucement ; mais, si tu es coupable, ce n'est permis !... On devrait la fouetter devant l'église !... Vous croyez avoir fait une belle prouesse, mademoiselle, et vous avez tout bonnement encouragé le vice !

Mademoiselle Diosaz ne répondait pas et continuait de réfléchir sans tourner la tête.

— Voilà comme vous êtes, grognait la servante ; vous vous laissez entraîner par votre bon cœur, sans vous demander où il vous conduira... C'est comme ce

méchant chemin, poursuivait-elle en exha-
lant de nouveau sa mauvaise humeur,
Dieu sait si nous en sortirons !...

— Ne t'en inquiète pas ! riposta Mariannette impatientée ; il nous mènera toujours quelque part...

Elle songeait à Philomène. Elle se
demandait si cette malheureuse ne venait point de lui donner une leçon d'indulgence, et si, en somme, malgré son
manque de sens moral, cette fille à moitié sauvage ne possédait pas un cœur
plus chaud et plus
aimant que le
sien ?... Était-ce
donc vrai que la
vertu dessèche la
sensibilité et que
le souci de notre
propre dignité nous
endurcit ? Le véri-
table amour devait-
il être aveugle au
point de faire bon
marché de tout ce qui
n'est pas lui ? —
Cette petite vaga-
bonde était prête à
pardonner à l'amou-
reux qui l'avait indi-
gnement trompée, et
elle, Mariannette,
avait été impitoyable
pour Philippe. Il l'a-
vait suppliée, et elle
l'avait repoussé ; il
était revenu, et elle
lui avait fermé sa
porte. Elle mettait son orgueil offensé
au-dessus de tout ; était-ce là le fait
d'un cœur tendre et exempt d'égoïsme ?
— Elle aurait dû songer que cet homme
qu'elle traitait si durement avait été bon
pour elle. Avant de le juger si sévèrement, elle aurait dû mettre dans la balance son dévouement et la sincérité de
son repentir... Lui, plus âgé et si supérieur
par tant de côtés, avait-il donc hésité à
humilier son amour-propre devant elle ?...
Elle le savait triste, découragé, solitaire,
et elle allait le laisser partir sans un regard,
sans un mot d'amitié !... Et si plus tard
il devenait désespérément malheureux,
n'aurait-elle pas toute sa vie le remords
de ce désespoir, qu'elle aurait pu empêcher
en montrant moins de rancune et plus de
bonté ?...

Le sentier venait de déboucher sur la
route du Toron, et Mariannette, qui n'y
était pas revenue depuis la terrible soirée
où elle avait assisté à la scène de madame
Archambault, s'était arrêtée indécise et
le cœur serré.

— Nous voici sur la grande route,
insinua Perronne, qui commençait à
dresser l'oreille ; retournons-nous-en,
mademoiselle.

— Non ! non ! répliqua la jeune fille,
poussons jusqu'à Écharvines.

LA VIEILLE SERVANTE S'ÉTAIT ASSISE...

Elle n'osait pas s'avouer à elle-même
qu'elle désirait passer devant le Toron ;
mais en luttant encore intérieurement
contre ce désir, elle commençait à se
demander si elle n'agirait pas bien en
allant trouver Philippe.

Elle continuait donc à marcher sur la
route qui s'élevait insensiblement jusqu'au plateau, en décrivant de longs lacets
blanchâtres entre les prés. Bientôt elles
arrivèrent en face des peupliers qui se
dressaient en sentinelles de chaque côté
de l'avenue du Toron. Mariannette, dont
le cœur battait jusque dans sa gorge,
s'était de nouveau arrêtée, frissonnante
et pleine d'hésitation.

— Je pense que vous n'allez pas entrer
dans cette maudite maison ! se récria
Perronne, qui devenait de plus en plus

méfiante ; ce serait lâche, et, quant à moi, je n'y mettrai pas les pieds, mademoiselle !

Et pour témoigner de son intention fortement enracinée, la vieille servante s'était assise, essoufflée, sur un tronc de noyer qui gisait au bord de la route.

Mariannette ne répondait pas. Songeuse et les sourcils froncés, elle regardait les deux peupliers aux feuilles jaunies et l'avenue montante où le soleil déclinant jetait un dernier rayon rose.

— Perronne ! s'exclama-t-elle tout à coup d'un ton décidé ; attends-moi ici, j'entrerai seule.

Mais au moment où elle allait franchir le seuil de l'avenue, elle se heurta contre quelqu'un qui en sortait, et elle reconnut le vieux mendiant de Perroir.

— Ah ! mademoiselle Diosaz, dit-il en soulevant son chapeau cabossé, bien des bonjours !... C'est donc vraiment fini, et le voilà parti, ce pauvre brave monsieur Desgranges !...

— Parti? répéta Mariannette d'une voix à peine articulée.

— Eh ! oui, ne le saviez-vous point?... La maison est fermée ; la grangère a brouetté ses bagages au ponton, et il est sans doute à Annecy, maintenant.

— Vous devez vous tromper, balbutia-t-elle, je viens du port, et il n'y avait personne au départ.

— Alors il aura pris le bateau de quatre heures qui descend vers le Bout-du-Lac ; ce qu'il y a de sûr, c'est qu'il n'est plus au Toron... Et c'est bien fâcheux pour moi, ajouta le bonhomme en rejetant son havresac sur son épaule, un monsieur de si bon accueil et si offrant, qui me parlait toujours de vous, mademoiselle !... Ah ! je perds beaucoup en le perdant !... Heureusement qu'il me reste encore de bonnes âmes comme vous...

Mariannette ne l'écoutait plus ; elle était devenue très pâle et avait les mains glacées.

— Tu as raison, Perronne, murmura-t-elle, je me sens fatiguée... retournons-nous-en.

XXIII

Tandis que Mariannette rentrait au Vivier, Philippe, en compagnie des deux Bastian, suivait le chemin accidenté qui monte, à travers les prairies de Saint-Germain et les bois de Rovagny, jusqu'au col de la Forclaz. Pendant quelque temps encore, le soleil couchant leur envoya ses derniers rayons roses, puis le crépuscule arriva rapidement et leur déroba la vue du lac. L'air, devenu plus frais, allégeait les fatigues de la montée. En avant, le fils de Bastian, leste et agile comme un écureuil, gravissait les sentiers abrupts avec l'entrain et la bonne humeur de ses dix-neuf ans. Philippe enviait la souplesse, l'élasticité, la gaieté de ce jeune garçon, sur les épaules duquel les bagages ne semblaient pas peser, et qui escaladait les rochers la chanson aux lèvres. — Il marchait, lui, plus posément à côté du père, avec lequel il s'entretenait de Marcelin Diosaz, que le vieux guide avait beaucoup connu. C'était précisément Bastian qui avait accompagné le docteur et mademoiselle Diosaz lorsqu'ils avaient fait, l'année d'avant, l'ascension de la Tournette. Ils avaient suivi cette même route et étaient allés coucher aux chalets de Lars, en passant par Montmin. — Philippe éprouvait une mélancolique satisfaction à suivre les sentiers où avait cheminé Mariannette et à songer qu'il s'arrêterait aux mêmes stations. Il se félicitait d'avoir obéi à la voix mystérieuse qui l'avait poussé vers les escarpements de la Tournette. C'était comme un dernier répit avant la séparation suprême. Il avait la consolation de se dire que le lendemain, au lever du soleil, il verrait encore le lac, le village et la place où se dressaient les toitures rouges du Vivier...

Au bout de deux heures et demie, ils aperçurent dans l'obscurité les lumières tremblotantes de Montmin. Ils y soupèrent sommairement, puis se remirent en marche. Leurs bâtons ferrés résonnaient sur le chemin rocailleux qui mène aux pâturages. La nuit était complètement venue ; mais le ciel, très étoilé, laissait transparaître faiblement les détails du paysage. Çà et là, quelques massifs de sapins plaquaient une ombre noire sur l'ondulation plus claire des prés ou sur la blancheur grise des rochers, à travers lesquels des sources coulaient avec un glou-glou pareil à un sanglot d'enfant. On pénétrait dans un ravin par une sorte d'escalier de pierres roulantes péniblement gravi, et lentement on s'élevait vers la région des pâturages. Après cette ascension d'une heure parmi les gravats, Desgranges jouissait du plaisir de fouler enfin une herbe molle et touffue, d'où s'exhalait une verte senteur aromatique. Tout à coup la prairie s'évasait, se creusait en forme d'entonnoir, et, dans le fond de cette combe ténébreuse, les yeux distinguaient vaguement les toitures basses des chalets de Lars, où une lueur dansait comme un feu follet.

Ces chalets de Lars avaient un aspect misérable. — Une cabane de planches, coupée en deux par une cloison de sapin, contenait la cuisine et l'atelier pour la fabrication des fromages ; à côté, séparée par une mare de purin où se reflétaient les étoiles, se trouvait l'étable des vaches, surmontée d'un fenil qui servait de dortoir commun. — A l'arrivée des voyageurs, la *chalézanne*, qui habitait ce triste gîte avec son garçon, avait jeté des branches de sapin sur le brasier flambant dans un âtre de pierres installé au milieu de la cuisine ; puis, quand Desgranges et ses guides se furent réchauffés à cette flamme fumeuse, elle les conduisit dans le fenil, afin qu'ils pussent s'y reposer pendant quelques heures.

A peine étendus sur le foin, les guides et les gens du chalet s'étaient endormis de ce facile et plein sommeil du paysan qui a peiné pendant une longue journée ; mais il fut impossible à Philippe de fermer les yeux. Il songeait à Mariannette, qui avait dû coucher dans ce même fenil, et, durant la première heure, cette songerie lui aida à supporter l'immobilité à laquelle il était condamné au fond de cette soupente ; mais l'odeur et les bruits étranges qui montaient de l'étable où ruminaient les vaches, lui rendirent bientôt le gîte intolérable, et il se glissa dehors à tâtons, préférant attendre le réveil des guides en se promenant enveloppé dan son plaid.

Le spectacle de la prairie solitaire, se creusant comme une large et profonde coupe dans la nuit, avait quelque chose de solennel : — tout à l'entour, un silence religieux, interrompu seulement par les clochettes des vaches ; et là-haut, un ciel criblé de milliers d'étoiles, reposant sur les crêtes des pâturages et les cimes des

IL MARCHAIT, LUI, PLUS POSÉMENT...

montagnes. — Philippe contemplait ces astres agrandis qui veillaient paisiblement au-dessus de sa tête. Tristement il comparait leur immobile sérénité à l'inquiétude fiévreuse qui s'agitait en lui, et il était tenté de leur crier d'une voix jalouse : « O tranquilles étoiles, comme vous semblez heureuses ! » Insensiblement, une blancheur lactée s'était étendue vers l'orient, au-dessus des pâturages, et le dernier quartier de la lune, dressant discrètement sa corne à l'horizon, veloutait les prés d'une lueur bleuâtre. Alors Philippe se rappela le soir où il avait assisté au lever de la lune, appuyé au balcon du Vivier, et un sanglot se noua dans sa gorge.

Tandis qu'il s'enfonçait dans ses ressouvenirs, une rumeur partait du chalet ; les guides s'éveillaient, et, dans la cuisine, la *chalézanne* faisait bouillir du café pour réchauffer ses hôtes ; — puis, ce café avalé, on repartait en file indienne à travers les prés montueux, et on atteignait une étroite crête gazonneuse, qui s'allongeait comme un mur verdoyant entre deux obscures profondeurs.

— Ici à droite, monsieur, dit le père Bastian, est le chemin de Thônes... Si vous voulez redescendre dans la vallée du Fier, c'est par là qu'il faudra prendre au retour...

Philippe ne répondit pas. La seule perspective du retour par un chemin opposé à celui de Talloires augmentait son angoisse, et il n'y voulait pas penser. — L'herbe avait cessé pour faire place aux pierres roulantes. Les ascensionnistes commençaient à s'essouffler, quand, après un effort énergique, ils se hissèrent enfin sur l'étroite terrasse, frangée de neige, qui s'étend à la base du dernier bastion de la Tournette. Les étoiles s'éteignaient une à une dans le ciel plus clair et la lune pâlissait. L'air vif et glacé annonçait l'approche du jour. Ils contournèrent les assises énormes d'un mur de roches et se trouvèrent au pied de la tour calcaire qu'on nomme le *Fauteuil*. Les guides avaient été chercher des branches sèches cachées dans une excavation et avaient allumé du feu. Ce fut en réchauffant son corps à cette flamme pétillante que Philippe attendit le lever du soleil.

Mariannette ne lui avait pas exagéré les merveilles du spectacle offert aux touristes qui tentent l'ascension. De ces hauteurs neigeuses, sur lesquelles régnait un absolu silence, un panorama inoubliable s'étendait devant ses yeux, à mesure que l'aube blanchissait : — d'abord un premier plan de montagnes aux formes encore indécises, puis à l'horizon, toute une dentelure de cimes d'un bleu foncé se découpant à l'infini sur un ciel couleur de safran, et au milieu de cette chaîne circulaire qu'il dominait

de sa masse imposante, le mont Blanc avec son énorme dôme, ses pointes, ses tours et ses sveltes aiguilles, qui semblaient de loin les fortifications et les clochers d'une étrange ville de Titans. — Tout ce paysage alpestre était encore revêtu d'une idéale teinte d'azur, qui donnait à cette colossale cité l'aspect féerique d'un monde élyséen. Au-dessus du mont Blanc, dans le ciel pur, un petit nuage lilas planait comme un messager aérien chargé d'annoncer l'aube nouvelle aux habitants de cette ville fantastique. Il se colorait peu à peu, devenait orange, puis vermeil, à mesure que le lever du soleil approchait. Tout à coup, l'astre surgit, pareil à une grosse étoile d'or, entre deux aiguilles lointaines ; immédiatement la coupole du dôme se nuança de rose, les premiers rayons lumineux volèrent comme des flèches sur toutes les dentelures des sommets, et soixante lieues de glaciers firent resplendir l'éclatante blancheur de leurs neiges immaculées. — C'était comme une soudaine révélation de l'éternelle jeunesse, comme un *hosanna* de lumineuse espérance. — Philippe ne sentait plus la fatigue de l'ascension ; son angoisse s'était dissipée ; il lui semblait que le réveil du jour au milieu de ces blancheurs virginales avait ressuscité la verdeur de ses jeunes années ; il était secoué par un magique *sursum córda*, et dans l'exaltation qui lui montait au cerveau, il associait en un même acte d'admiration et d'amour les formes éblouissantes des montagnes et l'adorable image de Mariannette.

S'élançant impétueusement vers la brèche qui conduit au *Fauteuil*, il escalada avec la fougue d'un garçon de vingt ans les échelons de fer à l'aide desquels on parvient à la dernière plate-forme de la Tournette. Il lui tardait de revoir de là-haut le lac d'Annecy et le paysage familier du vignoble de Talloires.

Une fois installé sur l'étroit plateau glacé que balayait un vent âpre, Philippe eut d'abord quelque peine à s'orienter devant cet océan de montagnes aux vagues brumeuses : — chaînes de la Maurienne et de la Tarentaise, massifs du Dauphiné, longues crêtes du Jura, cônes verdoyants des Bauges. — Enfin, immédiatement au-dessous de lui, à de vertigineuses profondeurs, il reconnut

le cadre montueux où le lac d'Annecy
étalait dans la verdure sa nappe d'un gris
bleuté. Tout y était encore confus et noyé
d'ombre. Le soleil n'avait pas pénétré
jusque-là ; il effleurait seulement la croupe
allongée du Semnoz et les crénelures de la
montagne de Trélod. Peu à peu la lumière

Talloires dans sa bordure de vignes, le
petit port de l'Abbaye, le ponton avec
son estacade minuscule comme un jouet
d'enfant, et tout là-bas, comme un point
rouge, les toits du Vivier... A la pensée
qu'il fallait dire adieu à toutes ces choses
aimées, son cœur se serra et il ne vit plus

UNE FOIS INSTALLÉ...

rien... Les larmes de ses yeux avaient
troublé les verres de sa lorgnette.

Un sentiment de révolte entra en lui
à l'idée de partir. De nouveau, le lac et
Talloires l'attiraient ; un regain d'espoir
verdissait dans son cœur. — Non, ce
départ n'était pas possible ; il n'avait pas
assez lutté et il s'était trop tôt découragé.
Le spectacle contemplé du haut de la
Tournette lui rendait de l'énergie, et il
songeait à lutter encore pour reconquérir
l'amour de Mariannette. — Elle était
depuis la veille en possession de sa lettre,
elle l'avait lue et elle avait dû certainement en être touchée. Qui sait si maintenant elle n'attendait pas anxieusement
son retour ?... Et s'il redescendait à Talloires, s'il revenait frapper à la porte du
Vivier, qui sait si cette porte ne s'ouvri-
rait pas, et si le bonheur d'autrefois ne

rose glissa de la gorge d'Entrevernes
et fit flamber les vitres du château de
Duingt. Le lac commença de miroiter ;
sa surface et ses rives s'accentuèrent
avec plus de précision. Les yeux braqués
sur sa lorgnette, Philippe distingua le
Roc-de-Chère et ses verdures jaunissantes,
le Toron et son promenoir sinueux,

recommencerait pas?... Il s'était calomnié : il se sentait encore assez jeune pour aimer et être aimé ! — Et soudain il était pris d'un violent désir de revenir sur ses pas. Chaque minute passée loin de Mariannette lui paraissait diminuer les chances d'une réconciliation, et il lui tardait d'être au bas de la montagne.

La plate-forme venait d'être envahie par une bruyante troupe de jeunes touristes du Club Alpin. Leurs éclats de voix, leurs rires, leurs plaisanteries en face de ce spectacle dont Philippe avait espéré jouir seul, lui devenaient insupportables. il se hâta de regagner les échelons de fer du *Fauteuil*, et retrouva ses deux guides qui achevaient un frugal déjeuner dans l'encoignure d'un rocher.

— Je pars en avant, leur cria-t-il, vous me retrouverez au chalet et nous redescendrons ensemble à Talloires !

Puis il s'élança sur le sentier neigeux qui contournait la muraille du *Fauteuil*, et commença de dévaler le long de l'arête schisteuse, avec une vigueur juvénile qu'il ne se connaissait plus depuis longtemps. — Elle était pourtant rude, la descente ! Un soleil cuisant tombait sur les roches nues et brûlait les épaules de Desgranges ; mais il n'y prenait pas garde et doublait le pas avec une hâte fiévreuse. Néanmoins, au bout d'une heure, les difficultés de la marche, jointes aux fatigues d'une nuit sans sommeil, commencèrent à l'éprouver. Il traînait la jambe, et ses pieds gonflés s'endolorissaient même au contact de l'herbe des pâturages. Il arriva au chalet de Lars assoiffé, fourbu, aveuglé de soleil, le dos courbé et les traits tirés. En le voyant revenir si vanné et démoli, la *chalézanne* joignit les mains d'un air de compassion. Il lui demanda de lui indiquer un coin où il pût se laver et réparer le désordre de sa toilette ; il ne voulait pas se montrer dans cet état piteux aux yeux des gens de Talloires. La bonne femme le conduisit dans l'arrière-réduit où elle emmagasinait ses fromages, lui apporta de l'eau tiède et le laissa occupé à bouleverser son sac pour y prendre du linge frais.

Maintenant déjà sa nouvelle tentative lui semblait plus chanceuse. Son espoir avait diminué à mesure que se rengrégeait sa fatigue. Au bout d'un quart d'heure, il entendit les guides qui arrivaient et il

reconnut la voix du père Bastian qui questionnait la femme du chalet sur *son* voyageur.

— *C'est-y* le vieux monsieur que vous demandez? répondait-elle ; il n'en pouvait plus, le pauvre homme, et il est en train de se *rechanger* dans notre resserre !

On prétend qu'il suffit d'une flaque d'huile pour apaiser la violence du flot ; il suffit aussi d'un mot prosaïque pour refroidir les plus belles effervescences de notre cerveau. Cette réponse jeta une douche glacée sur le crâne de Philippe. « Le vieux monsieur », c'était lui qu'on désignait ainsi. Pour cette paysanne, il était déjà un vieillard. L'impression de caducité qu'il avait laissée à cette femme, il la produisait aussi sur d'autres ; seulement les autres gardaient poliment leur opinion pour eux, tandis qu'avec sa brutale franchise la *chalézanne* avait dit la chose tout à trac. — « Eh bien ! oui, tu es vieux ! murmurait-il intérieurement ; à quoi sert de te mentir à toi-même? Tu ne peux pas t'habituer à cette idée que le temps a marché et que la décrépitude a déjà mis sa griffe sur ton visage. Tu t'efforces de te croire toujours jeune et cependant la réalité se charge de te donner de rudes démentis. Te voilà exténué et fourbu après une course de montagne qui n'aurait été pour toi qu'un jeu lorsque tu avais vingt ans. Ta démarche et ta mine annoncent si bien le déclin que la femme du chalet t'a sur-le-champ classé dans la catégorie de ceux qui n'ont plus rien à voir avec la jeunesse. Tu parais même plus vieux que ton âge ! Ta volonté flottante, tes projets de départ sans cesse traversés par des velléités de retour à Talloires, toutes ces indécisions ne sont-elles pas elles-mêmes des signes de sénilité?... Et c'est à ce moment critique, alors que tu as la certitude de ta décadence, c'est dans de semblables conditions que tu veux recommencer une expérience qui ne t'a pas réussi une première fois? Le beau cadeau à faire à une jeune fille que ta tête grisonnante et ton cœur plein de défaillances ! Non, non, rentre en toi-même : la jeunesse doit aller à la jeunesse, et l'âge mûr ne doit plus songer qu'à opérer sa retraite en bon ordre. En t'éloignant de Mariannette, tu as pris le parti le plus sage et le plus généreux ; maintenant que le sacrifice est consommé, tâche d'avoir au moins le bon sens de persévérer dans ta résolution. Contente-toi de conserver le souvenir des belles heures passées au Vivier, et d'en embaumer cette vieillesse qui te menace et que chacun lit déjà sur ton visage !... »

Il boucla son sac, saisit son bâton ferré et alla rejoindre les guides qui

fumaient, assis au seuil du chalet.

— J'ai réfléchi, dit-il au père Bastian, je redescendrai par Thônes... Attendez-moi seulement ici un quart d'heure.

Il s'éloigna lentement dans la direction des pâturages. — Sur ces versants herbeux exposés en plein midi, l'humidité du sol et l'ardeur du soleil développent, même en automne, une flore exceptionnellement vigoureuse et variée. Tout autour du chalet, les prés étaient fleuris comme un jardin : — myosotis et gentianes d'un azur intense, cirses gigantesques, lis empourprés, aconits, digitales, scabieuses, centaurées bleues, toutes les plantes de l'été étalaient dans l'herbe des couleurs d'une extraordinaire vivacité. — Avec de tendres précautions, Philippe cueillit les plus belles et en composa un merveilleux bouquet qu'il enveloppa délicatement de feuilles et de mousses fraîches, puis il retourna vers les guides :

— Votre fils m'accompagnera jusqu'à

PHILIPPE CUEILLIT LES PLUS BELLES..

Thônes, dit-il au vieux Bastian ; quant à vous, redescendez directement à Talloires. — En passant devant le Vivier, vous demanderez à parler à mademoiselle Diosaz et vous lui remettrez ces fleurs... Portez-les suspendues à un brin de jonc, et ayez soin de les mouiller de temps en temps pour qu'elles ne se fanent point en route...

Il lui adressa encore quelques recommandations ; le paya largement ainsi que la femme du chalet, leur donna une poignée de main, puis d'une voix un peu étranglée :

— Allons, s'écria-t-il, voici le moment de se quitter... Adieu et bon voyage !

Le jeune guide grimpait déjà en avant. Philippe gravit derrière lui la pente gazonneuse des pâturages. Arrivé sur la crête, il se retourna encore une fois, puis à travers l'effeuillement des fayards et des vernes dont les débris tourbillonnaient autour de lui au vent du matin, il disparut dans le chemin de Thônes.

XXIV

Il est midi. En sortant de table, Mariannette est venue s'asseoir près des glycines de la galerie. Accoudée à la balustrade, elle regarde machinalement les vignes où murissent les raisins blancs et noirs, et le jardin où des rouges-gorges gazouillent dans les noisetiers. Sur les pampres rougissants se découpe en plein soleil la blanche silhouette d'un vigneron en bras de chemise, portant sur ses épaules cette hotte à longs manches que les Savoyards appellent une *bannette*, et coiffé du *chaperon* de toile grise matelassée qui garantit la nuque et le cou contre les froissements de la charge. Un sifflement déchire l'air calme, et l'homme s'arrête un moment pour suivre la *Couronne-de-Savoie* qui vient de quitter Duingt et descend vers le Bout-du-Lac. Mariannette, elle, reste inattentive. Que lui font maintenant les passages des bateaux?... Elle regarde sans voir. C'est à peine si elle a conscience du monde extérieur ; elle laisse sa pensée endolorie s'engourdir dans la paix profonde qui enveloppe le paysage. — La *Couronne* est déjà loin. Le lac, un moment troublé, reprend sa sérénité assoupie et reflète dans son eau tranquille les feuilles jaunies des peupliers de Duingt, les tons d'ocre de la montagne de Rougemont et l'empourprement des vignobles. Une chaude couleur d'or teint par places sa nappe bleuissante, et tout au loin ses rives se noient dans une vapeur dorée. Le paysage entier a pris la magnifique livrée de l'automne, et ces riches colorations, qui vont du jaune orange au violet roux, se fondent harmonieusement sous la tiède lumière du soleil de septembre.

Un coup de sonnette tinte dans le silence du Vivier, mais cette sonnerie même laisse Mariannette indifférente ; elle n'attend plus de visiteur et ne détourne pas la tête. Cependant un bruit de pas lourds résonne dans le salon, et Perronne, ouvrant les battants de la porte-fenêtre, introduit un paysan hâlé et poudreux.

— C'est vous, père Bastian ! murmure la jeune fille ; qu'y a-t-il pour votre service ?

Soudain elle aperçoit un bouquet dans la main du guide et regarde, étonnée, l'homme et les fleurs.

— Que m'apportez-vous là?

— Ce sont, comme vous voyez, des fleurs, mademoiselle, répondit le père Bastian, des fleurs de la Tournette, que monsieur Desgranges a cueillies...

Au nom de Desgranges, elle ne peut réprimer un tressaillement douloureux, et un pli sévère rembrunit son front, tandis que le guide continue...

— Nous sommes montés là-haut hier soir ; et ce matin, monsieur Desgranges s'en est allé par la route de Thônes avec mon garçon ; mais, avant de partir, il a fait un bouquet et il m'a dit : « Père Bastian, comme je ne reviendrai plus à Talloires, portez ces fleurs à mademoiselle Diosaz ; priez-la de les accepter en mémoire de son père et en souvenir de moi... Surtout prenez bien garde qu'elles ne se fanent... « Je les ai soignées, allez, mademoiselle !... Tout le long du chemin je les trempais dans l'eau des sources ; aussi les voilà fraîches comme à l'heure où il les a cueillies.

Mariannette est violemment troublée, mais elle n'en veut rien laisser voir :

— C'est bien, merci ! réplique-t-elle en indiquant au guide le guéridon placé derrière elle ; — posez-les là... Perronne, fais boire un verre de vin à Bastian !...

Maintenant le guide et la servante sont partis ; mais la jeune fille évite encore de regarder le bouquet. Elle reste accoudée et pensive en face du lac où poudroie une lumière dorée. — A quoi songe-t-elle? sa rancune contre Philippe est-elle donc restée aussi tenace? A-t-elle gardé toujours aussi amer le souvenir de l'offense, bien que l'offenseur se soit fait justice en s'éloignant? Ou bien est-ce ce brusque départ même qui l'irrite et qu'elle ne peut pardonner?... Elle demeure immobile, les sourcils froncés, le regard morne et perdu dans le vide. — Un nouveau coup de sifflet trouble la tranquillité du lac ; l'agitation des aubes fait scintiller l'eau bleue et allonge de larges remous écu-

meux vers les berges endormies : c'est
la *Couronne-de-Savoie* qui remonte vers
Annecy avec ses passagers. — Mariannette regarde le bateau fuir vers le Roc-
de-Chère en laissant derrière lui le bouil-
lonnement de son sillage argenté, et
elle songe aux voyageurs qui passent
et ne reviendront plus... La *Couronne*
s'est évanouie parmi les chaudes vapeurs
qui mettent comme de l'or fluide dans
l'atmosphère. Le paysage a repris sa
physionomie ensommeillée. — Sous la
loggia, une pénétrante odeur de plantes
alpestres se répand dans l'air attiédi.
Mariannette tourne la tête, et ses yeux
se fixent sur le bouquet de la Tournette :
— les fleurs ont conservé leur fraîcheur
matinale ; les gentianes et les myosotis
des glaciers ouvrent leurs corolles bleues,
veloutées et tendres comme des regards
amoureux. Lentement, la jeune fille
prend le bouquet dans ses mains et le
contemple avec mélancolie ; lentement
elle se lève, va remplir d'eau un vase de
grès, y plonge avec de délicates précautions les plantes montagnardes ; puis,
tout à coup, ses yeux se mouillent, son
front se penche et ses lèvres se posent
doucement sur le dernier souvenir de
Philippe.

FIN

Vient de paraître, le n° 21 :

NOUVELLE COLLECTION ILLUSTRÉE
CALMANN-LÉVY

L'ouvrage complet, **95** centimes. Relié, **1** fr. **50.**

Le Parfum

des

Iles Borromées

PAR

RENÉ BOYLESVE

Illustrations de JUAN E. HERNANDEZ GIRO

Pour paraître le 1ᵉʳ Octobre 1908, le n° 23 :

NOUVELLE COLLECTION ILLUSTRÉE
CALMANN-LÉVY

L'ouvrage complet, **95** centimes. Relié, **1** fr. **50**

La Fille Elisa

PAR

EDMOND DE GONCOURT

Illustrations de H.-G. IBELS

CALMANN-LÉVY, ÉDITEURS

3, Rue Auber, Paris

DERNIÈRES PUBLICATIONS

Chaque volume format in-18, prix : **3** fr. **50**

NOUVELLE COLLECTION ILLUSTRÉE
CALMANN-LÉVY

L'ouvrage complet, **95** centimes. Relié, **1** fr. **50**.

En Vente :

Paris. — Imp. L. POCHY, 52, rue du Château. — 124-7-08